世界で一番甘い毒

竜王と花嫁、まやかしの恋

たちばな立花

22364

角川ビーンズ文庫

Contents

人物紹介
世界で一番甘い毒……
竜王と花嫁、
まやかしの恋
ライラ
ヴォールの村に住む少女。故郷の村を焼き、兄を死に追いやった「蒼い竜」への復讐を決意する。精霊を友達にしている。
ルガー（蒼竜王）
リオート山の山頂に住む竜人を統べる。
唯一蒼い鱗と蒼い眼を持つことから蒼竜王と呼ばれている。
異種族交流会《カローナ》でライラを番いとして見出す。

アラ&キナ

蒼竜の里でライラの侍女を務める双子の竜人。
素直にライラを慕っている。

キーラス

ルガーの側近であり右腕。
ルガーとは因縁があるようで……？

シスル

ヴォールの村を年に数回訪れる薬師。
家族を亡くしたライラを帝都セントルへ連れていく。

ザッカス（紅竜王）

東のピュール山にある紅竜の里を治める竜人でルガーの友人。
人間の番いを信用せず、ライラに疑いの目を向ける。

精霊たち

ライラの父が残した石とおまじないで会うことができる。
ライラのことが大好き。

イアン

ライラの兄。
２年前の火事の時にライラをかばい亡くなる。

本文イラスト／mokoppe

序章　秘密

誰《だれ》にも言えない秘密が二つある。

一つ目は精霊《せいれい》と会う方法を知っていること。これは、幼い頃父と共有したものだった。その父も今はもういない。だから、これは誰にも言えない秘密になった。

そして、二つ目の秘密ができたのはライラが十三歳の時だった。

「森には魔《ま》女《じょ》がいるから行っては駄目《だめ》よ」

ここ――ヴォールの村は森に囲まれていた。大人たちは決まって「魔女が住んでいる」と子供たちを脅《おど》し、危ない場所に行くことを防いでいる。しかし、森が危ないわけではないことをライラは知っていた。

「魔女が眠《ねむ》っているのは、この森の先。洞窟《どうくつ》の奥だよ」

生前父がこっそり教えてくれたことだ。危ないのは森ではなく、その先にある洞窟なのだ。

だから、人目を盗《ぬす》んで森に入る。

あの日も、誰もいないことを確認《かくにん》すると、気にすることなく草を掻《か》き分けた。

真っ直《す》ぐ進むと目的地にたどり着く。――泉だ。そこは、父に教えてもらったお気に入りの場所だった。ここに来れば、精霊に会うことができるのだ。

懐《ふところ》から大きな石を取り出す。丁寧《ていねい》に布を三枚も使って包んであるため、より大きく見えた。それを太陽の光が当たっている岩の上に載《の》せると一枚ずつ布を剝《は》いでいく。中からは青く輝《かがや》く石が現れた。精霊に会う条件はたった二つ。この石を太陽の光に当てること。そして、特別なおまじないを唱えることだ。

「ジァ・グ・ウィッチ」

この言葉の意味はよくわからない。父からは精霊に会うことができるおまじないだと教えられていた。

声に呼応し石がわずかに光る。気のせいかと思うほどの淡《あわ》いものだが、それがれっきとした変化だということを経験上知っていた。

少し待っていると、岩の反対側から小さな頭がひょこっと顔を出す。目が合うとつぶらな瞳《ひとみ》が輝き出した。

「ライラ！」

「ライラ〜。見、エルー？」

「見えるよ。こんにちは」

嬉《うれ》しそうに飛び上がった精霊たちは風に乗る。真っ白な鳥の羽根でできたポンチョがふわりと広がった。彼らは背中に羽もないのに自由に空を飛ぶのだ。キャッキャと楽しそうに笑って、ライラの肩《かた》や頭の上に着地した。白い雲のような髪《かみ》は、ところどころ淡く色づいている。まるで彩雲《さいうん》のようだ。髪型には一人一人若干《じゃっかん》の違《ちが》いがある。ふわふわとした不思議な質感でつい指先で触《さわ》ってしまうのだ。そして、手のひらサイズの彼らは、ほとんど重さを感じさせない。

父に紹介されてから五年。彼らは一番の友達になった。

「ライラ、今日ナニー？」

精霊たちは次々に肩から腕《うで》に滑《すべ》り落ち、宙でくるりと回った。器用に岩の上に着地すると揃《そろ》って首を傾《かし》げる。一緒《いっしょ》にふわふわの髪が揺《ゆ》れた。

「歌ウ？」

「踊《オド》ル？」

「オハナシスル？」

彼らと視線を合わせるために、草むらに座る。

彼らはとても物知りで、なんでも知っているのだ。ゆっくりと、空を見上げた。大きくそびえ立つリオート山《やま》が見える。ヴォールの村はリオート山の麓《ふもと》にあった。どこからでも見える大きな山は、年中雪と氷で覆《おお》われている。そこには、竜人《りゅうじん》と呼ばれる種族が暮らしているのだそうだ。ライラはその竜人の話が大好きだった。

「ん～。そうだなぁ。今日はね、竜人のお話が聞きたいな」

「ナン、カイメ？」

リオート山を指差すと、精霊たちは一斉《いっせい》に口を尖《とが》らせる。この五年で、彼らに竜人の話をねだったのは、一度や二度ではないからだろう。

「そうだけど、いいでしょ？」

「リュウジン、大キイ!」

「空、飛ブ!」

精霊たちは小さな腕をこれでもかというほど広げた。ぴょんっと跳《は》ねると、そのまま周りをくるくると飛び回る。ライラは彼らを手で受け止めた。

「竜人は番《つが》いと一生添《そ》い遂《と》げるんだよね?」

「リュージン、ツガイ大スキ!」

「ウンメイ! 魂《タマシイ》ノツナガリ?」

「運命ってなんだか素敵《すてき》。きっと、幸せなんだろうなぁ」

竜人と呼ばれる一族は、たった一人の恋人《こいびと》とずっと寄り添う種族なのだという。精霊たちはそれを運命であり、魂の繋《つな》がりなのだと教えてくれる。

言葉で説明されても想像の域を超《こ》えていた。けれど、生涯《しょうがい》寄り添う姿を想像すれば、それが幸せでないわけがない。運命に生きる竜人は、いつしかライラの憧《あこが》れになった。

「ズット、イッショ!」

「ずっと一緒かぁ〜」

「ライラ、大スキッ! ズット、イッショ!」

精霊たちが楽しそうに跳ね上がる。勢いのまま胸のあたりにしがみついてきた。彼らの小さな手が服に皺《しわ》をつくる。首根っこを捕《つか》まえて剥がし、一人ずつ岩の上に下ろしていった。

草むらの上に仰向《あおむ》けになって転がると、リオート山が目に入る。竜人は今、どうしているのだろうか？　愛する人と寄り添い合っているのかもしれない。

「番いかぁ〜」

いつの間にか、精霊たちはライラの上に戻《もど》ってきて、同じように寝《ね》っ転がる。楽しそうに歌い始める子もいた。彼らはいつも無《む》邪気《じゃき》だ。

彼らの存在を自慢《じまん》したいと思ったことがある。村の人にとって、精霊は物語の中にいる架空《かくう》の生き物だ。見たらきっと驚《おどろ》くだろう。けれど、彼らの存在が知れ渡《わた》ると、悪い人が捕まえにくるかもしれないと、父は言っていた。精霊のために秘密は守らなければならない。

ふと、歌声が止《や》んだ。

精霊たちは一斉に空を見上げる。小さな手でリオート山を指した。

「クル！　大《オ》ッキイ！」

「蒼《アオ》イノ！」

「隠《カク》レテ！」

精霊たちが大きな声を上げた。驚いて起き上がれば、身体《からだ》の上にいた子たちがコロコロと転がり草むらに落ちる。しかし、笑うこともせずぴょんっと跳ねると、みんな隠れてしまった。

「えっ!?　なにっ!?」

「ライラ、隠レテ！」

精霊特有の甲高《かんだか》い声が響《ひび》く。できたことといえば、岩の上に置きっぱなしの石を布で包んで懐にしまったことくらい。石を太陽の光から隠したせいで、精霊たちの声は途絶《とだ》えてしまった。

隠れる場所を探す暇《ひま》もなく、大きな音とともに水飛沫《みずしぶき》が上がる。言葉をなくしていると、天にまで昇《のぼ》る勢いの水が雨の如《ごと》く降り注いだ。髪を、服を濡《ぬ》らしていく。

前髪から滴《したた》り落ちる雫《しずく》を拭《ぬぐ》いながら、泉を凝視《ぎょうし》するほかない。本当なら逃《に》げ出したい気持でいっぱいだったが、驚きのあまり腰《こし》を抜《ぬ》かしてしまったのだ。

落ちついたはずの泉からぶくぶくと泡《あわ》が立った。

――泉になにか落ちたんだ。

もう一度、水飛沫が上がった。恐怖《きょうふ》で固く目を閉じる。頬《ほお》に水滴《すいてき》が当たるのを感じながら必死に身体を小さく丸めた。

「危なかった。もう少しで窒息《ちっそく》するところだっ……た」

人の声だ。聞き覚えのないそれにおそるおそる瞼《まぶた》を上げる。すると、泉の中に男が立っていた。

腰まで伸《の》びた蒼い髪。驚きに丸まった蒼い瞳。肌《はだ》は村の人と同じ色をしていたが、耳は心なしか尖っているようにも見えた。どこか不思議な雰囲気《ふんいき》をまとった男だ。少し下がり気味の目《め》尻《じり》はどこか優《やさ》しげで、そして色気を感じる。年は二十を過ぎたくらいだろうか。四つ上の兄よりもずっと大人のように感じた。

しかし、その男を見たことがない。百人程度の小さな村だ。知らない人などいないはず。彼は村のどの男とも違う雰囲気をまとっていた。

着ている服は簡素ではあるが、どこか上品さを感じる。紺《こん》のシャツは水に濡れそぼって彼の

身体の線を鮮明《せんめい》にした。そこに異性を感じ、思わず目を逸《そ》らしてしまう。

　頭からは大きな角のような飾《かざ》りが出ていた。大陸のずっと先に、獣《けもの》の角を模した被《かぶ》り物をする騎馬《きば》の民族がいるという。彼はその民族の一人なのかもしれない。

「……あなたは誰《だれ》？」

　蒼い眼《め》に射貫《いぬ》かれ、肩が震《ふる》えた。水底のように深い蒼は氷のような冷たさを感じる。

「私はルガー。ここには君以外に誰かいる？」

　ルガーと名乗った男はあたりを見回した。言葉の代わりに必死になって頭を横に振《ふ》る。

「そうか。よかった。もしかして、ここは君の住処《すみか》かな？」

「住処？　ううん、違うよ。私の家は、森を出たところ」

「そうか、それはよかった」

　ルガーは前髪が吹《ふ》き飛びそうなほど大きく息を吐《は》いた。しかし、なにがよかったのかは教えてはくれない。聞いてはいけないような気がして、口を噤《つぐ》んだ。

「ごめんね。私のせいで濡れてしまった？」

　そういえばと、立ち上がり長いスカートを持ち上げた。服どころの話ではない。全身がぐっしょりと濡れている。

「家に帰れば着替《きが》えがあるから大丈夫《だいじょうぶ》、です。でも、あなたのほうが……」

「ああ、私はいいんだよ。だって、ここに泳ぎに来たんだ」

　ルガーは目を細めて笑う。屈託《くったく》のない笑顔《えがお》に親近感が湧《わ》く。しかし、彼が笑ってから胸が落ちつかない。理由のわからない感情を払《はら》うために頭を小さく振った。

ルガーはずっと遠くから来たに違《ちが》いない。このあたりの村には、どこも川が流れも強くないため、村の者はそこで身体を洗う。小さな子供にとっては遊び場にもなっていた。

「それだけのために？」

「そう。おかしいかな？」

そこまでする価値が水にはあると思えずクスリと笑った。ルガーは首を傾げている。その行動すらおかしく感じ、腹を抱《かか》えた。

「変。と～っても変だよ」

「そうかな？」

もう一度首を傾げると、彼はなにも言わずに泉の中に潜《もぐ》る。なにかに足を取られ、溺《おぼ》れてしまったのではないか。焦《あせ》って泉のへりに寄り中を覗《のぞ》いた。しかし、杞憂《きゆう》であったというようにすぐ目の前で彼が姿を現す。泳いできたのだろう。目の前に鮮《あざ》やかな蒼が広がった。

驚きに目を丸くしていると、ルガーが不思議そうに首を傾げる。

「どうしたの？」

「なんでもない……よ」

ルガーは泉の端《はし》に手を掛《か》けていとも簡単に陸へと上がった。本当に変わっている。だって服のまま泳いでいたのだ。泳ぎ辛《づら》いし、着替えだって必要になる。

「このままだと君が風邪《かぜ》を引いてしまうね。人間はとっても弱い生き物だと聞いている」

彼は一人頷《うなず》くと、口の中でなにかを唱えた。それは、精霊《せいれい》を呼び出すときのおまじないによく似ている。突然《とつぜん》、二人の周囲に風が舞《ま》う。長いスカートがふわりと広がり、慌《あわ》てて舞い上がるそれを押さえた。ライラの胸まで伸びた髪《かみ》も、ルガーの腰までの蒼い髪も風に躍《おど》り、空へと舞いあがる。暖かい空気が二人のあいだに渦巻《うずま》く。風が落ちつくころには、二人の濡れた服はカラッと乾《かわ》いていた。この出来事を信じることができなくて、何度も服を確認《かくにん》した。

「凄《すご》いっ！　もしかして、ルガーは魔法使《まほうつか》い様？」

世界のどこかには、魔法使いと呼ばれる人間がいると精霊から聞いたことがある。不思議な力を使うのだとか。魔女は世界に恐怖をもたらす存在だけど、魔法使いはその力で人々を助けてくれるのだ。彼はその魔法使いに違いない。だって、不思議な力で困っているライラを助けてくれたのだから。

しかし、彼は笑うばかりで明確な返事はしなかった。その笑顔を見て、これは聞いてはいけないことなのだと悟《さと》った。

「私がここに来たことは、秘密にしてもらえないかな？」

「……いいよ。私がここに居たことも秘密にして？　私も本当はここに来ちゃいけなかったの」

「そうか。じゃあ、二人だけの秘密だね」

ルガーがライラの頭を優しく撫《な》でる。その手が温かくて、離《はな》れていくとき寂《さび》しさを覚えた。

「君はなにをしに来たの？」

「精れ――……ううん、ちょっと一人になりたくて。ここに来ると元気になれるから」

「君みたいに小さな子が一人になりたいなんて、なにかあったのかな？　私でよければ聞くよ。秘密にしてくれるお礼だ」

ルガーは岩の上に腰掛《こしか》けると、ライラを隣《となり》に促《うなが》した。遠慮《えんりょ》がちに座る。すぐ近くに彼の蒼くて綺麗《きれい》な髪が揺《ゆ》れて、目で追った。

「十日前にお父さんが死んだの」

「それは、辛かったね」

ぽつりと呟《つぶや》けば、ルガーの大きな手が頭を優しく撫でる。いつ振りだろうか。目頭《めがしら》に熱が込み上げた。堪《こら》えるために歯を必死に食いしばる。小さく頭を振るのがやっとだった。

「一人じゃないから大丈夫。お兄ちゃんがいるもん」

「お兄さんのことが好きなんだね」

「うん。でも、お兄ちゃんは私のこと好きじゃないんだ……」

「なんで？　兄妹《きょうだい》なんだろう？」

「私、三年後にウィル様と結婚《けっこん》するんだって。ウィル様っていうのは村長の息子《むすこ》さんで。お兄ちゃん、私のこと嫌《きら》いだから早くいなくなって欲しいんだよ……」

膝《ひざ》を抱えて小さくなる。今朝見た兄の顔が脳裏《のうり》を過《よぎ》った。

村長の息子であるウィルとの婚約を伝えられたのは、今朝のこと。味のないスープに硬《かた》いパンを浸《ひた》していたときのことだ。いつもヘラヘラと笑う兄が、機嫌《きげん》悪そうに言い放った。

ウィルは七つ歳上《としうえ》の二十歳《はたち》。ライラが十六になるのを待って結婚するのだという。

「お兄さんが君のことを嫌いだって言ったの？」

　言葉の代わりに頭を横に振った。

「なら、勘違《かんちが》いかもしれない」

「嫌いじゃないなら、なんでこんなときに婚約なんて言うの？　私ね、スープもまともに作れないし、井戸《いど》の水もうまく引けないの。こういうの、オニモツって言うんだって、村の人が言ってた……」

「私はお兄さんではないからわからないな。でも、なにか理由があったんじゃない？　そういうときこそちゃんと話をしたほうがいいよ。たった二人だけの家族なんだろう？」

　ルガーが目を細めて笑う。優しい笑顔に気づいたときには頷いていた。

「でも、聞いてみて『嫌い』って言われたらどうしよう……」

　ライラにとって兄が唯一《ゆいいつ》の家族だ。村の中に親戚《しんせき》はいるものの、頼《たよ》るわけにはいかない。それでなくても、母が亡《な》くなった小さな頃《ころ》から随分《ずいぶん》と迷惑《めいわく》をかけていた。父が病気で倒《たお》れた時もだ。父や兄が親戚に頭を下げていたのは、一度や二度ではなかった。

　これ以上誰かの厄介《やっかい》になるわけにはいかない。

　ぎゅっとスカートを握《にぎ》りしめる。

「私は直接力になれないけど、臆病《おくびょう》なお嬢《じょう》さんには、勇気をあげよう」

　ルガーは、自身の長い髪を留めていた飾りを外す。右耳の下で留められていた髪が、風に吹かれて広がった。

「さあ、後ろを向いて」

言われるがまま背を向ける。彼はライラの頭をひと撫ですると、髪を器用に結《ゆ》っていく。頬《ほお》に熱があがるのがわかった。同じ年頃の女の子はみんな、髪を綺麗に結っているのだ。小さな頃母を亡くしたライラに、その方法を知る術《すべ》はなかった。いつも、伸《の》びた髪は櫛《くし》でとかす程度しかしていない。今になって恥《は》ずかしく思えて、行き先のない手で何度も前髪をいじった。

「柔《やわ》らかくて、綺麗な髪だね」

ルガーは鼻歌交じりに髪を結う。一本に結った髪の先に髪飾りをつけた。

「おしまい。これで、今日はお兄さんと話ができるよ。ちゃんと、素直《すなお》な気持ちを言うんだよ」

大きな手が再び頭を撫でる。それだけで、勇気が湧いてきそうだ。視界の端で髪飾りが揺れる。銀の輪のような髪飾りは、見たこともない小さな石が数種類埋《う》め込まれている物だった。その輪から同じ銀でできた飾りが何個もぶら下がっている。髪が揺れるたびにシャラシャラと音が鳴った。

「ありがとう……」

「どういたしまして。それじゃあ、そろそろ帰ろうかな」

「もう行っちゃうの？」

もっと話がしたい。こんな気持ちになるのは初めてだ。しかし、ルガーのほうはあっさりしたもので、一つ頷くと空を見上げた。

「迎《むか》えが来ると、秘密にできなくなってしまうからね」

「じゃ、じゃあ。また会える？　これのお礼がしたいの！」

「どうだろう？　近くに住んでいるからまた会えるかもしれない」

「この近くに住んでいるの？　会いに行っちゃだめ？」

ルガーは曖昧《あいまい》に笑う。きっと、聞いてはいけなかったことだったのだ。後悔《こうかい》が渦巻いて、髪飾りを握りしめる。

「ばいばい。可愛《かわい》いお嬢さん。その髪飾《かみかざ》りはあげるよ」

彼は笑顔《えがお》で手を振《ふ》ると、もう一度空を仰《あお》いだ。突然、強い風が吹《ふ》き荒《あ》れる。暴れる髪とスカートを押さえた。そうしている内に、ルガーの姿は消えて大きな蒼《あお》い鳥が現れる。違う。鳥じゃない。これは――竜《りゅう》。

竜はすぐに飛び立った。山の頂上に向かって一直線に。彼の残した強い風を受けながら、ただその姿を見送るしかない。

「……お嬢さんじゃないよ。私の名前はライラだよ」

小さくなる姿を目で追いながら呟《つぶや》いた。風が落ちついて泉に平穏《へいおん》が戻《もど》る。頭に感じた彼の存在を探すように何度も頭を手で擦《さす》った。


ふいに、視界がぐにゃりと歪《ゆが》む。

突然の浮遊感《ふゆうかん》にぎゅっと目を瞑《つぶ》った。

ガンッともゴンッとも取れる音がこだまする。目の奥で星が飛んだ。奥から押し出された涙《なみだ》を拭《ぬぐ》いながら瞼《まぶた》をあげると、視界に広がっていたはずの森はなくなっていた。代わりに、四角く切り取られたリオート山が見える。

「……ったぁ……夢かぁ」

頭がズキズキと痛む。すぐ隣にはベッドの脚《あし》、真っ直ぐ先には見慣れた天井《てんじょう》。

頭を擦りながら起き上がった。窓の外はまだ薄暗《うすぐら》い。

随分と昔の夢を見ていたようだ。三年くらい前だろうか。外で隣の家の鶏《にわとり》が現実だと騒《さわ》ぎ出す。のろのろと部屋の隅《すみ》のテーブルまで行くと、小箱を取り出した。蓋《ふた》を開ければ、石が月明かりに照らされて、青く輝《かがや》いている。

——こっちは現実。

彼の瞳《ひとみ》によく似た石。特別な物だ。

誰《だれ》にも言えない秘密が二つある。

一つ目は精霊と会う方法。二つ目は蒼い竜と会ったことがあること。

「おまえ、寝相《ねぞう》悪いの直んないなぁ……」

　朝食の席に着くやいなや、兄のイアンが大きなあくびを放った。明け方のことを言い当てられ、驚《おどろ》きに胸が跳《は》ねる。あの部屋には誰もいなかったはずだ。

「えっ。お兄ちゃん、見ていたの!?」

「そんなわけあるかよ。隣の部屋からすっごい音がしたからすぐにわかったんだよ」

　イアンはお陰《かげ》で寝不足だと口を尖《とが》らせた。思い出すだけで頭がズキズキと痛む。思わず後頭部を擦ると、更《さら》にイアンがニヤニヤと視線を投げかけてきた。

「おまえ、そんなんで嫁《よめ》に行けるのか～？　相手はウィル様だぞ？　次期村長様。毎朝蹴《け》って起こすんじゃないのか？」

「うるさいなぁ～。ご飯くらい黙《だま》って食べられないの？」

　ライラは明日《あした》、結婚する。しかし、未《いま》だ自分が十六になったその日に結婚するという実感を持てずにいた。

　窓から空を見上げる。雪と氷を残した大きなリオート山が空いっぱいに広がっていた。

　ヴォールの村は夏の暑さと冬の寒さを知らない。ここから南に馬で一日も走れば、大地が涸《か》れるような暑さだ。そして、北に馬を走らせれば、乾《かわ》いた冷たい風が吹くのだという。しかし、この村は不思議なことに常に心地《ここち》よい空気に包まれていた。

「また、空ばっか見て。そんなに竜人様が見たいか？」

向かいに座るイアンが、パンの欠片《かけら》を己《おのれ》の口の中へと放《ほう》り込む。

「そんなことないけど……」

あの日以来、ルガーの姿を見ることはなかった。結婚《けっこん》する前にもう一度だけ会いたいと、何度もあの泉へと通った。精霊《せいれい》たちにも聞いてみたが、興味があまりないのか首を傾《かし》げるばかり。

「竜人様を呼べば厄災《やくさい》が起こる。本来なら、名前を呼ぶだけでも恐《おそ》ろしいことなんだ。絶対に外では言うなよ」

イアンが口の中に最後のパンの欠片を放り込む。リオート山は、ヴォールの村から見るとなんの変哲《へんてつ》もない山だ。しかし、北に向かって山の反対側にいけば、美しき山の頂に氷に覆《おお》われた大きな宮殿《きゅうでん》が見えるという。そこに、竜人が暮らしているのだ。

村に残る伝説の中に、竜人に関《かか》わるものがいくつか残っている。竜人が降り立ち村に厄災が訪《おとず》れるという逸話《いつわ》や、竜人が村の花嫁《はなよめ》をさらうというおそろしいものばかり。そのため、彼らは畏怖《いふ》の対象だった。

「わかってる。……でも、厄災なんて起きないよ」

本当は厄災など起こらない。現に、三年前はなにも起こらなかったではないか。しかし、これを知っている者はライラのほかには誰もいない。花嫁をさらうという逸話だって本当かどうか怪《あや》しいのだ。竜人は運命の人と一生添《そ》い遂《と》げるのだと精霊たちは言っていた。小さな村の花嫁をさらう必要などないはずだ。

「なあ、覚えてるか？　三年前のこと」

イアンの言葉にライラは首を傾げる。お気に入りの髪飾りが小さく音を立てた。

「父さんが死んで、ウィル様との結婚が決まったときのことだよ」

「お兄ちゃん……。まだ覚えてたの？」

「忘れるわけないだろ。夜になって突然《とつぜん》、『お兄ちゃんは私のこと嫌《きら》いなの～？』なんて大泣きするんだからさ」

イアンは裏声で、泣きじゃくる真似《まね》をする。三年前のライラを真似ているのだろう。睨《にら》んだが、効果はない。それどころか、楽しそうにカラカラと笑った。

「うるさいなぁ～。お兄ちゃんはデリカシーって言葉知らないの？」

恥ずかしさを隠《かく》すため、頬を膨《ふく》らませる。彼は「悪い悪い」と言い、真面目《まじめ》な顔をした。

「あんときはさ。おまえ、婚約は嫌《いや》がらなかっただろ？」

「そうだね」

わずか十三歳で結ばれた婚約は、両親を亡《な》くした二人のためと村長によって半ば強制的に決められた。イアンに反対する余地はなく、決定したことを伝えられただけだったのだという。

その事実を聞いたとき、婚約のことよりも兄から嫌われていないことに胸《むね》を撫《な》で下ろした。ルガーから勇気を貰《もら》わなければ、わだかまりを持ったまま結婚していたかもしれない。

「ライラはさ、これでいいのか？」

「いいってなにが？」

「なにがって、今聞くってことは結婚のことしかないだろ？」

イアンの眉根《まゆね》が寄る。彼に思い詰《つ》めた表情は似合わない。人差し指を彼の眉間《みけん》にねじ込んだ。

「おいっ！　俺は真面目に……！」

「はいはい。お兄ちゃん、この結婚はとってもいい話よ。みんな言っている」

結婚が決まった十三の頃《ころ》から、村のみんなに手放しで喜ばれてきた。まだ父の死を受け入れられていないときからずっとだ。

「みんなの話は今聞いてない。ライラは本当にいいのか？」

「いいもなにも、明日には結婚するの。……今日のお兄ちゃんは変。いつも変だけど」

「あのなぁ……」

「でも、別に嫌じゃないよ。ウィル様は優《やさ》しいし、明日から井戸《いど》の水を汲《く》まなくてよくなるし」

村長の屋敷《やしき》には唯一《ゆいいつ》使用人がいる。村長は奥方共々いつも忙《いそが》しい。家のことなどしている暇《ひま》がないのだ。嫁入《よめい》りすれば村長の妻としての仕事を憶《おぼ》えなくてはならない。日課であった朝の水汲みも必要なくなる。

いいことずくめのはずだ。

それだというのに、窓ガラスにうっすら映る顔は、浮《う》かない顔をしている。

今まで目にしてきた花嫁の笑顔はキラキラと輝いていた。それに引き換《か》え自分自身はどうだ。

柔《やわ》らかくて綺麗《きれい》だと褒《ほ》めてもらった亜麻色《あまいろ》の髪《かみ》は三年間で随分《ずいぶん》と伸《の》びた。あの日貰った髪飾《かみかざ》りが揺《ゆ》れる。これをつけるために、自分で髪が結《ゆ》えるように必死で練習したのだ。随分上手《うま》くなったと思う。

「嫌なら、結婚なんてやめていいんだ。なんならさ、これから二人でセントルに逃《に》げるか？」

「セントルって……帝都《ていと》？　お兄ちゃん知らないの？　ここからずっと遠いのよ」

帝都セントルはこの国の中心地だ。ヴォールの村からでは早馬でも十日掛《か》かる。村を出たことのない二人で目指したら、どのくらいで着くだろうか。その前に盗賊《とうぞく》に身ぐるみ剝《は》がされて終わるのがオチだ。

「ほらさ、シスルさんにお願いして同行させてもらえばどうにかなるだろ？」

「あのね～。シスルさんに迷惑《めいわく》だよ」

シスルはセントルに住んでいる薬師《くすし》だ。彼女はヴォールにしか咲《さ》かない薬草のために、年に数回やって来る。薬草と引き換えに貴重な薬をわけてくれるのだ。田舎《いなか》の薬師では作れないような薬を作ってくれるとあって、村の人からも慕《した》われている。

「そういえば、シスルさん明日来るかな？」

「前に来たときに、結婚式に間に合わせるって言っていたしな。ひょっこり現れるさ」

「結婚のお祝いに、セントルで流行《はや》りの服を貰う約束しているんだ。楽しみだなぁ」

「でもさ、本当に嫌だったら言うんだぞ。ここじゃないと駄目《だめ》なわけじゃないんだからさ」

イアンには敵《かな》わない。いつも彼だけは、心の底に渦巻《うずま》く不安や不満に気づいてくれる。子どものように嫌だと泣き叫《さけ》べば、本当に手を取ってセントルまで行ってくれそうだ。

「大丈夫《だいじょうぶ》。ウィル様のこと嫌いじゃないよ」

「好きでもないんだろ？」

「大丈夫！　結婚から始まる恋《こい》だってあるよ」

まだ子供だから恋を知らないだけ。ともに暮らすようになれば好きになっていくはずだ。

何度笑《え》顔《がお》で「大丈夫」と言っても、イアンの複雑な顔は変わらなかった。

ここ数ヶ月、結婚に向けた準備はしてきている。それでも、毎朝兄と話しながらの朝食がなくなるという実感が湧《わ》いてこない。きっと、結婚して初めての朝を迎《むか》えるまではわからないままだろう。


静かな泉の前で青い石を陽《ひ》の光にかざした。光を受けた石は輝《かがや》きを増す。

「ジァ・グ・ウィッチ」

おまじないを受けて変化を示す。それが成功である印に、木《こ》陰《かげ》から小さな頭がひょっこりと顔を出した。

「ライラ！」

「ライラ、スキー！」

飛び跳《は》ねた精霊は、風に乗って空高く舞《ま》い上がる。ゆるゆると螺旋《らせん》を描《えが》きながら、ライラのもとへと舞い降りた。慌《あわ》てて両手で受け止めるのはいつものことだ。

「久しぶりだね」

「寂《サビ》シイー」

「悲シイー」

「オハナシショ？」

肩《かた》や腕《うで》にしがみつく彼らに笑顔をおくる。ここのところ、結婚の準備で森に入ることができなかった。こんなに日を空けたのは初めてだったので、彼らも寂しかったのだろう。

「うん。私も寂しかったよ」

しかし、今日の目的は、ただ彼らに会いに来たわけではない。きちんと挨拶《あいさつ》をしなければならなかった。結婚をすれば、自由に森の中に入れなくなるからだ。

「今日はね、みんなにお別れを言いにきたの」

「オカワリ？」

「ううん、お別れ。今日でみんなとはさようならしなくちゃいけないんだ」

一方的な別れを告げると、精霊たちのつぶらな瞳《ひとみ》がさらに丸くなった。

「サヨナラ？」

「バイバイ？」

「そう、ばいばい」

「ライラ、ヤー？」

「会イタクナイ？」

「キライ？」

　小さな瞳にたっぷりと涙《なみだ》を溜《た》めた。静かだった泉に強い風が吹《ふ》く。精霊《せいれい》たちに呼応するように、突風《とっぷう》となった。ワンピースのスカートがバタバタと足に当たる。

「違《ちが》うよ！　落ちついて！　私、みんなのこと大好きだよ！」

　風がピタリと止《や》み、同時に彼らの表情も明るくなった。心なしか、髪の毛も嬉《うれ》しそうにふわふわ揺れている。慎重《しんちょう》に言葉を選ばなければ。風は彼らの気持ちに呼応するのだ。

「あのね。次に会いに来るのは、とっても遅《おそ》くなっちゃうかもしれないの」

「マタ会エル？」

「うん、また会えるよ。だって、私たち友達でしょう？」

「トモダチ！」

「ズットイッショ！」

　精霊たちが飛び跳ねる。嬉しそうに風に乗ってくるりと回った。

　彼らとの秘密の時間は大切なものだった。途中《とちゅう》からは会いたい人も増え、心に占《し》める割合が増したように思う。暇さえあれば森に入った。それも今日で終わり。これが大人になるということなのかもしれない。

　気づけば髪飾りを握《にぎ》りしめていた。

「あのね、みんなにお願いがあるの」

「オネガイ？」

「叶《カナ》エル！」

「トモダチ！」

精霊たちが目の前に整列を始めた。その姿が可愛《かわい》らしく笑みが漏《も》れる。

「あのね。ルガー……。えっと、蒼《あお》くて大きいのが来たら伝えて欲しいことがあるの」

「蒼イノ？」

「そう、前に一度落ちてきたでしょう？」

「大キイノ！」

「彼がまたここに来たら……」

なにを伝えたいのだろうか。リオート山を見上げても答えは出ない。

蒼い瞳を持った竜《りゅう》が脳裏《のうり》を過《よぎ》る。もう一度会えばこの胸のざわめきの意味がわかると思った。

「ううん、なんでもない。そうだ、今日は歌って、踊《おど》って、お話ししよう？」

「歌ウ！」

「踊ル！」

「オハナシスル～！」

精霊たちは嬉しそうに笑った。日が暮れるまで彼らと歌い、踊り、話をした。最後の日も彼は来ない。人生ってそう上手《うま》くはいかないものだ。

泉で遊び過ぎたせいもあり、ベッドの上で目を閉じたのは夜を告げる鐘《かね》が鳴った後だった。眠《ねむ》ることができず、ベッドの上で何度も寝返《ねがえ》りを繰《く》り返す。目の下に隈《くま》を作って結婚《けっこん》式に出たら怒《おこ》られるだろうか。結局、眠ることはできず、起き上がった。

枕元《まくらもと》に置いた髪飾りをいじる。勇気をくれたルガーの贈《おく》り物は、替《か》えの利《き》かないお守りになっていた。いつも肌身《はだみ》離《はな》さず身につけている。

慣れた手つきで髪を結う。最後に髪飾りをつけた。これをつけると、自然と勇気が湧く。

――きっと明日《あした》だって大丈夫。

揺れる髪飾りを撫《な》でる。シャラシャラと金属の音が響《ひび》いた。

しかし、思考を止めるように大きな足音が耳に入る。すぐに扉《とびら》が開かれた。

「おいっ！　起きろっ！　逃げるぞ！」

「……お兄ちゃん？　急にどうしたの？」

「外を見ろ！　火事だ！」

イアンの言葉に眉根《まゆね》を寄せる。

しかし、言われた通り窓の外を覗《のぞ》いて言葉を失った。目の前が業火《ごうか》に包まれていたからだ。

草木が燃え、家の屋根に火がついている。目の前の家がつぶれていく。中から逃げまどう人の影《かげ》を見つけ肩が震《ふる》えた。

「お、お兄ちゃん……どうしよう……」

「馬鹿《ばか》！　逃げるに決まっているだろっ！」

イアンに手を引かれながら、着の身着のまま家の外へと出た。既《すで》に火の手はすぐそこまで来ている。迫《せま》りくる火を避《よ》けながら必死に走った。火の粉を受け泣き叫ぶ子ども。腰《こし》の弱い老人。助けることのできない非力さに打ちのめされながら、村の端《はし》を流れる川を目指した。村中に煙《けむり》が充満《じゅうまん》している。なにかが焦《こ》げる臭《にお》いが鼻につく。息をうまく吸うこともできず、何度も咳《せ》き込んだ。

——どうしてこんなことになったの？　なぜ今なの？

丘《おか》の上に建つ村長の大きな屋敷《やしき》は既に形を成していない。明日の結婚式はどうなるのか。今は考えても仕方ないというのに、くだらないことばかり考えてしまう。

「ライラ！　危ない！」

イアンの叫び声で振《ふ》り返った。頭上には、倒《たお》れかけた木が迫ってきていた。恐怖《きょうふ》に負け固く目を瞑《つぶ》る。背中を強く押され地へと倒れ込んだ。強く頬を打ち気が遠くなる。

このまま眠ってしまえば、悪夢から目覚めるかもしれない。

「ライラ！　目を開けろ！」

イアンの荒々《あらあら》しい声が耳に入りおそるおそる瞼《まぶた》を上げる。声を頼《たよ》りに振り返ると、同じように倒れているイアンを見つけた。彼の腰には倒れた太い幹が覆《おお》い被《かぶ》さっている。じわじわと火の波が木の根から這《は》いあがってきていた。

「お兄ちゃんっ!?」

「ライラ、行け。真っ直《す》ぐ行けばすぐに川があるだろ。そこなら火も襲《おそ》ってこない。待っていれば、ウィル様がおまえを迎《むか》えに来てくれる」

「意味わからないよ。お兄ちゃんも一緒《いっしょ》に行こう？」

イアンは眉尻《まゆじり》を下げて、小さく頭を横に振った。

「……俺は無理そうだ。ごめんな」

「やだよ。私、一人は嫌《いや》！」

どうにかしたい一心で、イアンの上に載《の》る大木を持ち上げようとした。しかし、ピクリともしない。

――どうしよう。誰《だれ》か助けてっ……！

イアンの両腕《りょううで》を引き、身体《からだ》を引っ張り出そうにも、大きな木の幹が邪魔《じゃま》をする。ライラは力なく彼の前に座り込んだ。彼の手がライラの左腕を弱々しく掴《つか》む。

「おまえがわがまま言うの、五年ぶりだな」

彼は眉尻を落とし寂しそうに笑った。そんな笑顔《えがお》、この十六年で一度だって見たことがない。

「駄目《だめ》なにーちゃんでごめんな」

彼は口角を上げた。しかし、お世辞にも笑顔とは言えなかった。ライラの腕を掴む手の力が強くなる。腕に爪《つめ》が食い込んだ。痛くても「離して」とは言えない。彼の手が震えていたのだ。

「意味、わかんないよ……」

「こんなことなら、昨日もっと話しておくんだった。……行け、ライラ。時間がない」

「私、ここにいてもなにもできない？」

「ライラにできること、一つだけあるだろ？」

「なに？　私、なんでもする。だから――」

一緒に逃《に》げよう。そう言う前に、イアンが声をかぶせる。

「幸せになれ。ライラ。俺の分まで生きろ」

イアンがライラの腕から手を離す。その手でトンッとライラの胸を押した。

今のライラには、彼の言葉に静かに頷《うなず》くことしかできなかった。

最後に見た彼の右手が小刻みに震えていたのを覚えている。

ライラは真っ直ぐ走る。もう後ろを見たりはしなかった。兄のもとにはじわじわと火の波が迫っている。自身の非情さを罵《ののし》りながら、それでも走った。

一人で走る中、降ってきた火の粉を浴びて左腕を焼いた。強い痛みに声にならない声を上げる。それでも、兄の最後の顔を思い出しながら走った。

川には既に数人の人影《ひとかげ》がある。十人にも満たない数だ。皆《みな》、燃える村ではなく星が輝《かがや》く空を呆然《ぼうぜん》と見上げている。そこには、大きな影が動いていた。

「竜だ……竜人様だ……」

「厄災《やくさい》だ……！　竜人様を怒らせたんだ……！」

誰かが震えた声で呟《つぶや》いた。大きな影はゆっくりと村の上空を旋回《せんかい》し、口から火を吹《ふ》いていた。

「竜……」

大きな竜がひとしきり村を荒《あ》らすと、ライラたちのもとへと近づく。炎《ほのお》に照らされた竜は蒼く美しい姿をしていた。炎の中にいるというのに、氷のように冷たく光る蒼い眼《め》に肩《かた》が震える。しかし、蒼い竜は川に逃げた者たちを無慈悲《むじひ》に焼き払《はら》うことはしなかった。ただ、力を誇示《こじ》するように横切り上空へと上がっていく。小さくなる影を目で追い、言葉なく空を見上げた。

ヴォールの村は一晩で焼け野原となる。そして、ライラはいつもと違《ちが》う朝を迎えた。


朝日が顔に影を作る。村はこんなにも荒れ果てているというのに、リオート山はいつも通りの朝を迎えていた。

家という家は全《すべ》て燃えた。来た道を戻《もど》る足取りは重い。未《いま》だパチパチと音を立てているところも多い。足はとうに擦《す》り切れて、傷口からは血がにじんでいた。煤《すす》けた寝間着は焼け焦げ、太股《ふともも》を晒《さら》す。

大きな一本道を行けば、兄と別れた場所に行きつく。炭に変わった大木を見つけ、イアンの顔を思い出した。急に押し寄せる不安に、胸が締《し》めつけられる。大木のもとへと駆《か》けた。そして、目の前に広がる炭の塊《かたまり》に両手を差し入れる。まだ熱の残る炭はライラの手を黒く染める。見つかるなと何度も唱えながら灰を掻《か》き分けた。しかし、願いを裏切るように左手が異物を捕《と》らえる。

「お兄ちゃん……」

煤だらけの手の中には硬《かた》い骨。

肩が震えた。ライラは唇《くちびる》を噛《か》みしめる。最後に見た苦しそうな顔が脳裏を過《よぎ》った。

「……ィーカ・ワース・ロー……やだよ……。言えないよ……」

『ィーカ・ワース・ローン・ゴ・フォール』という言葉がある。それは、ヴォールの村に伝わる別れの言葉だ。この言葉を死者に贈ることで、彼らは神のもとへといけるのだそうだ。母のときも、父のときもこの呪文《じゅもん》を唱えた。

ただの儀式《ぎしき》のようなものだ。しかし、これを唱えたら、本当に一人になってしまう気がした。

風が吹いて骨についた煤を払う。煤が頬《ほお》を撫で、衣服を更《さら》に汚《よご》していく。

ライラはほとんど燃えた家を荒らす。青い石だけはなんとしても見つけ出したかった。あれは、父との思い出だ。そして、小さな友達を呼ぶための唯一《ゆいいつ》の道具。

――一人はいや。

焼け焦げた木材をひっくり返す。しかし、汚れるばかりで大切な物は出てこなかった。

「ジァ・グ・ウィッチ」

唱えたところで、青い石は太陽の光を浴びなければ意味がない。ガラクタに埋《う》もれた状態では、いつも楽しそうに笑う甲高《かんだか》い声は聞こえなかった。

「ライラ？」

聞きなれた声に呼ばれ振《ふ》り返る。煤けた村には似合わない白銀の長い髪《かみ》が風に舞《ま》う。

「シスル……さん？」

「よかった。無事だったのね」

　シスルは深紅《しんく》の瞳《ひとみ》に涙《なみだ》を浮《う》かべてライラのもとへ駆け寄った。

「どうしてここにいるの？」

「どうしてって、約束したじゃない。結婚《けっこん》式に行くって。今日だったわよね？　そしたら、こんなことになっていて。とても心配したわ。……イアンは？」

　なにも言えず、静かに頭を横に振った。同時にシスルの形のいい眉《まゆ》が下がる。

「そう……。でも、ライラだけでも無事でよかった」

　唐突《とうとつ》にシスルに頭を撫《な》でられ、身を硬《かた》くした。シスルが子供にするように顔を覗《のぞ》き込む。彼女の深紅の目にライラの煤で汚れた顔が映った。

「辛《つら》いとは思うけど、なにがあったのか教えてくれない？」

「……夜中よ。突然村中が火の海になったの。お兄ちゃんと川に向かって……。私のせいでお兄ちゃんが……」

　夜中の事をありありと思い出す。肌《はだ》を焼く熱も、息苦しさも、兄の笑顔も全部だ。しかし、涙は涸《か》れたように出てこない。

　もしも、あのときよそ見などしていなければ、兄は命を落とさなかっただろう。その事実を受け入れることができない。

「どうして、火事になったのかわかる？」

　シスルの質問に思考がとまった。思い出すように視線を巡《めぐ》らせ、空を見上げた。

「私、見たの。竜《りゅう》を。蒼《あお》い鱗《うろこ》と、蒼い眼。大きな竜が火を吹いて、村をこんなにしてしまった」

「蒼い鱗に、蒼い瞳……。多分それは蒼竜王《そうりゅうおう》のことね。一度だけ見たことがあるわ」

「蒼竜王……」

シスルが大きなリオート山の頂上を指差す。

「北にある帝都《ていと》側から見るとリオート山の山頂には大きな宮殿《きゅうでん》が見えるの。そこに竜人の根城があるのは知っているでしょう？　そこを束ねているのが、蒼竜王。今はルガーって名前だったかしら。竜人の中で唯一蒼い鱗と、蒼い眼を持っているの。蒼竜の血を継《つ》ぐ者って話だけど」

「唯一蒼い……ルガー……」

気づいたときにはその場から駆け出していた。

「ライラッ⁉」

裸足《はだし》のまま森の中へ向かう。幸か不幸か森には火が移らなかったらしい。青々とした木々に迎《むか》えられた。いつも通る道を走る。シスルの声が背を追っていたが、振《ふ》り向く余裕《よゆう》はなかった。

思い出の泉にたどり着く。ここだけは時間を止めたように昨日と変わらない。

「なんでっ！　なんであんなことしたの？」

空に向かって叫《さけ》んだ。木々が騒《ざわ》めき、鳥が飛び立つ。それでも叫ぶことをやめなかった。

「なんで村を焼いたの？　なんでお兄ちゃんは死ななくちゃいけなかったの？　教えて！」

叫び声が森に響《ひび》き渡《わた》る。しかし、返事はない。あの山の頂から真っ逆さまに落ちてこないだろうか。なんだっていい。話がしたい。理由が知りたい。その後に殺されてしまっても構わない。もう、なにも残っていないのだから。

「嘘《うそ》だって言ってよ……！」

　ライラの声はリオート山の頂上には届かない。今頃《いまごろ》ルガーは呑気《のんき》に眠《ねむ》っているかもしれない。声が嗄《か》れるまで叫んだが、彼が姿を現すことはなかった。力なく座り込む。

「ライラ、突然こんなところまできて、なにがあったの？」

　シスルの遠慮《えんりょ》がちな声が耳に入った。彼女のことをすっかり忘れていた。

「ごめんなさい。なんでもないの」

「なんでもないなんて顔じゃないわ。お願い。私にも教えて？　でも、このままは駄目《だめ》ね。とりあえず着替《きが》えましょう。こんな格好で外にいるのは危ないわ。ちょうど、あなたに贈《おく》る予定だった服があるの。その前に身体《からだ》も頭も洗ったほうがいいわね」

　シスルはテキパキと準備を始める。取り出したナイフで、着ていた服は破られた。呆然《ぼうぜん》としているあいだに、泉の水で全身をくまなく洗われる。気づいたときには新しい服を着せられていた。

「っ……」

　シスルの手が腕《うで》を掠《かす》めたとき、初めて痛みに声を上げる。腕には、手のひら大の火傷《やけど》が広がっていた。辛そうなイアンの顔を思い出す。その火傷の痕《あと》は彼が最後に掴《つか》んだ部分と全く同じ場所にあったのだ。

「ひどい火傷ね。薬を塗《ぬ》りましょう。足も傷だらけ」

「ねぇ、シスルさん。本当に、私が見たのは本当にルガーって人なのかな？」

「突然どうしたの？　ライラが見たのは蒼い竜だったのでしょう？　この世界に蒼い竜人はたった一人しか存在しないわ」

「まだ小さかった頃、蒼い竜人に会ったことがあるの。蒼い髪と瞳で……ルガーって名乗った。蒼い竜に変わったところも全部見たの。とても優《やさ》しくて、あんなひどいことをするような人には見えなかった」

瞼《まぶた》を落とせば、いつでも思い出すことができる。あの日出会った蒼い竜人。しかし、それと村を襲《おそ》った竜が同一人物には見えなかった。

「人の一面は一つとは限らない。もしかしたら、偵察《ていさつ》に来たのかも」

「偵察……。そういえば、私以外に人間はいるのかって気にしていたような気がする」

あのときは、二人だけの秘密に心躍《おど》らされた。しかし、それも今日のためだったのかもしれない。脳裏《のうり》に浮かぶルガーの優しい顔が歪《ゆが》んでいく。身震《みぶる》いした。

「ライラ、恨《うら》んでは駄目よ」

シスルの言葉にドクンッと胸が跳《は》ねた。この行き場のない感情を、どこにぶつけていいかわからずにいたからだ。厄災《やくさい》というには無理がある。竜人の気まぐれで兄を亡《な》くし、孤独《こどく》になったのだ。理由もわからずに「仕方ない」で終わらせられるほど、物わかりのいい大人ではなかった。こんなにも苦しいのに、リオート山は変わらず涼《すず》しげだ。

「シスルさん、どうしたら蒼い竜に会えるのかな？　私、お兄ちゃんの仇《かたき》を討《う》ちたい」

右手を強く握《にぎ》り締《し》める。爪《つめ》が手のひらに食い込み血がにじんだ。

――そうだ。お兄ちゃんが死んだのも、村がこんなになったのも、全部ルガーのせいだ。

だから、仇を取らないといけない。それができるのはライラだけなのだから。

「仇を討つことがどんなことかわかっている？　竜人を一人、殺すということよ？」

シスルの言葉に唇を噛みしめる。風が吹《ふ》き、結《ゆ》った髪の毛が揺《ゆ》れた。そこに飾《かざ》られた髪飾りが視界に入る。ライラはそれを握りしめた。

荷物の上に無造作に置かれたナイフを手に取る。

『柔《やわ》らかくて、綺麗《きれい》な髪だね』

彼のたった一言で伸《の》ばした髪だった。この三年間、毎日同じ髪飾りをつけた。これを見るたびに、彼が隣《となり》で笑っている気がしたのだ。

あの笑顔《えがお》にすっかり騙《だま》されてしまっていた。

――お兄ちゃん、待っていて。絶対仇を討つから。

結った髪をつかむと、根元から髪を断《た》つ。もう、優しい思い出はいらない。

「私、お兄ちゃんの仇を取りたい。そのためなら、悪い魔女《まじょ》にだってなれるよ」

肩《かた》よりも短くなった髪の毛は、はらはらと風に揺られた。

「なら、一緒《いっしょ》に帝都までいらっしゃい。そうしたら、仇を討つ方法を教えてあげる」

シスルの口角がわずかに上がる。それがなにを意味するのか、わからなかった。

二章　再会

昼を示す鐘《かね》が鳴る。帝都セントルの中央に建つ大きな塔《とう》の鐘だ。ヴォールの村から移り住んで約二年。リオート山よりも随分《ずいぶん》低いそれを見上げるのが日課になっていた。

目の前には赤い煉瓦《れんが》と三角屋根が並んだ街並みが続く。石畳《いしだたみ》を駆《か》けた。遊び道具を手にした子どもが横を通り過ぎ、急ぎ足の馬車に抜《ぬ》かされる。手には大きな紙袋《かみぶくろ》。中には野菜やパンが敷《し》き詰《つ》められていた。

乾《かわ》いた冷たい風が吹き、肩まで短く切った髪《かみ》をさらう。

「ライラちゃん、今日も大量ねぇ」

シスルの店から五軒《けん》先にある宝石屋の女将《おかみ》がライラに声を掛《か》ける。その声に笑顔で返すのも日課のようなものだ。

「おばさん、こんにちは！」

商業地区メルカトール。帝都の東に位置する、都一騒《さわ》がしい街だ。国中の商人が集まり、商売が盛《さか》んに行われている。シスルの店はその地区の大通り――ルイドソ通り――の中ほどにある。この通りに店を構えるのはそう簡単ではないらしい。厳しい戦いに勝ち抜いた者ばかりが集まる、いわば商人の戦場だ。その中で、薬師《くすし》シスルの薬屋は随分と繁盛《はんじょう》していた。

「今日も人が多くてかなわないわねぇ」

女将は前髪が揺れるほど大きなため息を吐《つ》いた。ルイドソ通りはいつでも賑《にぎ》わっている。しかし、この数日間は特別多い。ライラが暮らしたのはたった二年間ではあるが、その中で一番と言っても過言ではない。返事の代わりに肩を竦《すく》める。

十年に一度行われる異種族交流会《カローナ》が始まったのだ。王冠《おうかん》という意味を持つこの催《もよお》し物は、多くの種族の長《おさ》が集まる会議で、七日かけて行われさまざまな取り決めを話し合うのだという。蒼竜王ルガーも参加をしていた。

「異種族交流会《カローナ》ももう六日目。七日間も偉《えら》い人たちはなんの話してんのかしら。さっさと終わらせて欲しいわよねぇ……」

女将は再び大きなため息を吐く。ライラは曖昧《あいまい》に笑って返した。

帝都《ていと》セントルの住民のほとんどが人間だ。しかし、異種族交流会《カローナ》の期間は、ふだん見ないようないでたちの者が道を闊歩《かっぽ》するのだ。獣《けもの》の耳や尾《お》がある者もいれば、人間よりも大きな者、小さな者もいる。いつもとは違《ちが》う空気がこの商業地区メルカトールにも漂《ただよ》っていた。

彼女は異種族が苦手のようで、この街の様子に辟易《へきえき》しているようだ。

急に空がかげった。空には大きな緑色の竜《りゅう》が二頭並んでゆっくり飛んでいる。無意識に身体が震《ふる》えた。左腕《ひだりうで》の火傷の痕が燃えるように痛い。もう、治ったはずだ。

「やあね、また空を飛んでいるわよ。ああやって、力を誇示《こじ》しているんだわ」

女将の三度目の大きなため息が頬《ほお》を掠める。

帝都セントルに住む人は、竜人《りゅうじん》を恐《おそ》れていない。そのことにライラは驚《おどろ》いた。ヴォールの村では畏怖《いふ》されていた存在だ。こんな風に上空を自由に飛ぶ竜人を見たら、皆卒倒《みなそっとう》するだろう。話によれば、三百年前、竜人と人間のあいだで争いがあった。その後、平和条約が結ばれたのだという。竜人は人間を襲わない。セントルに住む大抵《たいてい》の者が知っている常識だ。しかし、この条約に意味はない。国の端《はし》では村が一つ消えている。皆、その事実を知らないからこそ、空を飛び回る竜人を呑気《のんき》に見上げていられるのだ。

　空を飛ぶ竜を目で追う。

「目を合わせると、番《つが》いだと思われて山の上に連れて行かれるわよ」

――いっそのこと、連れて行かれたい。そしたら、あの男をこの手で……。

手に力が入る。胸の中に渦巻《うずま》く黒い感情を隠《かく》し、笑顔を向けた。

「おばさん、竜人は適当に番いを選んでいるわけじゃないんですって。本に書いてあったわ。だから、ちょっとくらい目が合っても大丈夫《だいじょうぶ》なのよ」

伝聞は内容が変わっていく。竜人の番いは、魂《たましい》の繋《つな》がりであることを知る者は少ないようだ。

　シスルの家は小さな煉瓦造りの二階建てだ。古い建物を借りたそうで、立派な建物に挟《はさ》まっている。一階は薬屋として使用し、二階は住居になっていた。二階の部屋まで染《し》みついた薬の匂《にお》いに初めは戸惑《とまど》ったものの、二年たった今では嗅《か》ぐだけで落ちつくほどに馴染《なじ》んだ。

異種族交流会《カローナ》は七日目――最終日を迎《むか》えた。ライラにとって待ちに待った日だ。二年前からこの日を目標に準備をしてきた。この二年、村で起こったことは片時も忘れたことはない。復《ふく》讐《しゅう》の方法に関しては、シスルから「時期が来たら教える」と言われ続けたのだ。

六日前から、兄を死に追いやった男がすぐそばにいるというのに、肝心《かんじん》の竜人の殺し方は知らないまま。やきもきした気持ちで迎えた朝、ようやく彼女から声がかかった。

朝から二階の小さな食堂で、テーブルを挟みシスルと向かい合って座る。テーブルの上には小さな瓶《びん》と大きな瓶の二つが並ぶ。小さな瓶には真っ赤な液体が、大きな瓶の中には丸くて艶《つや》やかな赤い飴玉《あめだま》がたくさん入っていた。

彼女の真剣《しんけん》な面持《おもも》ちと、いつもとは違う空気。瓶の中身がなんであるか察するのは簡単だ。胸がざわめく。

「シスルさん、これで竜人を殺すことができるの？」

「ええ、そうよ。これから、竜人を殺す方法を教えるわね。竜人は強い。人間なんて片手で殺してしまうほど。竜に変化《へんげ》して空を飛び、空を支配する。それだけじゃない。人の何倍も耳がよくて鼻も利《き》く。そして長寿《ちょうじゅ》。竜人をたった一人で殺すのは難しいわ。そして――」

「番いを見分けることができる、でしょ？」

シスルが話し終える前に言葉を重ねれば、彼女は目を細めて笑った。

「そう、彼らにとって番いは唯一《ゆいいつ》無二の存在」

「それは聞いたことがある。たった一人を生涯《しょうがい》愛するんだって」

教えてくれた小さな精霊《せいれい》たちはそれを運命であり、魂の繋がりだと言っていた。

「竜人にとって番いは長い生でただ一人。つまり、強い彼らの弱点でもあると思うの」

「弱点……。番いが？」

「いつの時代も恋《こい》をすると相手のことばかりが頭を占《し》める。特に竜人は番いを前にすると周りが見えなくなってしまうというわ。それを逆手に取るの」

シスルはテーブルの上に置かれた瓶のうち、小さなほうを手に取る。中に入った赤い液体が波打った。

「これは、あなたを百日間だけ蒼竜王《そうりゅうおう》の番いにしてくれる薬」

「番いになる薬？　番いって、生まれたときから決まった運命の相手なんだよね？　この薬を飲んだだけで、ルガーの番いになるの？」

「ええ、そうよ。誰《だれ》でもね。竜人は番いを匂いで嗅ぎ分けるの。この薬は、人間の匂いを変化させるものよ。ただし副作用もある」

ライラはシスルから小瓶を受け取りながら、それを凝視《ぎょうし》した。最初に見たときよりも不気味に見える。まるで、血のようなのだ。その赤い液体に溺《おぼ》れてしまいそうだった。

「これを飲むとね、一日後に死んでしまうのよ」

シスルの言葉に肩が跳《は》ねた。手の中の液体が、波を立てる。

「そんな顔しないの。この薬だけなら、あなたは竜人の番いになった次の日に死ぬことになる。けど、もう一つ、これを口にすることで運命は変わる」

シスルは、大きな瓶を持ち上げた。瓶の中には赤い玉が敷き詰められている。傾《かたむ》くたびに上の数個がコロコロと転がり、小さな音を立てた。

手中の小瓶に入った液体が何度も跳ね上がる。手の震えを止めることができない。慌《あわ》てて小瓶をテーブルに置いた。

「大丈夫だから、お願い。続けて」

シスルの眉尻《まゆじり》がわずかに落ちる。膝《ひざ》の上でスカートを握《にぎ》りしめて、笑って見せた。彼女は小さくため息を漏《も》らす。「お願い」ともう一度言うと、彼女は咳払《せきばら》いをした。

「これは、竜人を殺すことのできる毒よ」

「毒……？　これが？　飴玉にしか見えないよ」

一口大の飴玉だ。同じような大きさで、蜂蜜《はちみつ》色の飴玉が並んでいるのを見たことがあった。しかし、毒と言われた途端《とたん》、禍々《まがまが》しい物のように感じる。

「竜人に有害な花があるの。飴玉にはそれが練り込まれているのよ。この中には百個、毒入りの飴玉が入っているわ。これを毎日舐《な》めるの」

「舐めるって、ルガーが？」

こんな得体の知れない物、番いにお願いされたって舐めないだろう。

「違うわよ。ライラ、あなたが舐めるの」

「だって、これって毒なんでしょ？」

「毒であり、薬でもあるのよ。いい？　この飴玉は竜人を殺す毒。それと同時に、番いになる薬の副作用を帳消しにできる薬でもあるの」

「どういうこと？　全然意味わからないよ。毒なのに私が舐めて、それが薬になるの？　私は死ぬの……？」

　ずっと鼓動《こどう》は駆《か》け足のままだ。二年前、死ぬのは怖《こわ》くないと思ったはずなのに、腹の奥が握りつぶされそうなほど痛い。上手《うま》く呼吸ができなくて、耳が遠くなる。

　シスルの手がライラの両肩《りょうかた》を掴《つか》む。大きく揺《ゆ》さぶられた。彼女は、テーブルの反対側にいたはずだ。いつの間にか、隣《となり》にいて、顔を覗《のぞ》きこまれている。彼女の飴玉のような瞳《ひとみ》には、不安で押しつぶされそうな少女の顔が映った。

「シスルさん……」

「ライラ、落ちついて聞きなさい。この小さな瓶に入っている液体で、百日間あなたは蒼竜王の番いになる。これは飲むと番いになる代わりに、一日後に死んでしまうわ。だけど、こっちの飴玉を一日一個舐めることで、あなたは生きることができるの。番いの薬の効力は百日。飴玉も百個あるわ。毎日忘れずに百個食べれば、あなたは死なない」

「死なない……？」

「ええ、大丈夫。死なない。あなたは、生きるのよ」

　シスルがライラの両手を包み込む。彼女の冷たい手が、少しずつ冷静にしてくれた。

「でも毒は？　毒はどうするの？　私が舐めたら――」

「毒はね、ライラが与《あた》えるのよ」

「私が？」

――どうやって？

首を捻《ひね》ると、彼女は目を細めて笑った。彼女の細くて長い指が、ライラの唇《くちびる》をなぞる。

「口づけで」

シスルの声が部屋に響《ひび》く。小さな声であったが、ひどく大きく響いたように感じた。

「口づけ……」

「そう、一日一回、飴玉を舐めてから、口づけるの。それを百回続けた日、あの男は死ぬ――」

「百回……。毎日？」

「そう。忘れては駄目《だめ》よ。一日でも欠かせば、竜人の中から毒は抜けていくわ。それに、一日でも舐めるのを忘れれば、あなたが死ぬことになる。この毒は番いの薬を飲んでいるライラにとっては妙薬《みょうやく》になるわ。でも、竜人にとっては猛毒《もうどく》よ。少しずつ命を搦《から》め捕《と》っていくの」

もう一度、テーブルに置かれた二つの瓶を見つめた。あの小さな飴玉一つを一度でも舐め忘れれば、簡単に命を落としてしまうのだろうか。

「死んだあと、竜人の身体《からだ》から毒は見つからない。突然《とつぜん》、病に倒《たお》れたようにしか見えないはずよ。あなたは慌てふためくふりでもして、涙《なみだ》を流しておけばいい。証拠《しょうこ》もなにも残らないから、誰もライラを疑わないわ」

ゴクリと、喉《のど》が鳴った。己《おのれ》の唇をなぞる。

「怖い？　今ならやめられるわよ」

「ううん、大丈夫《だいじょうぶ》。舐めて、口づければいいのね？」

「ええ、百回。できる？」

「できるもなにも、これしか方法はないんでしょう？　でも、なんでこんなによくしてくれるの？」

　こんなことをしても、シスルになんの得もない。もしもライラが失敗した場合のことを考えれば、命を落とす危険すらある。

　彼女は困ったような表情を見せた。わずかに思案した後、息を吐《は》き出す。

「私も、竜人を恨《うら》んでいるの」

「シスルさんも……？」

「ええ、私が小さい頃《ころ》のことよ。両親と三人で仲良く暮らしていたとき、突然竜人が現れた。蒼竜の竜人だったわ。彼女は父を指して言ったの。『あなたは私の番《つが》い。神が定めた運命の相手』だって」

　シスルはわずかに顔を歪《ゆが》めた。それまで、彼女の顔から笑顔《えがお》が消えた日はなかったはずだ。その彼女から笑顔を奪《うば》うほどのことだったのだと、容易に想像ができる。

「それで、お父さんは……」

「あの女が連れて行ったわ。それから、会うことはなかった」

「そんなっ！　だって、結婚《けっこん》していて、子どもだっているのに!?」

「竜人には人間の常識なんて通じないのよ。彼らは自分たちに与えられた本能を信じている」

「そんな……ひどい……」

「両親はね、駆け落ちだったの。母には婚約者がいたけど、父と恋に落ちた。母には頼《たよ》る人もいない。小さな子どもを連れて母娘《おやこ》で生きるのは難しかった。母は、働いて働いて、気づけばある朝、冷たくなっていたわ」

「そんなのってあんまりよ……」

――運命だったらなにをしてもいいの？

涙が溢《あふ》れて、視界が揺れる。憧《あこが》れていた『運命の番い』の真実はあまりにも残酷《ざんこく》だ。他人の幸せを引き裂《さ》いて手に入れた愛は、本当に運命なのだろうか。

シスルは大きな瓶《びん》の蓋《ふた》を撫《な》でる。どこか寂《さび》しそうに見えた。

「私は復讐《ふくしゅう》するためにこの薬をずっと研究し続けてきた。けど、完成する前に、殺したいほど憎《にく》んだ女は死んでしまったわ。だから、あなたにあげる。それだけ」

テーブルの上には瓶が二つ。ライラを偽《いつわ》りの番いに仕立てる薬と、竜人を殺す毒薬。不思議と禍々しさは消えていた。

ゆっくりと目を閉じる。全《すべ》てを奪った男の顔を思い出す。

――私はあの男のせいで一人になった。

「私、これでみんなの仇《かたき》を討《う》つ。シスルさんの分も……」

「私のことはいいのよ。この薬がライラの助けになるのなら、それで満足。それよりも気をつけて。蒼竜王に会ったことがあると知られたら、騙《だま》していることが露見《ろけん》してしまう」

「大丈夫。あのときは名乗ってないし。五年もたったんだよ。あのときはまだ小さかったし、きっと忘れてる。村の話とかお兄ちゃんの話をするようなへまをしなければ、大丈夫だと思う」

笑顔で返すと、シスルは眉尻を下げた。

「本当はあなたに……可愛《かわい》い妹に武器を与えて戦場に送り出したくなんてなかった。でも、竜《りゅう》人《じん》を恨む気持ちは痛いほどわかるわ。だから、戻《もど》って来て。この薬を使えば、ライラがあの男を殺したなんて誰《だれ》も思わない。それまで、あなたの部屋は残しておくから」

シスルはライラの手に両手を重ねる。

「ここに戻って来てもいいの？」

「ええ。私にとっては、あなたはもうとっくに家族よ。……こんな姉はいやかしら？」

「そんなことないっ！　シスルさんは私にとって理想のお姉ちゃんで、優《やさ》しくて……本当はずっと一緒《いっしょ》にいたかった」

全てを失ったライラにとって、シスルは救いだ。たとえ血の繋《つな》がりがなくても、彼女を姉のように慕《した》っているのは嘘《うそ》ではなかった。

「ライラは百日後、この家に戻って来るの。だって、ご飯作れる人がいないと困るのよ？」

「もうっ。私の価値はご飯だけ？」

「あら？　生きていくには必要よ？　だから、私にはライラが必要なの」

「だったら、もっと規則正しく食べてよね。私が戻って来たときに、痩《や》せていたら承知しないんだから」

瞳からは一滴《ひとしずく》の涙が溢れた。頬《ほお》を伝わる雫《しずく》をシスルの細い指が拭《ぬぐ》う。どうにか笑おうとして口角を上げるも、上手《うま》く笑えずに顔を歪ませた。

小瓶を手に取る。蓋を開けると、甘い匂《にお》いがふわりと香《かお》った。これを飲めば、もう戻ることはできない。手がわずかに震《ふる》えている。

目を強くつぶって、ぐいっと一気に口の中へ流し込んだ。

ガラスの無機質な冷たさが唇を冷やす。真っ赤な薬は、喉を通って身体中を巡《めぐ》った。吐き出された息はほんの少し甘い。

「これであなたは百日間、蒼竜王《そうりゅうおう》の番いになった。次はこの飴玉《あめだま》を舐《な》めて。明日《あした》のこの時間までに憎い男に口づけをしなさい」

シスルは瓶から深紅《しんく》の飴玉を一つ取り出すと、ライラの手に乗せた。

「うん、シスルさん。ありがとう。まずは、彼と出会わなきゃ……」

「こんなに可愛らしい花嫁《はなよめ》を見つけられないわけないわ」

シスルに肩《かた》を優しく撫でられ、肩を竦《すく》めた。

「本当に変じゃない？」

ライラはスカートを持ち上げ、自分の格好を確認《かくにん》する。ふだんは着ないような真っ白なワンピースなのだ。首回りや袖《そで》、スカートの裾《すそ》に赤い刺繍《ししゅう》が施《ほどこ》されて、着ると華《はな》やかな印象になる。出会いの演出は大切だと、シスルからの餞別《せんべつ》だった。なかばむりやり着せられた代物《しろもの》だ。ふだん、地味な服ばかりを選んでいたライラには、恥《は》ずかしく感じる。

「とっても似合っているわ。今日は最高の運命の出会いをしてくるのよ」

シスルの真っ赤な唇が、弧《こ》を描《えが》く。ライラは強く頷《うなず》き、飴玉を口に放《ほう》り込んだ。

口の中に入れた飴玉がコロコロと転がる。

──お兄ちゃん、待っていて。

テーブルの上には瓶が二つ。一つは九十九個の飴玉が入った大きな瓶。もう一つは、空っぽの小瓶。とまっていた時計が動き出したような気がした。

「じゃあ、シスルさん。いってきます」

異種族交流会《カローナ》の最終日、参加者である国の代表が帝都《ていと》セントルの中央に建つ城のバルコニーに出る。その日だけは一般《いっぱん》に開放され、遠くから姿を見ることができるらしい。宝石屋の女将《おかみ》曰《いわ》く、見えたとしても豆粒《まめつぶ》大なのだそうだ。

ルガーに気づいてもらう機会はその一回のみ。

結局、真っ白なワンピースだけでは恥ずかしく、上から防寒用のマントを羽織った。シスルからそれでは意味がないと揶揄《やゆ》されたが、寒いからと押し切ったのだ。

通された広場は、人がひしめき合っていた。バルコニーは、未《いま》だ誰も姿を現してはいなかったが、想像していたよりも遠い。前には背の高い男が立っていて、ライラの視界を塞《ふさ》いだ。

──本当にこんな遠くでわかるのかな……？

頭の位置を変えながら遠くのバルコニーを見る。みんなが見やすい位置を探しているせいで、すぐに視界は塞がれてしまう。前の男がライラの視界を塞いだちょうどそのときだった。

ワッと会場がざわめく。慌《あわ》ててむりやり男たちのあいだから顔を出した。

蒼《あお》い髪《かみ》の男——ルガーだ。忘れたことはない男の姿は豆粒よりも小さかった。しかし、どんなに遠くてもわかる。どうにかして気づいてもらわなければならない。

少しでも近づくために、隙間《すきま》を探す。

その瞬間《しゅんかん》、風が吹《ふ》いた。肩までの髪が舞《ま》い上がる。ライラは驚《おどろ》いて固く瞼《まぶた》を閉じた。次第《しだい》に強くなる風はやむことなく襲《おそ》う。ふわりとスカートが舞い上がったのを感じて、慌てて手で押さえた。同時に、手で支えていたマントが肩から消えてしまう。

ざわめきと動揺《どうよう》の声が広がる。周囲の気配が消えた。

おそるおそる瞼をあげると、周りから人が消えている。まるでライラから逃《に》げているようであった。しかし、彼らの視線は空に釘付《くぎづ》けだ。

強い風が吹く。頭上には、大きな影《かげ》——一頭の蒼い竜がライラを見つめている。

竜の遠吠《とおぼ》えが地を揺《ゆ》らす。

二年前を思い出させるには十分だった。身体《からだ》がわなわなと震えだす。足の力が抜《ぬ》け、崩《くず》れ落ちる。しかし、ライラは地に尻餅《しりもち》をつくことはなかった。

「大丈夫？」

頭上の蒼竜は姿を消し、ライラの目の前に蒼が広がる。蒼い髪が風になびいた。蒼い眼《め》を細め、目の前の男——ルガーは顔を綻《ほころ》ばせる。彼の腕《うで》はしっかりとライラの腰《こし》を抱《だ》いていた。

「君、名前は？」

優しい声が耳に飛び込む。ライラは呆然《ぼうぜん》と彼を見上げた。

五年前と変わらず、蒼い髪は長く右耳の下で括《くく》られている。頭から覗《のぞ》かせる大きな角。飾《かざ》りだと思っていたものだ。今しっかりと見れば確かに頭から生えている本物だった。初めて出会ったときは簡素な服だったが、今は煌《きら》びやかな装《よそお》いをしている。異国の空気をまとっていた。これが本来の格好なのだろう。

詰《つ》め襟《えり》の上着は、襟や袖、裾にまで細やかな金の刺繍が施されている。

蒼い眼は水底のように冷たい。けれど、垂れ気味の目が優しさと色気を作っていた。彼は弓を引くように口角を上げた。

「やっと見つけた。私の番い。運命の人。こんなところにいたんだね」

ルガーはライラの右手を取ると、優しくその指先に口づけた。凍《こお》りついたようになにも言えず、動くこともできない。

なんの反応もないせいか、ルガーは小首を傾《かし》げる。蒼い髪がふわりと揺れた。

――なにか言わないと……！

未だ鼓動《こどう》は早歩きのままで、ライラはだらしなく口を開けて彼を見上げるばかりだ。腰を抱くルガーの腕が焼けるように熱い。

「ああ、そうだった。あまりにも興奮して名乗るのを忘れてしまっていた。申し訳ない。私は蒼竜王。名をルガーという。お嬢《じょう》さんの名前を教えて」

ルガーが優しく微笑《ほほえ》む。五年前に会ったことは、気づいていないようだ。胸《むね》を撫《な》で下ろす。

ここで気づかれてしまえば、計画が全部破綻《はたん》してしまう。

「ライラ……です」

「ライラ。素敵《すてき》な名前だね。とても綺麗《きれい》な響《ひび》きだ」

ルガーはうっとりと目を細めた。撫でるような優しい声は、まるで愛《いと》しい恋人《こいびと》へ向けたようだ。それは、初めて会った時とも、二年前に見た時ともまるで違《ちが》う。

「君は私の番いだ。番いの意味はわかる？」

緊張《きんちょう》でうまく言葉が紡《つむ》げない。頷くことで返した。

「なら話は早い。私はリオート山というところで暮らしているんだ。ともに来てくれる？　異種族交流会《カローナ》も今日で終わるから、ちょうどいい」

ルガーは優しくライラの腰を抱く手に力を込めると、自身の胸へと引き寄せる。ようやく、固唾《かたず》を呑《の》んで見守っていた周囲からざわめきが起こった。多くの人が二人の周りをぐるりと囲んでいる。人の視線が痛い。

ライラがあたりを気にすると、彼もその視線を追う。小さなため息をこぼした。

「ここでは落ちつかないな。まずは、どこかゆっくり話せるところに行こうか」

ルガーがにこりと笑う。返事を返す前に、彼は腕の中のライラをひょいっと抱き上げた。横抱きにされると、さっきよりも顔の距離《きょり》が近くなる。接する場所も多くなった。

「あ、あの！　下ろしてくださいっ！」

「ここは人が多くて危ないから」

ライラは強くもがいたが、彼はびくともしなかった。ただ、嬉《うれ》しそうに微笑むばかり。ひしめき合っていたはずの場所に道ができる。人だかりにできた道は城内へと続いていた。

　ざわめきが大きくなっていったが、羞恥《しゅうち》が勝って耳にはなにも入ってこない。長い道のり、顔を隠《かく》すこともできず、視線を彷徨《さまよ》わせる。顔を上げれば蜂蜜《はちみつ》のように甘い笑顔を向けられてしまう。その視線から逃げれば、周囲の興奮が混じる視線に襲われた。

　ライラはうつむくほかなく、無心になって同じリズムで刻まれる振動《しんどう》を感じる。

　ルガーは鼻歌でも歌いそうなほどご機嫌《きげん》だった。

「陛下、突然《とつぜん》飛び立たれては、皆《みな》が驚きます」

　城内に入ったところで、男に声をかけられた。幾分《いくぶん》か苛立《いらだ》ちを含《ふく》んだ声に聞こえる。彼はルガーと似たような格好をしている。頭に巻かれた布からは角がしっかりと出ていた。竜人なのだろう。

「許せ、キーラス。番いを見つけた」

「番いですか。突然現れるとは聞いていましたが、本当でしたね。おめでとうございます」

　キーラスと呼ばれた男が腕の中のライラを見て頭を下げる。どこか探《さぐ》るような緑色の瞳《ひとみ》が真っ直《す》ぐに向けられた。偽者《にせもの》だと疑われているのではないかと、気が気ではない。思わず掴《つか》んだのは、ルガーの服だった。ルガーはそれを見て、嬉しそうに頬を緩《ゆる》める。

　城の一室へと連れて来られた。ようやくルガーの腕から椅子《いす》へと下ろされたが、あまり居心《いご》地《ち》はよくなかった。椅子は煌びやかで、彼のすぐ隣《となり》だ。しかし、腕の中よりは幾分かましだ。

向かいに座るキーラスがルガーとライラを交互《こうご》に見る。探る視線が慣れなくて、目をそらした。不審《ふしん》に思われていないか、不安が広がる。

「それで、番いだからとここまで無理に連れてきたのですか？」

キーラスの呆《あき》れた声に顔を上げた。大きなため息は、主人に向けるものとは思えない。しかし、ルガーはそんなキーラスの態度を気にした様子もなく、飄々《ひょうひょう》としていた。

「人が多くてうるさかっただけだ。無理にではないさ」

「どう見ても、無理強《むりじ》いしたようにしか見えませんでしたが？」

「そんなことはない。ライラだって、あの人混《ひとご》みは嫌《いや》がっていた」

ルガーは悪びれもしない。キーラスは疑いの目を向けたままだ。ライラはテンポの速い会話について行けず、ただ視線を行き来させる。

「しかし、このまま連れて行くのはさすがにまずいですよ」

キーラスの言葉にルガーは綺麗な顔を歪《ゆが》めた。すかさず隣に座るライラを抱《だ》き寄せる。熱い手が、服の中の火傷《やけど》の痕《あと》と重なった。

「愛しい人を見つけたのに？」

「勿論《もちろん》、陛下のお気持ちはよくわかります」

「ならば」

ルガーの腕に力が入る。このままでは押しつぶされてしまいそうだ。恐怖《きょうふ》に身体が震《ふる》える。

あの日、村に火を放ったように、顔色を変えずに人を殺すのだろうか。

「ああ、ごめんね。怖《こわ》がらせてしまった。女の子には優《やさ》しくしないといけないのに」

ルガーが頭を優しく撫でる。人と同じ熱を持った手は、頭を滑《すべ》り頰《ほお》を撫でた。

「けじめはきちんとつけなくてはなりません。このままでは誘拐《ゆうかい》と変わりません」

「ライラは私の番いだ。神が定めた運命の相手なのに、誘拐になるわけがないだろう？」

シスルの言うとおり、竜人《りゅうじん》は相手の事情など考えないのだろう。胸の奥にもやが渦巻《うずま》く。

「人間にはその番いが判別できないのです。落ちつきなさい」

キーラスはライラに目線を合わせた。深い緑の瞳がライラをとらえる。

「王が失礼しました。私はキーラスと申します。彼の側近みたいなものです。突然のことで驚かれたでしょう？」

「い、いえ。大丈夫《だいじょうぶ》です」

「人間にはわからないかもしれませんが、我《われ》ら竜人は神の定めた番いを感じ取ることができるのです。今回、陛下はあなたの存在を感じ取った。それがどういうことかわかりますか？」

キーラスの説明に、ルガーが強く頷《うなず》く。視線を巡《めぐ》らせると、部屋に飾られた女神《めがみ》の絵画が微笑んでいた。ライラは神が定めた運命をねじ曲げているのだ。左腕《ひだりうで》の火傷がじくじくと痛む。まるで、弱い心に釘《くぎ》を刺《さ》すようだった。

――それでも私は、仇《かたき》を討《う》つ……！

「ライラ、私たちは神がともにあるべきだと定めた運命なんだ。私とともに来て欲しい。絶対に君を幸せにするから」

蒼《あお》い瞳がライラを離《はな》さない。彼は目の前に座る女が番いだと信じ切っている。ただ、頷けばいいだけだ。しかし、頷く前にキーラスがルガーを叱咤《しった》する。

「陛下、困っているでしょう。少し落ちつきなさい」

その言葉を受け、ルガーは不服そうに眉根《まゆね》を寄せた。

「いいですか？　竜人と人間とでは考え方が全く違うと申したでしょう？　ですから――」

彼はルガーを前にくどくどと説教を始めた。このままでは埒《らち》が明かない。ともに行き、彼を兄のもとへと届けることがライラの目的だ。

「あ、あのっ！」

大きな声をだした。二人の視線がライラに突《つ》き刺さる。

「私、大丈夫です……。一緒《いっしょ》に行きます」

声は尻《しり》すぼみになっていったが、耳のいい彼らには十分伝わったのだろう。ルガーの顔が嬉しそうに綻《ほころ》ぶ。キーラスはわずかに目を見開いた。

「本当に？　嬉しいよ。私だけの愛しい人。そうだ、すぐに行こう」

「駄目《だめ》ですよ。陛下は閉会の儀《ぎ》が残っています。すぐ終わるのですから、我慢《がまん》してください。そのあいだに、彼女を家に帰しましょう。こちらで生活に必要な物は用意しますが、持って行きたい物もあるでしょう？」

キーラスに視線を向けられて、ライラは慌《あわ》てて頭を縦に振《ふ》る。

「わかったよ。仕方ないな。本当は私が一緒に行きたいところだが、……そういうわけにもいかないようだ。キーラスはライラを連れて準備を」

部屋の中にはルガーの大きなため息が充満《じゅうまん》した。


商業地区は毎日が祭りのように騒《さわ》がしい。今日は異種族交流会《カローナ》の最終日とあって、その倍は賑《にぎ》わっている。その上、蒼竜王《そうりゅうおう》の花嫁《はなよめ》が現れ、その騒がしさは増すばかりだ。

シスルの薬屋の前は人払《ひとばら》いが済まされ、大きな竜が二頭ほど佇《たたず》んでいる。時折竜の鼻息が大通りに吹《ふ》き荒《あ》れ、遠くから見守る人の髪《かみ》をさらう。

竜には馬車のような乗り物が繋《つな》がれていた。竜が引くのだから、竜車だろうか。キーラスを含め数人の竜人は、その竜車に荷物を載《の》せていった。

荷物の運び込みの主導権を握《にぎ》ったのは、ほかでもないシスルだ。

「この蜂蜜は宝石屋の女将《おかみ》さんからのお祝い。あとは、こっちがパン屋さんからで――」

「いつの間に？　しかも、こんなにたくさん……」

保存の利《き》くような食料品から、今はやりの本まで。店の前には祝いの品が山積みになった。

「噂《うわさ》になるのが早かったのよ。ライラはこの街の人気者だもの。餞別《せんべつ》がこれくらいあってもおかしくはないわ。みんなお別れを言いたがっていたけど、断った」

「ありがとう。シスルさん。みんなにはお礼を言っておいて欲しい」

「わかったわ。ほかの荷物の整理はこっちでやっておくから、この鞄《かばん》に自分の荷物を詰《つ》めて」

大きな鞄を手に、ライラは部屋に入る。

鞄に数少ない服と、飴玉《あめだま》の入った瓶《びん》を詰め込んだ。

荷物を整理していると、棚《たな》の引き出しの奥から小箱が出てきた。

――こんなところにしまってたんだっけ。

蓋《ふた》を開ける。中身は丁寧《ていねい》に布に包まれていた。布をゆっくり開くと、五年前にルガーから貰《もら》った髪飾《かみかざ》りが顔を出す。なんとなく捨てられなかった物だ。

箱に戻《もど》してベッドの上に放《ほう》り投げる。これは、もういらない物。もしも持って行って見つかったら、嘘《うそ》に気づかれてしまう。

まだ十分に隙間《すきま》のあるバッグを覗《のぞ》き込む。二年間、極力荷物は増やさないようにした。思い出が増えれば、離れるときに苦しむと思ったからだ。

結果、この部屋に増やしたのは、小さな手鏡と暦表《こよみひょう》だけだった。

ライラは袖《そで》をひじまでまくり、鏡を持ち上げた。左腕には火傷の痕。それは、手のひらに隠れる大きさだ。シスルの作ってくれた塗《ぬ》り薬のお陰《かげ》か、見た目も随分《ずいぶん》とよくなった。

もう、痛むはずがないのだ。

――大丈夫。これが終わればきっと。

「ライラ」

突然声をかけられ、肩《かた》が跳《は》ねた。

振り向けば、すぐ後ろにシスルが立っている。驚《おどろ》きのあまり鏡は手から滑り落ち、小さな音を立てて転がった。割れた様子はないことに安堵《あんど》する。鏡は高いのだ。

「シスルさん!?　ビックリした～。心臓がとまるかと思ったよ」

足が笑っている。思わず、床《ゆか》に座り込んだ。シスルは、困ったように眉尻《まゆじり》を下げる。足下《あしもと》の鏡を手に取ると、裏側にしてベッドにそっと置いた。

「鏡なんて見ていたの？　扉《とびら》はちゃんと叩《たた》いたのよ？」

「考え事していたみたい。気づかなかったよ。もしかして、もう準備終わっちゃった？」

「ううん、まだ大丈夫。ライラに一つ、渡《わた》そうと思っていたものがあったの」

シスルは手に持っている木箱を差し出す。両手で持てる小さな箱をまじまじと見た。

「開けてみて」

彼女に誘《さそ》われるがまま、箱の蓋を開ける。中には、小さな白い花の鉢植《はちう》えが入っていた。

「わぁ！　可愛《かわい》い。どうしたの？」

「これは、お祝い。ううん、この場合は餞別かしら。この花を窓辺に飾《かざ》ってあげて。もしも、ライラが一人で辛《つら》いとき、力をくれるようにおまじないをかけておいたのよ」

シスルはライラの手から木箱を奪《うば》うと、そのままバッグの中に入れた。

彼女との生活も今日で最後だ。世話になった二年を思い出し、目頭《めがしら》に熱が込み上げる。思わずシスルに抱《だ》きついた。

「シスルさん、なにからなにまでありがとう」

「なによ、改まって。まだ始まったばかりじゃない」

「そうだね。私、行ってくる。そして――」

――彼を殺す。

ライラは唇《くちびる》を噛《か》みしめた。

シスルが小さく頷いたと同時に、外が騒がしくなった。窓の外で木が大きく揺《ゆ》れたのが見える。状況《じょうきょう》を理解したのか、彼女の口から小さなため息が漏《も》れた。

「蒼竜王のお迎《むか》えが来たようね」

荷物を持って、慌てて家を出た。

ルガーは蒼い竜の姿で大空に姿を見せ、シスルの店の前へと降り立つ。店の前に佇んでいた二頭の竜が、頭を地につけた。ルガーが人間と同じ姿になると、蒼い髪が風になびく。ライラを見つけ、ふわりと笑った。すぐに抱《だ》き寄せるのは、癖《くせ》のようなものかもしれない。

「ああ、会いたかったよ。私の可愛いライラ」

恋人《こいびと》同士のような熱い抱擁《ほうよう》に、どんな顔をし、どう返していいかわからず視線を泳がせてしまう。それでもなお、蒼い眼《め》が優しく微笑《ほほえ》みかける。まるで、何日も、何ヶ月も会っていなかったかのようだ。

「出会って半日もたたないというのに、仲睦《なかむつ》まじいのね」

「シ、シスルさんっ⁉」

突然《とつぜん》、二人のあいだに入ってきたシスルの言葉にライラは慌てた。どこか呆《あき》れの混じった声は挑発《ちょうはつ》しているように聞こえたからだ。ここには何人も竜人がいる。こんな人の多いところで竜人を怒《おこ》らせたらどうなるだろうか。しかし、ルガーは笑顔のまま首を傾《かし》げるだけだった。

「君は？」

「私はライラの姉よ」

「これはこれは。姉上にご挨拶《あいさつ》が遅《おく》れて申し訳ありません。私はルガー。彼女の番《つが》いです」

ルガーがにこやかな笑みを浮《う》かべながら、シスルに向かって手を差し出す。彼女は眉根を寄せながら握手《あくしゅ》に応じた。

「番い、ね。それでライラを幸せにしてくれるのでしょう？」

「勿論《もちろん》、我《われ》らは番いと一生寄り添《そ》う一族ですから」

「そう、一生……」

シスルが鼻で笑う。彼女の態度に内心慌てたが、彼女はライラの気持ちに気づくことはない。いつもの笑顔で頭を撫《な》でてくれた。

「もう十八だもの、一人で頑張《がんば》れるわね？」

くしくも今日はライラの十八の誕生日であった。年を重ねたところで、すぐに強くなれるわけではない。百度の口づけを成功させ、復讐《ふくしゅう》を果たすことができるのか。自身にそれだけの強さがあるのだろうか。十八になっても、怖《こわ》いものは怖い。それでも、自分で決めたことだ。

小さく頷《うなず》く。

「今までありがとうございました。ちゃんとご飯食べてね」

シスルは口角を上げる。礼を言ったくらいでは足りないほど世話になった。

ルガーに導かれるまま、竜車に乗り込む。

広い竜車に二人並んで座ると、隙間なく抱き寄せられる。居心地《いごこち》の悪さに何度も身体《からだ》を小さく動かした。

「怖い？」

「空を飛ぶのは初めてですので……」

「大丈夫《だいじょうぶ》、私がそばにいるから怖《こわ》くないよ」

ルガーが優《やさ》しくライラの頭を撫でる。どんな顔をしていいかわからず、彼の胸に顔を埋《うず》めてその場をやり過ごした。気をよくしたのか、彼はライラの頭に口づけを落とすと優しい声で離《り》陸《りく》の指示を出す。

しかし、空を飛ぶ前に竜車の扉が叩かれた。開かれた扉の前には、シスルが立っている。

「ライラ、忘れ物。ベッドの上にあったわ」

ライラの手に小箱と手鏡を乗せる。ルガーが首を傾げた。

「それは？」

「たいした物じゃないんです。ありがとう、シスルさん」

小箱の中身を見られては困る。慌《あわ》てて近くにおいてあるバッグの中にそれをねじ込んだ。

「元気でね」

シスルは優しく微笑むと、扉の向こうに消えた。再びルガーが離陸の指示を出す。

突然の浮遊感《ふゆうかん》に不安になった。気づけば、彼に縋《すが》っていた。手を離《はな》されては地上へと真っ逆さまに落ちるのではないかと不安になったのだ。

「大丈夫。安心して。落ちたりしないよ。もし落ちても私が助けにいくから」

優しい声が耳を撫でる。なんと答えるのが正しいのかもわからず、結局顔を見せぬまま小さく頷いた。

空に上がると突然の寒さに身を震《ふる》わせる。セントルはヴォールの村よりも随分と寒い。越《こ》してきて二年たってようやく慣れた。ここはそれ以上だ。吐《は》く息が白く濁《にご》り、余計寒さを感じた。

「そうか、気づかなくてごめんね」

ルガーはすぐに身につけていたマントのような羽織を脱《ぬ》ぐとライラの肩に掛《か》ける。すると、感じていた寒さが嘘のように引いていった。

「特殊《とくしゅ》な加工を施《ほどこ》してあるんだ。私たちの住むリオート山は氷山なんだ。寒いからね」

「竜人《りゅうじん》の皆様《みなさま》も、寒さを感じるのでしょうか？」

「竜の姿のときは大丈夫。けど、人間と同じ姿のときは同じように寒さを感じるんだ。それだというのに、山の上に引き籠《こ》もっているからね。寒さや暑さは大抵《たいてい》着る物に細工をしている。到着《とうちゃく》したら、ライラの服もたくさん作ってもらおう」

確かめるために羽織を肩から外す。一気に寒さが押し寄せる。これが命綱《いのちづな》だと思い、首までしっかりと戻した。

——今のうちに早く口づけをしないと。

今は竜車の中に二人きりだ。一番の好機に思えた。

——でも、どうやって？

ルガーの唇を凝視《ぎょうし》する。ただ、唇で触《ふ》れるだけ。難しくない。番いとは、人間で言うところの恋人なのだろう。口づけをする関係としてはおかしくないはずだ。

「どうしたの？」

ルガーが首を傾げる。思わず頭を横に振《ふ》った。

この竜車の中では、終始甘さの含《ふく》んだ瞳《ひとみ》に見つめられている。零《こぼ》れる笑みは幸せそのもの。口づけなど、容易《たやす》い雰囲気《ふんいき》だというのに上手《うま》くいかない。

意識すればするほど、彼の顔を見ることができなくなっていった。どう返していいかわからないとき、ルガーが貸してくれた羽織は、顔を隠《かく》すのに役に立ってくれる。

「人間の番いは久しぶりだから、少し不便をかけるかもしれない。記録は残っているんだけど曖昧《あいまい》でね。困ったことがあったらなんでも教えて。すぐに対応しよう」

「ありがとうございます」

彼の優しい笑顔に騙《だま》されてはいけない。五年前だって、ライラは騙されたのだ。その笑顔の向こう側には、非道な面が隠れているのだろう。蒼《あお》い瞳を覗《のぞ》き込めば、甘く微笑まれてしまった。この笑顔に慣れる日はくるのだろうか。

きっと毎日一緒《いっしょ》にいれば、彼の非道な一面を垣間見《かいまみ》ることができるだろう。考えている内に、彼の言葉は耳に入らなくなっていた。

昼過ぎに出発した竜車は、陽《ひ》が高いうちにリオート山へとたどり着く。帝都《ていと》セントルからリオート山の麓《ふもと》まで、早馬でも十日掛かる。その距離《きょり》を半日も使わずに移動できるとあって、驚《おどろ》きを隠せない。

竜車を降りただけで、空気が変わった。ライラは呆然《ぼうぜん》と空を見上げる。

雲一つない空を背景にそびえ立つのは、青い宮殿《きゅうでん》だった。壁《かべ》には細かい模様のタイルがびっしりと敷《し》き詰《つ》められている。さまざまな濃度《のうど》の青がこの宮殿を彩《いろど》っていた。

その宮殿は氷山の頂上にあるが故《ゆえ》か、ほとんどが氷で覆《おお》われている。太陽の光が反射してキラキラと輝《かがや》いていた。

「ライラ。蒼竜《そうりゅう》の里へようこそ」

ルガーが甘い笑みを浮かべる。愛し合っている恋人なら、この胸も跳《は》ねただろうか。視線は唇にばかり行ってしまう。

——はやく口づけをしないと。

「ライラ？」

ライラの視線を不審《ふしん》に思ったのか、ルガーが首を傾げる。慌てて頭を横に振った。

「なんでもありません。これから、よろしくお願いします」

ライラは丁寧《ていねい》に頭を下げる。復讐のための一日目が始まったのだ。

ルガーはライラを横抱《よこだ》きにし、青の回廊《かいろう》を歩く。抱き上げられたときは恥《は》ずかしさに抵抗《ていこう》したが、すぐに却下《きゃっか》された。竜人とはこういうものなのだと彼の羽織に顔を埋め、心の中で言い聞かせる。

長い回廊はどこまでも続いているように感じた。青のタイルは模様が描《えが》かれ、中へと誘《いざな》う。壁に描かれた大きな竜の絵を呆然と見る。ここが竜人の根城であることを改めて実感した。ここに遊びに来たわけではない。一人の男を殺しに来たのだ。

点在する大きな鏡がライラとルガーを映す。横抱きにされる姿は、愛し合っている男女に見えなくもない。振動《しんどう》が伝わる。甘い笑みを向けられると、どう応《こた》えていいかわからない。これでは当分羽織が手放せない。

「さあ、着いたよ。ここが私たちの部屋だ」

部屋の中に入ったところでようやく降ろされ、床《ゆか》に足をつけることができた。しかし、結局彼はぴったりとくっついて離れない。風の通る隙間《すきま》もない距離が、竜人たちにとっては適正な距離なのだろうか。

毛足の長い絨毯《じゅうたん》が敷き詰められた部屋には、暖炉《だんろ》が鎮座《ちんざ》している。二人がゆったりと座れる長椅子《ながいす》と、背の低い大きなテーブル。部屋には変わった形の花が飾《かざ》られていた。

ルガーの手はライラの腰《こし》を抱き、優しく誘導《ゆうどう》する。けれど、その手は有無《うむ》を言わせない強さがあった。まるで恋人《こいびと》同士のようだと、他人事《ひとごと》のように考える。

しかし、出会ったばかりの相手をなぜこんなに好きになれるのだろうか。

「紹介《しょうかい》しよう。今日からライラの世話をしてもらう」

「アラと申します」

「キナと申します」

ライラの前に現れたのは、同じ顔を持った竜人だった。年の頃《ころ》は十二、三くらいだろうか。深い緑の髪《かみ》からは、小さな角が顔を覗かせている。ヴォールの森をガラス玉に閉じ込めたような大きな深緑の瞳に吸い込まれそうで、思わず息を呑《の》んだ。

二人の少女が腰を折った。挨拶《あいさつ》を返すために慌てて頭を下げる。しかし、腹の前で手を合わせたせいで、握《にぎ》っていた羽織がはらりと床に落ちてしまった。

「番《つが》い様は頭を下げなくてよろしいのです！」

「そうでございます。私たちは番い様のお世話をさせて頂く侍女《じじょ》ですから。そのように頭をお下げにならないでください」

二人が慌てて床に落ちた羽織を拾っている。ライラの肩《かた》にかけるために、必死に爪先立《つまさきだ》ちになっている姿は少し可愛《かわい》らしいと思ってしまった。

本人たちは侍女とは言っているが、まだ十二、三歳くらいの少女だ。竜人は小さな頃から仕事をするのかもしれないが、こんな小さな女の子に世話をされるということに抵抗を覚えた。なにより、大抵のことは自分でできる。わざわざ侍女などつけなくてもいい。それに、世話をされるような経験はなく、頭を下げられてもどうしていいかわからないのだ。

「ごめんなさい。私あまりこういうことに慣れていなくて。できたら、普通《ふつう》に接してくれると嬉《うれ》しいの。駄目《だめ》？」

既《すで》にどちらがアラで、どちらがキナかわからなくなっていた。しかし、二人の瞳がキラキラと輝いているのはわかる。太陽の光を浴びた森のように綺麗《きれい》なのだ。二人はそっくりな顔を見合わせて口角を上げる。そして、勢いよくルガーを見上げた。

「よろしいのでしょうか？」

「陛下、よろしいのでしょうか？」

「ライラがいいなら、勿論《もちろん》構わないよ。窮屈《きゅうくつ》な思いをするほうが困るからね」

ルガーが頷《うなず》くと、二人の瞳がより一層輝いた。もう一度彼女たちは、そっくりな顔を見合わせる。同じ顔で笑い、同じ速さでライラの手を握った。

「番い様。仲良くしてくださいませ」

「番い様。たくさんお話しいたしましょう」

「うん。いろいろ教えてね」

短い話し合いの末、アラとキナはここの生活を助けてくれることになった。竜人と人間では生活様式に違《ちが》いがあるかもしれない。ほかに知人がいないライラにとっては話し相手にもなる。

この二人とは仲良くなれそうだ。本来ならば、仲良くなどなってはいけないはずなのに、彼女たちの笑顔《えがお》がライラの氷を解《と》かしていく。

「今日はゆっくりして、詳《くわ》しい説明は明日《あした》にしよう。疲《つか》れているだろう？」

「ありがとうございます」

ルガーはアラとキナにその後のことを頼《たの》むと、名残惜《なごりお》しそうに部屋を出て行った。

ライラが来ることは事前に知らせてあったらしく、服はある程度用意されていた。融通《ゆうずう》の利《き》く大きさのワンピースは着心地《きごこち》がよく、袖《そで》を通した瞬間《しゅんかん》に気に入った。ヴォールの村でみんなが着ていた服とも、帝都セントルで売っているような服とも違う。不思議な模様が入った服は、異国を思わせる。

ほとんど客人が来ないことから、この宮殿で暮らしていても盛装《せいそう》はしないと説明を受けた。異種族交流会《カローナ》のとき、ルガーは華《はな》やかに着飾《きかざ》っていた。あれは特別なときだけらしい。

双子《ふたご》のどちらかが小さな手でライラの短い髪を器用に編んでいく。髪を切ってからは、いつも櫛《くし》で撫《な》でる程度の手入れしかしていなかった。興味深く鏡を見つめる。今手を動かしているのはアラだろうか、キナだろうか。キナのような気もする。

「手が器用なんだね。えっと……キナ？」

「いえ、私はアラです」

「ごめんなさい……！」

「気にしないでください。みんな間違えるんですよ」

「なにか見分ける方法はあるのかな？」

二人を見分けられずにずっと暮らすことは気が引けた。二人は顔を見合わせ、同じ方向に首を傾《かし》げる。合わせ鏡のように動きまでそっくりで、見分けるのは難しそうだ。

「それでしたら、私、アラは『ライラ様』と、キナが『番い様』とお呼びするようにしますから、それを目印にしてください。いかがでしょう？」

「それなら私もわかりやすいかも。ありがとう」

二人がニコニコと笑う。こちらまで幸せな気分になる笑顔だった。

着替《きが》えや準備が終わり、案内された食堂には、戻《もど》ってきたルガーとライラをねぎらうため、早めの食事が並んでいた。ライラの知らない物ばかりだ。ヴォールの村でもセントルでも見たことがない。

ルガーはライラを見つけると嬉しそうに顔を綻《ほころ》ばせた。キーラスが彼の後ろで静かに佇《たたず》んでいる。席はルガーのほかに一つだけだった。キーラスやアラ、キナは一緒《いっしょ》に食事は摂《と》らないらしい。アラとキナに促《うなが》され、ルガーの隣《となり》に座った。

食事が始まると、ルガーが美味《おい》しそうにそれを口に入れる。ライラの席にも同じ物が用意されていたが、なかなか手が出なかった。

「もしかして、食べ方がわからない？」

「ええと……」

ライラの視線は手元の料理とルガーを行き来した。給仕《きゅうじ》をしている者も手を止めて、反応を窺《うかが》っているのがわかる。なんと言っていいかわからず、料理を凝視《ぎょうし》した。

　変わった色をしているのだ。輪切りにされた野菜のような物。野菜と表現するのも憚《はばか》られる。記憶《きおく》にはない桃色《ももいろ》の野菜。強い甘い香《かお》り。しかし、ルガーは美味しそうに口の中に入れている。同じようにしなければと思いながらも、なかなか手が出ない。甘い匂《にお》いに胃は拒否《きょひ》反応を示していた。

「あの、これはどんな食べ物なのかな？」

「ライラ様。こちらは、ブルの実です」

　アラが桃色の野菜を指し示す。ブルの実。聞いたこともない名前を何度も口の中で反芻《はんすう》した。

「ブルは……その、甘いの？」

「そうですね。ほんのり甘さを感じる程度です」

「ほんのり……」

　輪切りにされたブルの実をしげしげと見る。漂《ただよ》う香りはとても甘い物のように思えた。蜂蜜《はちみつ》からでもこんなに甘い香りはしない。

「人の子でも食べられる物でございますから、安心して食べてください」

　アラとキナが満面の笑みを浮《う》かべている。それに同意するように、部屋にいた者全員が大きく頷いていた。

　無理だと言える雰囲気《ふんいき》ではなかった。もしかしたら、美味しいかもしれない。おそるおそるナイフとフォークを使い、輪切りにされたブルの実を指先ほどの大きさに切る。顔に近づければ、甘い香りが強くなる。固く目を瞑《つぶ》り、ブルの実を口の中に放《ほう》り込んだ。

「うっ……」

口の中に広がる強い甘み。こんなにも甘さを感じたことがなかった。蜂蜜の何倍も甘く、口が取れてしまいそうだ。慌《あわ》てて近くにあったグラスを手に取る。口の中の甘さを洗い流すために一気に流し込んだ。

「ぐっ……」

次に襲《おそ》ったのは、口の中に広がる酸味。それは、檸檬《レモン》よりも強く、そして苦い。思わず吐《は》き出しそうになるのを堪《こら》え、口を両手で覆《おお》った。

「番い様？」

「いかがなさいました？」

アラとキナがそばに寄ってくるのがわかった。身体《からだ》を支えることはできてはいるものの、返事をすることは難しい。なにより口の中の物をどうにかしなくては。さすがに吐き出すわけにはいかない。彼女たちの足を見ながら、気が遠くなるのを感じた。

「番い様？」

「ライラ様！」

「ライラッ！」

近くでルガーの声を感じる。意識を手放しそうになったとき、口の中になにかが流し込まれた。――水だ。全《すべ》て押し流すように水が口を洗う。冷えた水はほんのり甘みすら感じた。ライラは必死にその水を飲み込んだ。

「焦《あせ》らないで。まだたくさんある」

大きな手が背を優《やさ》しく撫でた。ルガーの手だ。この短い期間でこの手はよくライラに熱を分け与《あた》える。二杯目《はいめ》の水を飲み込んだ。

満足いくまで水を貰《もら》うと、小さく息を吐いた。口を支配する甘みからの解放とともに、空腹すら満たされたようだ。しかし、多くの竜人《りゅうじん》から心配そうな目を向けられていることに気づいて恥《は》ずかしさを覚えた。

「もしかして、ここの食べ物は口には合わない？」

本当のことを言っていいものか少しばかり悩《なや》んだ後、遠慮《えんりょ》がちに頷いた。

「竜人の食事は人間には合わないのでしょうか？」

「こんなに美味しいのに。番《つが》い様、お可哀想《かわいそう》」

アラがほとんど手をつけられていない皿を持ち上げ、キナがそれを覗《のぞ》き込んだ。

「味が、とても強くて」

舌がひりひりするような感覚に、ライラは眉《まゆ》を寄せた。パンが食べたい。焼きたてのパンだ。ライラメルカトールの大通りに面しているパン屋のパンは、とてもふかふかで美味しかった。ライラは毎日食べていたパンの味を思い出す。柔《やわ》らかい、もちもちとした食感。この際、自身で作った少し歪《いびつ》なパンでもいいとさえ思えた。

「どうしたものか。街に降りて食事を手に入れることはできないか？」

「さすがに人間の街に何度も足を運べば問題になります」

「人間は竜人を怖《こわ》がるからね。しかし、今は人間との関係よりライラの食事のほうが問題だ。キーラスなら、どうにかできるだろう？」

ルガーが眉を寄せてライラを抱《だ》きしめる。彼のほうが苦しそうだ。ああでもない、こうでもないとみんなが口々に意見を出す。みんなが心配しているのが見て取れた。会ったばかりの人間になぜここまで親身になれるのだろうか。平気で村を焼き尽《つ》くすような種族だというのに。

「よし、では近くの村で食料を調達しよう」

「あの……」

声をかけると、その場に居た全員の視線が集まった。

「街の人から祝いの品を頂いています。その中に保存の利《き》く食料がいくつか入っていました。それを使えば当面は大丈夫《だいじょうぶ》だと思うのですが」

荷物は誰《だれ》にも手をつけられず、ひっそりと寝室《しんしつ》の奥の部屋に鎮座《ちんざ》していた。中には小麦粉や塩漬肉《しおづけにく》、蜂蜜等、保存の利く物が並んでいた。これだけあれば、数日は大丈夫だろう。そのあいだに今後のことを考えればいい。

「陛下、一つ問題があります。この材料で食事を作ることができる者がおりません」

キーラスの言葉に、そばに控《ひか》える竜人たちが項垂《うなだ》れた。ライラにとっては普通《ふつう》の食材であっても、彼らには珍《めずら》しい物に違《ちが》いない。彼らはまた相談を始めた。また蚊帳《かや》の外だ。

「では、近くの村から人を雇《やと》うというのはいかがでしょうか？」

「しかし、この山まで来てくれることを承知してくれるか……」

「あ、あの……」

その場に居た全員の視線が集中する。身を硬《かた》くする前に、隣に立つルガーが首を傾げて話を促した。

「私が作ります。料理ならできるので」

「そ、それは、さすがに……」

料理長だという男が狼狽《ろうばい》した。あまり好ましくないという顔をする。

「もしかして、調理場に私が入ると問題がありますか？」

「いえ、そうではございません。しかし、ライラ様は陛下の番い。調理をさせるなど言語道断」

「もしも、調理場に入ることができるのなら作らせてください。私しか食べないものです。皆《みな》さんの手を煩《わずら》わせるわけにはいきませんし」

なにより失敗されて折角の食材が無駄《むだ》になることだけは避《さ》けたかった。それほどまでに竜人と人間の味覚は違う。きっと、竜人にとって人間の料理は味すら感じないだろう。

「では、数日はライラに作ってもらおう。料理長は作り方を教えてもらいなさい。憶《おぼ》えたら全て任せればいい」

ずっと渋《しぶ》っていた料理長も、ルガーの一言で「ならば」と簡単に頷《うなず》いたのだ。

料理をするライラのそばで、料理長が真剣《しんけん》な眼差《まなざ》しを向ける。そして、ほとんど味のしない食べ物に目を丸くした。

「これでは食べた気がしないのではありませんか？」

「これで大丈夫です」

この会話を何度繰《く》り返しただろう。その横でルガーが口を挟《はさ》むことなく見つめている。彼曰《いわ》く、ほかの男と二人きりになどできないのだという。その感覚がわからない。しかし、そういうものと言われれば、そういうものなのだろうと納得《なっとく》もした。

数日分と思い、大量のパンを焼く。毎日少しずつ作るよりも手間もかからないし、固くなったパンは、スープに浸《ひた》して食べればいい。ヴォールの村にいた頃《ころ》は、五日分のパンを一度に焼いたものだ。

できあがったパンは柔らかくて頬《ほお》を綻《ほころ》ばせた。

「よかった。ライラの笑顔《えがお》が見られた」

ルガーが自分のことのように嬉《うれ》しそうに顔を綻ばせるものだから、どう返事をすればいいか困ってしまった。

焼きあがったパンは想像以上に熱く、火傷《やけど》をしそうになりながら半分に割った。湯気が上がる。それだけで腹は早くと声を上げた。熱いのはわかっていたのに、齧《かじ》りつかずにはいられない。口の中を焼く熱さに驚《おどろ》きはしたものの、どうにか飲み込んだ。

「……美味《おい》しい」

ぽつりと呟《つぶや》いた言葉に、ルガーの下がりがちな目がもっと垂れる。零《こぼ》れ落ちてしまいそうだ。

「よかった。これでライラも美味しい食事ができる」

ルガーの大きな手がライラの頭を優しく撫《な》でる。まだ慣れないそれを、パンに齧りつくことで誤魔化《ごまか》した。

「ねえ、私にも一口貰えないかな？」

彼の突然《とつぜん》の申し出に、目を何度も瞬《またた》かせた。ライラにとっては美味しくても、竜人であるルガーには味のしない食べ物だろう。いつもあんなに刺激《しげき》的な味の物を食べているのだ。手元のパンとルガーを交互《こうご》に見た。

「でも、きっと美味しくないですよ？」

「ライラの食べている物がどんな物か知りたいんだ」

そんな風に真剣に訴《うった》えられて、一口も与えないわけにはいかない。一欠片《かけら》のパンをルガーに差し出した。彼は手でパンを受け取らず、そのまま口に入れてしまう。最後に指をぺろりと舐《な》められて、驚きに身体が震《ふる》えた。

「ライラの作ったパン、とても美味しいよ」

きっと、なんの味もしなかっただろうに。それでも顔を綻ばせてそんなことを言う男に、どんな顔で向き合ったらいいのだろうか。

「本当に人間は番いを感じることができないんだね」

ルガーが眉尻《まゆじり》を落とす。戸惑《とまど》いが顔に出てしまったのだろう。

彼の手はライラの頭を滑《すべ》り頬に落ちる。ライラは身を硬くした。

「すぐにとは言わない。少しずつ私のことを知って、好きになってくれたら嬉しい」

　彼は困ったように笑う。懇願《こんがん》されているような気分だ。なんと言葉を返していいかわからない。こういうとき、経験豊富であったならば上手《うま》く返すこともできただろうか。

ただ、小さく頷いた。彼の嬉しそうな顔は、当分脳裏《のうり》に焼きついて離《はな》れなそうだ。

ルガーから解放されたのは、パンを食べスープを作った後だった。帰ってきたばかりだというのに、彼には仕事があるらしい。夜には戻《もど》ると言い残し、彼はライラから渋々《しぶしぶ》離れていった。

　アラとキナとともに部屋へと戻る。

「ライラ様、お疲《つか》れでしょう？　ゆっくりお休みください」

「番い様。もしなにかございましたら、あちらのベルを鳴らしてくださいませ」

ライラの疲労《ひろう》を感じ取ったのか、二人は頭を下げて部屋を出ていってしまった。一人残され、不安が襲《おそ》う。今までが目まぐるしかった分、忘れそうになっていたものが一気に押し寄せた。

自身を抱きしめる。しかし、冷えた身体《からだ》は温まらない。

――大丈夫。上手くやれている。

ルガーの蜂蜜《はちみつ》よりも甘い態度がその証拠《しょうこ》だ。ライラを本物の番いだと信じ切っている。あとは、口づけをしてじわりじわりと殺していけばいい。

ベッドの上に転がった。一人で眠《ねむ》るには大きすぎるベッド。二人で並んだって余裕《よゆう》があった。

――早く口づけをしないと。

次第《しだい》に眠気《ねむけ》が勝《まさ》る。少しだけと、暗闇《くらやみ》に沈《しず》みながら、その浮遊感《ふゆうかん》に身を任せた。

気がつけば、炎《ほのお》の中にいた。ライラを飲み込んでしまいそうなほどの炎だというのに、熱さは感じない。いつも見る夢だと、すぐにわかった。

足下《あしもと》には、イアンが倒《たお》れている。あの火事のあった日と同じように、木の下敷《したじ》きになっているのだ。夢でさえ助けることはできなかった。ライラは彼の前に力なく座り込む。

大きな木はどっしりと重く、ビクリともしないのだ。

兄がライラの腕《うで》を掴《つか》む。じりじりと焼けつくような痛みが左腕に走った。

「お兄ちゃん……ごめんなさい」

兄は困ったように笑う。

「幸せになれ。ライラ。俺の分まで生きろ」

「無理だよ。私一人じゃ、幸せになんてなれないよ……」

兄の手に手を重ねる。熱を持たない手は、小さく震えていた。

「お兄ちゃんも一人で怖《こわ》かったよね」

真っ赤な炎が燃え上がる。彼は最後、どんな思いでライラの背中を見たのだろうか。できることはたった一つしかない。

「……待ってて。絶対にあの男をお兄ちゃんのところに連れて行くから」

「駄目《だめ》なにーちゃんでごめんな」

イアンの顔がくしゃりと歪《ゆが》んだ。

木の根から這《は》い上がった炎がイアンを包み込む。熱を感じない炎は、ライラから兄を奪《うば》っていった。

必ずあの男を連れて行くから。だから、待っていて。

炎の奥に消えていく兄に誓《ちか》う。


「ライラ！　起きて。ライラ！」

現実へと引き戻す声は、最近よく聞く声だ。ぼんやりした視界の中でルガーの姿を認める。

「ル、ガーさま……？」

彼は苦しそうに顔を歪める、大きな手がライラの額を撫でた。

「悪い夢を見ていたんだね。ひどい汗《あせ》だ。大丈夫《だいじょうぶ》、私がそばにいるよ」

全《すべ》てはあなたのせいだと、文句の一つでも言いたいのに声が出ない。代わりに顔を背《そむ》けた。

これは、少しばかりの抵抗《ていこう》だ。

「ああ、来るのが遅《おく》れたから、怒《おこ》っているんだね？　ごめん」

ルガーはライラを抱《だ》きしめた。まるで自身が傷ついたように震えている。村一つを平気で消すのに、番《つが》いが悪夢を見ただけで苦しむのだ。以前、竜人《りゅうじん》にとっての弱点は番いだとシスルが言っていた。本当にその通りなのかもしれない。

——なら、たくさん苦しませて、お兄ちゃんのところに連れて行ってあげる。

兄は真っ赤な炎の中でもっと苦しんだのだ。

ルガーを見上げる。彼の手がわずかに震えた。蒼《あお》い眼《め》に映るライラはいつもより余裕がありそうで、自然と笑みが零れる。

——今なら大丈夫。

彼の頬に手を伸《の》ばした。

「ライラ？」

ライラから触《ふ》れるのは初めてのことだった。彼の頬は手よりもわずかに冷えていて肌触《はだざわ》りも心地《ここち》よい。人間と変わりなかった。

——大丈夫だよ、お兄ちゃん。私がこの男をお兄ちゃんのもとに連れて行ってあげる。

夢でしか会えない兄に語りかける。これは復讐《ふくしゅう》であり、贖罪《しょくざい》だ。

今が好機と固く目を閉じた。そして、ルガーとのわずかな距離《きょり》を詰《つ》める。

柔《やわ》らかい感触《かんしょく》が唇《くちびる》に伝わった。初めての口づけは、復讐の味がした。

目を開けると、青い石が太陽の光を浴びて、キラキラと輝《かがや》いた。あの火事で失ったものだ。こんなところにあったなんて。これさえあれば、小さな友達に会える。悲しいときや、嬉《うれ》しいとき話を聞いてくれた。これでもう、一人じゃない。

　ライラは腕を伸ばす。しかし、もう少しのところで阻《はば》まれてしまった。

「おはよう、ライラ」

「ルガー……様」

　少しずつはっきりする視界には、蒼い瞳《ひとみ》が映る。すぐ隣《となり》でルガーが微笑《ほほえ》んだ。石だと思っていた物は、彼の瞳だったのだ。

　昨日にも増して、笑顔も声も甘く感じる。ブルの実の比ではない。

　ルガーは摑んだ手をなかなか離《はな》してはくれなかった。ライラを愛《いと》おしそうに撫でる。

「昨日のあれは、どういう意味だったのか教えてほしい」

　——昨日のあれ？

　首を傾《かし》げた。すると、ルガーの親指がライラの唇をゆっくりとなぞる。昨日のことをありありと思い出し、頰《ほお》に熱が集まるのを感じた。

「あれは……」

　なんと説明をしたらいいだろうか。そこまで考えていなかった。昨日初めて会ったにも拘《かかわ》らず、人間のライラが「あなたのことが好きだから」と言って納得《なっとく》するとは思えない。

　毎日口づけをする大義名分が欲しい。

「私の住んでいたところでは、婚約《こんやく》者は一日に一度口づけを……」

　思いつきで出た言葉は、尻《しり》すぼみになっていく。もっと上手な嘘《うそ》を考えておけばよかった。

「婚約者？　それはなに？」

ルガーは不思議そうに目を瞬《まばた》かせる。竜人に婚約なんてものはないのだろうか。

「婚約者は、結婚を約束した相手のことを意味します」

「結婚を約束……。人間はすぐに結婚しないのか。面白《おもしろ》い風習だね。それで、人間たちの常識だと私たちはその婚約者？」

「はい。結婚……していないですし」

ヴォールの村では結婚は人と人、家と家を結ぶ大切な儀式《ぎしき》だった。長い期間準備をするのだ。番いだからと一緒《いっしょ》に暮らし始めただけで、結婚したとはどうしても思えなかった。

「人間はどうしたら結婚したことになるの？」

「婚姻《こんいん》の儀式をして、神に誓います。竜人の皆様《みなさま》はどうしたら結婚したことになるのですか？」

竜人と人間では食べ物すら違《ちが》うのだ。きっと、結婚の方法も違うのだろう。

「ともに暮らせば結婚していると言っていいと思うけど、強《し》いて言えばお披露目《ひろめ》かな」

「お披露目ですか？」

「竜人の一族は全部で四つあるんだ。人間の言いかただと、国が四つあると思ってくれていいよ。ほかの一族とはふだんはあまり会わない。けど、成人と結婚のときだけは挨拶《あいさつ》をするために各地を巡《めぐ》るんだよ。それが、人間でいうところの婚姻の儀式というやつかな？」

「各地を……巡るんですか……」

呆然《ぼうぜん》と呟《つぶや》いた。ライラの知っている竜人は、このリオート山に住む者たちだけだ。ヴォールの村で暮らしていたときは、それが全てだと感じていた。ほかの一族の住む場所は、ライラの耳に入らないほど遠い場所にあるのだろう。そこを巡るというのは随分《ずいぶん》と大事に思えた。

「大丈夫。竜車に乗ればすぐだよ。ライラは私と話しているだけで大丈夫だから」

ルガーの手が優《やさ》しく頭を撫《な》でる。父とも兄とも違う手に戸惑《とまど》いを隠《かく》せず、目をそらした。

「人間は番いのことをなんと呼んでいるの？」

「番い……夫婦《ふうふ》でしょうか」

「そうか。夫婦。好きな響《ひび》きだ。人間の婚姻の儀式について教えて」

ヴォールの村で行った準備を思い出す。瞼《まぶた》を閉じた。衣装《いしょう》を作って、神への誓いをして。素《す》直《なお》にそんな話をする必要はない。ただ、毎日口づけをする理由が作れればいいのではないか。

「いろいろとあるのですが……一日一度、口づけをします」

「さっき言っていたやつだ。それで？」

ルガーが相槌《あいづち》を打つ。疑ってはいなそうだ。

「普通《ふつう》は一日に一度。百回続けると、百度目に神様が二人の婚姻を許されるとされています」

「じゃあ、昨日が一日目だね。百回か……。九十九日後、私たちは人間のいう夫婦になれる？」

「はい。神様が許してくれれば」

百回目。二人は夫婦になれる。そんな嘘を信じて彼は頬を緩《ゆる》ませた。

「それなら大丈夫。私たちは神が選んだ番いだからね。百日後が楽しみだ。それまでにライラのことをたくさん教えて」

ルガーはライラの手を取ると、愛おしそうに指先に口づけた。

なんて馬鹿《ばか》な男なのだろう。百度行われる口づけの儀式は、その命を蝕《むしば》んでいるというのに。

九十九日後、全てが終わる。ライラは微笑みを返した。


一日一個、飴玉《あめだま》を舐《な》める。そして、ルガーに自ら口づけた。十日たつころには慣れ、二十日たつころには恥《は》ずかしさもなくなった。

リオート山の生活にはなんら不満も感じない。毎朝早起きしなくても顔を洗う水が用意されていることが最初は慣れなかったが、アラとキナが井戸《いど》の縄《なわ》を引いているわけではなく、雪解け水を使用していると聞いて、その罪悪感からも解放された。寒さを感じさせない服は、帝都《てぃと》セントルの生活よりも快適だ。

今日も朝、一人の時間を見計らってコロコロと飴玉を舐める。不思議と甘いそれは、口の中に広がり、身体《からだ》の中に浸透《しんとう》する。ライラの命を一日延ばし、ルガーの命を一日刈《か》り取る不思議な毒だ。

ルガーはこの宮殿の主《あるじ》だけあって、忙《いそが》しい。毎朝ライラの額に挨拶代《あいさつが》わりの口づけを落とすと、執務《しつむ》室に消えていく。扉《とびら》の奥では、地図を見下ろして次に襲《おそ》う村を選んでいるに違いない。

どうにかして化けの皮をはげないだろうか。最近はそればかり考えている。しかし、彼はなかなか本性《ほんしょう》を現さない。番いにはそういう一面は見せないものなのか。

彼はいつも優しい仮面をつけたまま、ライラを見て微笑む。ルガーが執務室に籠《こ》もっているあいだは、いつもアラとキナが相手をしてくれる。ライラを連れ出し、宮殿の中を案内してくれたり竜人たちを紹介《しょうかい》してくれるのだ。今日は書庫を案内すると言って、二人に手を引かれた。

「番い様。最近、陛下とはいかがですか？」

書庫に行く途中《とちゅう》、キナがキラキラとした目でライラを見上げる。期待が込められた瞳に、ライラは一瞬《いっしゅん》たじろいだ。

「いい人だと思うよ。優しいし……」

「そうなんです。陛下はとってもお優しいんですよ」

「それに、陛下はとても仕事ができるんです。ライラ様、今度は執務室も覗《のぞ》いてみましょう」

アラとキナはニコニコと嬉しそうに頬を緩める。その表情から、ルガーが彼女たちに心から好かれているのがわかる。あんな非道なことをする男のどこがいいのだろうか。

「二人はルガー様のことがとても好きなんだね」

「勿論《もちろん》です！」

二人の声が重なった。緑色の瞳は澄《す》んだ色をしている。そこに嘘偽《うそいつわ》りはないのだろう。彼は人を騙《だま》すのが上手なようだ。

「陛下は歴代の蒼竜王《そうりゅうおう》の中でも、とっても力が強いんです。特別な存在なんですよ」

「蒼竜の者にとって希望なのです」

アラとキナが交互《こうご》に、彼がいかに素晴《すば》らしい王かを語る。ただその言葉に相槌を打ち続けた。いい部分を知りたいわけではないのに、いいところばかり耳に入る。むしろ、不自然なほどにいい部分しかないようにも感じた。

――二人は、彼の本性を知らないのかも。

あの火事は、ルガーの独断での犯行かもしれない。あの日、ほかの竜人の姿は見ていない。

「そうなんだね。じゃあ……怖《こわ》いところとかはないのかな？」

「怖いところ……ですか？」

キナは首を傾げた。隣で同じようにアラも首を傾げる。二人の頭がコツンとぶつかって、目を瞬かせる。二人の姿と記憶《きおく》の中の精霊《せいれい》たちが重なって、目を細めた。彼らはわからないことがあると、二人みたいに一緒になって首を傾げるのだ。

「ほら、優しい人でも、怖いところってあるでしょう？　私のお兄ち――」

口を噤《つぐ》む。本当のことは秘密だ。ライラにいるのはシスルという名の姉が一人。兄などいない。ライラは「なんでもない」と頭を横に振《ふ》った。

「番《つが》い様は陛下になにか怖いことをされたのですか？」

キナが不安そうにライラを見上げた。彼女が言うとおり、ルガーは優しい。怒《おこ》ったこともなければ、冷たい態度を取られたこともない。頭を横に振る。

「大丈夫《だいじょうぶ》だよ。ルガー様は私にとても優しいよ。ただ、ちょっと気になっただけ」

「でも、怒ると怖いですよ」

「そうなの？」

ライラが目を瞬かせると、アラは含《ふく》みのある笑《え》みを見せた。そして、囁《ささや》くように話し始める。ライラは耳をそばだてる。自然と三人は身を寄せ合った。こうして小さな二人に挟《はさ》まれていると、子供に戻《もど》ったようだ。

「この前なんて――」

「誰《だれ》が、怖いって？」

柔《やわ》らかな、けれどわずかに棘《とげ》のある声に三人は同時に肩《かた》を跳《は》ねさせた。

「陛下っ！」

アラが振り返り、目を丸々とさせる。キナはライラの服をぎゅっと掴《つか》んだ。なんとか弁明をしなくては。探《さぐ》りを入れていたことがばれてしまうかもしれない。

「ルガー様。えっと、これは……」

「私の話をしていたのかな？　怖いとかなんとか聞こえたけど」

ルガーは柔らかな笑みを浮《う》かべ、ライラの肩を抱《だ》く。気づいたときには風が通る隙間《すきま》もないほどの距離《きょり》だ。言い訳など思いつくはずもなく、眉尻《まゆじり》を落とした。

「へ、陛下！　それよりも、なんでここに？　今は執務中では？」

「そうですよ。番い様もビックリしています！」

アラとキナが小さな身体をぴょんっと跳ねさせる。困ったライラを擁護《ようご》しているようだ。ルガーは二人を見下ろして、にっこりと笑みを浮かべた。

「用事を思い出してね。少し、ライラを借りるよ」

ルガーは当然とばかりにライラの手を引いた。

「今日はどこを案内してもらう予定だった？」

「書庫と言っていました。ルガー様は執務中では……？」

「大丈夫。休憩《きゅうけい》時間だよ。心配することはない。書庫だったね。行こうか」

彼はこうやって、毎日のように時間を見つけてライラのもとを訪《おとず》れる。休憩時間だと言うが、本当のところはわからない。最初はアラとキナも慌《あわ》てていたが、もう慣れたのかなにも言わずに送り出すようになってしまった。

ルガーとともに長い回廊《かいろう》を歩く。一人だったらもう迷っているだろう。どこもかしこも青い壁《かべ》は方向感覚を狂《くる》わせるのだ。点在する大きな鏡がルガーと寄り添《そ》うライラの姿を映す。

「この宮殿には鏡が多いですね」

鏡は高いのだ。一般《いっぱん》市民が買うとなると手のひら大の手鏡がせいぜいだった。この宮殿には至るところに存在し、歩く者を映し出していた。

「鏡は嘘《うそ》を見破る力を持っているからね」

ルガーが口角を上げる。その言葉に胸が跳ねた。

「う、嘘……ですか？」

心臓の音が耳元で響《ひび》いているような感覚に、目眩《めまい》を覚える。彼は既《すで》にライラの大きな嘘を見破っているのではないか。

「……なんて。大袈裟《おおげさ》だったかな？　これは、魔女《まじょ》を見破るために置いてあるんだ」

　ルガーはカラカラと笑い、鏡を指差した。鏡の中の彼がライラを見つめる。肩が震《ふる》えた。

「ごめん、怖がらせたね。嘘を見破るというのは冗談《じょうだん》だよ。竜人の長い歴史の中で魔女はときどき姿を現し、私たちを脅《おびや》かしてきたんだ。時に竜人の姿になって宮殿に入り込んだり、か弱い人間の姿になって騙そうとしたり。魔女は鏡に映らない。魔除《まよ》けみたいなものさ」

　ルガーはライラの肩を抱く。鏡に映る二人は、恋人《こいびと》同士のように寄り添っていた。

「大丈夫。鏡にちゃんと映っているだろう？　これは、ライラが人間の証拠《しょうこ》だよ」

　彼は鏡の中で少女の頭に口づけを落とすと、幸せそうに微笑《ほほえ》んだ。どうして、こんなにも一《いち》途《ず》でいられるのか。彼はライラのことをなにも知らない。それでいて、愛《いと》おしいとでも言うかのような態度を見せる。まるで、おままごとみたいだ。

　鏡に映った表情で心が見透《みす》かされてしまうかもしれない。隠《かく》すためにルガーの胸に縋《すが》った。

　彼の手がライラの頭を撫《な》で、背中へと落ちていく。もしも、全《すべ》ての嘘を知ったのならば、この大きな手は一瞬でライラの命を消すのだろうか。あの日のように。肩が震える。

「ごめん。魔女の話が怖かった？」

「私の住んでいたところにも魔女の伝説は残っていたので、少しだけ」

　顔を上げて笑顔を見せると、彼は心底ホッとしたように目尻を落とす。

「魔女は人間にも認識《にんしき》されているのか。どんな伝説？」

「森には魔女が眠《ねむ》っている。だから、森に入ってはいけないよって小さい頃《ころ》はずっと言われていました」

「森？　セントルにも森がある？」

ルガーが不思議そうに首を傾《かし》げる。セントルは整備された街だ。大きな城を中心に、煉瓦《れんが》が敷《し》き詰《つ》められていた。街の中に森と呼ばれるような場所はない。竜になって上空から見下ろせば一目瞭然《いちもくりょうぜん》だ。彼はわずかに眉根を寄せる。

「えっ……と……。セントルの外のことです。門をくぐって、ずっと歩くと森が。子供だけで街の外に出るのは危ないからって、大人は子供を脅《おど》かしていたんだと思います」

「ああ、街の外か。魔女は子供を守る口実に使われていたんだね」

ルガーの納得《なっとく》した様子に胸《むね》を撫で下ろす。うかつに昔の話をするのはよくない。二十日たって少し気が緩《ゆる》んできている。

「竜人の皆《みな》さんにとっても、魔女はとても怖い存在なんですね」

「そうだね。魔女は自在に姿を変える。そして、不思議な力を使う」

「不思議？」

「そう。竜人は、精霊に力を借りることができるんだ。風を呼んだり、水を出したり……」

「――火を起こしたり……？」

ルガーが目を細めて頷《うなず》いた。胃がぎゅっと締《し》めつけられる。

「得意不得意、向き不向きはあるけど、竜人の能力は全て精霊の力を借りたものなんだ。けれど、魔女は違《ちが》う。彼女たちはもっと違うなにか――」

ルガーは宙を見つめる。彼の目にはなにが見えているのだろうか。ふと、視線が一カ所でとまった。視線の先には人影《ひとかげ》が浮かぶ。

「見つかったか……」

彼の小さなため息が頬《ほお》を掠《かす》めた。近づいてくる人影を凝視《ぎょうし》する。――キーラスだ。彼は腕《うで》を組み、不機嫌《ふきげん》さを表す。

「陛下、そろそろお戻りください」

「休憩時間は終わりみたいだ。またあとでゆっくり話そう」

ルガーは名残《なごり》を惜《お》しむようにライラを抱《だ》きしめ、肩に顔を押しつけた。そして、胸いっぱいに空気を吸い込む。顔を上げたとき、幸せそうな笑顔を向けられて思わず目をそらした。

「休憩時間なんて聞いていませんが？」

「怒るなキーラス。いい仕事には良質な休憩が必要だろう？」

「休憩なら堂々と出かけられては？　突然《とつぜん》消えては皆が困ります」

ルガーは悪びれた風もなく、肩を竦《すく》める。キーラスの片眉がピクリと跳ねた。

キーラスはルガーの首根っこを捕《つか》まえると、廊下《ろうか》の向こうに消えていった。

このやりとりも、今日までに二十回は超《こ》えている。彼はキーラスの目を盗《ぬす》んではライラに会いに来るのだ。二回目の休憩を取るときもある。

華《はな》やかな青いタイルをなぞりながら、来た道を戻った。一人で鏡に映るライラはいつも通りで安心する。左腕《ひだりうで》の袖《そで》をまくり上げた。火傷《やけど》の痕《あと》を見て、ゆっくり目を閉じた。

兄の顔を思い出す。

――お兄ちゃん。あと七十九日。そしたら、全部終わるからね。

鏡から顔を背《そむ》けると、廊下の曲がり角からアラとキナが顔を出した。何度も大きな目を瞬《まばた》かせる。首を傾げて見せると、二人は嬉《うれ》しそうにライラのもとへと駆《か》けた。

「陛下はもう見つかってしまいましたか？」

「今日は最短記録ですね」

二人は顔を見合わせて笑う。

「そういえば、キーラスさんとルガー様ってあまり仲良くないのかな？」

「番《つが》い様、なにかあったんですか？」

「ライラ様、キーラス様は誰に対してもあんな感じですよ」

「なにもないよ。ただ、キーラスさんってどこか事務的だなって思って」

「そっか。それならいいの。でも、毎日こうだとキーラスさんに悪いな」

「大丈夫ですよ。陛下の抜《ぬ》けだし癖《ぐせ》は昔からですから」

「陛下は番い様のことが大好きなんですよ。だから、仕方ありません」

アラとキナの髪《かみ》の毛が楽しげに揺《ゆ》れる。誤魔化《ごまか》すように笑って返すほかなかった。

窓から、宮殿の下に広がる霧を見下ろす。これが麓《ふもと》から見ると雲なのだと教えてもらったのは、つい先日のことだ。

「雲の上が天国と言うのは嘘だったのね」

　小さなころ、村の爺《じい》やが子供たちにしていた話と言えば、竜人《りゅうじん》の怖《こわ》い伝説と雲の上の国の話だった。雲の上には神の世界があって、命が終わると雲の上に昇《のぼ》れる。神様はよい行いをした者から順番に新しい人生を与《あた》えてくれるのだと、爺やは言っていた。

　――じーじの嘘つき。雲の上に来ても誰《だれ》もいないじゃない。

もう顔も朧気《おぼろげ》にしか覚えていない村の爺やに悪態を吐《つ》くことくらいしかできない。雲の上に来ても目の前には、両親も兄も誰も顔を見せないのだから。

「ライラ様ったら、面白《おもしろ》いことを仰《おっしゃ》いますね」

「番い様。雲の上にある国は、竜人の国でございます」

　アラが笑うとキナも笑う。二人は顔を見合わせて肩《かた》を揺らした。二人の笑顔《えがお》は可愛《かわい》くて、それだけで幸せな気分になれる。妹がいたらこんな感じなのだろう。けれど、年齢《ねんれい》でいったら二人のほうが随分《ずいぶん》と上だ。見た目こそ十二、三の子供だけれど、年齢は八十八歳だという。それを聞いたとき、気が遠くなった。

「竜人の国はほかにもあるんだっけ？」

「はい。ここは人間の国ユマンの南にありますが、ユマンの東の先にはピュール山《やま》があって、そこには紅竜の里がございます」

「紅竜王《こうりゅうおう》ザッカス様は、陛下のお友達なんですよ」

「ザッカス様？」

キナが楽しそうに大きな筒状《つつじょう》の紙をライラの前に広げる。この大陸の地図だ。

「大陸の南には黄竜王《おうりゅうおう》様が、西には白竜王様がいらっしゃいます。ただ、このお二方は御高齢《ごこうれい》なので、異種族交流会《カローナ》にも参加していらっしゃいません」

地図をなぞりながら、アラが説明する。相槌《あいづち》を打ちながら、彼女の細い指を目で追った。

「私たちもお会いしたのは五十年以上前なんですよ。番い様もお会いできますよ」

「各地を巡《めぐ》るんだっけ？」

「はい。竜人の一族は、番いを得たら数年の内にほかの一族にもお披露目《ひろめ》をする習わしとなっておりますから。きっと、陛下が予定を組んでいると思います」

キナの指がリオート山から東のピュール山を通り南の山、西の山をなぞっていく。以前、ルガーが言っていたお披露目のことだろう。しかし、そんな日は来ない。その前にルガーはこの世から消えてしまうのだ。

「ほかの山へ行くのは基本、成人の挨拶《あいさつ》のときと、番いのお披露目の二回だけなんです」

「ザッカス様はよくいらっしゃいますけど」

「ザッカス様が特別なんですよ」

二人が楽しそうに笑う。ユマンの東にあるピュール山。その山を見たことがない。地図上でもピュール山からリオート山の距離《きょり》は、ずっと遠く感じる。そんなに遠くに住んでいるのに、よく来るのだと聞くと感覚がおかしくなりそうだった。

「噂《うわさ》をすれば。ライラ様、ザッカス様がいらっしゃったみたいです」

「番い様、ザッカス様は少し自由な方ですけれど、悪い方じゃありませんから」

　二人が扉《とびら》に目を向ける。訳もわからず首を傾げた。しかし、すぐに二人の言っていることが現実だと知ることになる。部屋の外が騒《さわ》がしくなったからだ。なんと言っているかはわからないが、数名の大きな声が聞こえる。キナが扉の前へと走り、細い腕が重い扉を引いた。

「おう、アラか？　元気だったか？」

「ザッカス様。キナです。ようこそいらっしゃいました。陛下にはお会いになりましたか？」

「いーや。今日の用事はあいつじゃなくて、こっち。番いを見に来ただけだからな」

　ここからでは開かれた扉しか見えない。それでも調子のいい声は耳に入る。

「ライラ様、ザッカス様は少し気性《きしょう》は荒《あら》いですけど、陛下の番いであるライラ様になにかするようなことはないと思います」

　アラが優《やさ》しく微笑《ほほえ》むとライラの手を撫《な》でた。

　軽快な足音を立てて、ザッカスが部屋の中へと入ってくる。

「ふーん。あんたがルガーの番いか。俺はザッカス」

　褐色《かっしょく》の肌《はだ》から白い歯を覗《のぞ》かせる。炎《ほのお》のように赤い髪と、髪よりも濃《こ》い赤をまとった瞳《ひとみ》。まるで炎そのものだ。

「ライラです……」

　尻《しり》すぼみになる言葉。ザッカスは気にする様子もなく、ライラのそばまで大股《おおまた》で歩く。

身体《からだ》が勝手に震《ふる》えた。なにが怖いかと問われたらわからない。本能が恐怖《きょうふ》しているのだ。

「ザッカス様、ライラ様を怖がらせないでください」

アラがライラとザッカスの間に立つ。しかし、彼は気にした様子もなく、アラを越《こ》えてずいっと顔を近づけた。

「あんたが番い、ね……」

ザッカスは頭の天辺《てっぺん》から舐《な》めるようにライラを見た。どこか、品定めするような目に逃《に》げだしたい気持ちにかられる。

「ザッカス様とはいえ、これ以上ライラ様を困らせるようでしたら、出て行ってもらいます！」

「番い様が困っています。怒《おこ》りますよ！」

アラとキナが必死にザッカスを押さえる。小さな身体が二人掛《が》かりでも、彼一人押さえることはできなそうだ。

「へえ。アラとキナにも気に入られているのか。珍《めずら》しいな」

「ザッカス様！」

アラとキナの声が重なる。二人は必死にザッカスを部屋から押し出そうとしている。しかし、彼はびくともしていなかった。大人と子供の差に、遊んでもらっているようにしか見えない。このまま二人に任せてしまっていいのだろうか。

しかし、悩《なや》んでいるあいだに大きな声が耳に入ってきた。

「ザッカス！」

怒《いか》りを表す大きな声。ルガーのものだ。アラとキナの顔が揃《そろ》って扉に向いた。勢いよく開けられた扉から入って来たのは、想像していた通りの人物。その後ろにはキーラスもいる。

「おお。ルガー。久しぶりだな」

「なにが久しぶりだ。百日もたっていない。来るときは先に書状を送れと言っているだろう」

「なーにお堅《かた》いこと言ってんだ。なあ？」

ザッカスが振《ふ》り返りライラに意見を求める。なんと返答していいかわからず、間抜《まぬ》けな顔をして見つめ返すことしかできない。

「この男のことは放《ほう》っておいていいから。突然《とつぜん》来て驚《おどろ》いただろう？」

ザッカスの横を通り過ぎ、ルガーはライラの隣《となり》に腰掛《こしか》けた。そして、いつものように肩を優しく抱《だ》く。

「突然で少し驚きましたけど、アラとキナが対応してくれたので大丈夫《だいじょうぶ》でした」

「そう、よかった」

彼はザッカスに視線を向けると、優しい笑みを消し眉根《まゆね》を寄せた。

「と、ライラは言っているが、普通《ふつう》女性の部屋に許可もなく入るのは御法度《ごはっと》だ」

「別に構わないだろ？　俺とおまえの仲だ。俺はこの子の部屋に入ったんじゃなくて、おまえの部屋に入ったんだからさ」

「ああ言えばこう言う。おまえはいつまでたっても口が減らない」

ルガーが吐き捨てるように言う。彼の声はいつもより低い。部屋の空気がわずかに冷えたような感覚に陥《おちい》る。氷のように冷たい瞳は、二年前の事件を思い出すのには十分だった。

恐怖でわずかに肩を震わすと、ルガーが慌《あわ》てて抱《だ》きしめた。

「ああ、怖がらせてしまったね」

あんなに冷たい声を出していたのに、すぐに優しく甘い響《ひび》きに変わった。

いつものように笑顔を返し、小さく頭を横に振った。ルガーから目をそらすと、次はザッカスと目が合った。探《さぐ》りを入れるような瞳に、逃げてしまいたい衝動《しょうどう》にかられる。

「やめろ。ライラが怖がっている」

「これぐらいで怯《おび》えるなんて、なにか隠《かく》し事でもしてるんじゃないのか？」

ルガーの背が守るように視界いっぱいに広がった。それでも、ザッカスの敵意ある言葉に胃が悲鳴をあげている。彼はライラの目的を知っているのではないか。不安が頭を過《よぎ》る。

「碌《ろく》に調べもせずにここに連れて来たんだろ？　不用心過ぎやしないか？」

「彼女は私の番《つが》いだ。それ以上でもそれ以下でもない」

「それが不用心だって言っているんだよ。どこの誰か。今までどんな風に生きて、どんなことをしていたか。おまえは知らないだろ？」

「私は今のライラを知っている。それだけで十分だ。まだ話し足りないなら、別の場所で聞く」

ルガーの言葉にアラが慌てて重い扉を開ける。キナがザッカスの前に立ち「応接間にご案内します」と礼をした。

「……まあ、いいか。まだ時間はあるし。俺は今日から当分ここに滞在《たいざい》するから。いつもの部屋を用意しておいてくれよ」

ザッカスの言葉に皆《みな》が言葉を失った。誰《だれ》もなにも言わないのをいいことに、彼はキナの横を通り過ぎ扉を潜《くぐ》る。

「おい！」

姿が消えかかる手前でルガーが声を掛けたが、ザッカスは片手を上げてひらひらと振っただけで、足を止めなかった。

「あいつは少し人間が苦手なんだ。これ以上近づけさせたりしないから、安心して」

「……はい」

まだ胃がキリキリと痛む。ザッカスの言葉が未《いま》だ耳にまとわりついていた。

ルガーは心配そうにライラの頭を撫でる。そして、立ち上がった。

「アラ、キナ。ライラを頼《たの》むよ」

「はい。お任せください」

ルガーが離《はな》れる代わりに、アラとキナがそばに駆《か》け寄った。

「ライラ様。ごめんなさい。ザッカス様は少し人間不信なところがあるのです。もっと私たちが気をつけていれば……」

「番い様。私も、陛下の番いだからザッカス様も優しくしてくれるって楽観視していました」

アラとキナが項垂《うなだ》れる。ライラは大きく頭を横に振った。

ザッカスはなにを警戒《けいかい》しているのだろうか。知らないままでは不安は拭《ぬぐ》えない。

「二人のせいじゃないよ。私は大丈夫。……ザッカス様はいつもこうなの？　ルガー様は『人間が苦手なんだ』って言っていたけど、なぜ？」

　アラとキナが顔を見合わせる。二人は目と目で会話できるのかもしれない。しばしのあいだ、沈黙《ちんもく》が流れた。心音だけが耳に響く。

「ライラ様、ずっと昔、紅竜《こうりゅう》の里の竜人が人間の番いに騙《だま》されたことがあるのです」

「竜人を騙す……？」

「番い様。人間と竜人は性質が違《ちが》い過ぎるのです」

「竜人は生涯《しょうがい》ともにする相手を匂《にお》いで本能的に感じることができます。けれど、人間は違いますよね？　ライラ様は陛下が近くにいても、なにも感じないのではありませんか？」

　アラの言葉に誤魔化《ごまか》すように笑って答えた。私は本当の番いではなく、彼の命を奪《うば》いにきたのだ。胸にあるのは憎《にく》しみだけ。彼女たちの言うような感情とは種類が違う。

「ライラ様、人間が竜人の番いとなることは私たちの歴史ではままあることなのです」

「けれど、その紅竜の里に輿入《こしい》れした人間は、番いの竜人に愛されているのをいいことに、竜人を使い、人間の国を一つ支配しようとしました。竜人は人間と比べると圧倒《あっとう》的に力が強い。そして空を飛ぶことも、神の力を借りることもできます」

「神の力……。それって精霊《せいれい》の力のこと？　昨日、ルガー様からちょっとだけ聞いたよ」

「そうです。私たち竜人は、神の作りたもうた精霊に力を借ります」

　ずっと会っていないヴォールの村の小さな友達の姿を思い浮《う》かべた。ライラは不思議な石を使わないと彼らと話をすることができない。しかし、竜人は力を借りることができるのだ。

「風を起こすときには風を司《つかさど》る精霊に、火を起こすときには火を司る精霊に。でも、彼らは少し気まぐれで、好き嫌《きら》いが激しいんです。だから、仲のよい精霊の力は借りやすいのですけれど、仲の悪い精霊は全然力を貸してくれないんですよ」

「私たちが生まれる前、ザッカス様がまだ幼少のころのことでした。その人間は番いの竜人を唆《そそのか》し、自分の国を支配しました。けれど、それだけでは終わらなかったのです」

アラの顔色が優《すぐ》れない。これ以上聞いてはいけない気がした。けれど、ここで耳を塞《ふさ》ぐのもひどい話だ。彼女の手を取れば、温かかった手が冷えていた。何度も擦《さす》れば笑顔《えがお》が返ってくる。

「その人間はなにをしたの？」

「番いの竜人を、紅竜の里の竜人たちと殺し合わせたのです」

アラの低い声が部屋に響く。そこまで大きくなかったというのにとても大きく感じた。

「そんな……竜人同士でしょう？」

「どんな方法を使って番いの竜人を唆したのかはわかりません。ザッカス様はその始終を見ておりました。それもあって、あまり人間がお好きではないのです」

そんな過去があるのであれば、「好きではない」では済まないのではないだろうか。恨《うら》んでいてもおかしくはない。今にも焼き尽《つ》くしそうな目を思い出し、ゆっくり息を吐《は》き出した。

ライラは人間だ。しかも、竜人を騙す悪いほうの。飴玉《あめだま》がなくなったころ、彼女たちもザッカスのように人間のことを信用できなくなってしまうかもしれない。こんなにも優《やさ》しい二人が、心を閉《と》ざすきっかけを作ることになる。胸が痛んだ。

なんと返していいのかわからない。強く手を握《にぎ》りしめる。

「ザッカス様もライラ様のことを知れば、あのような態度を取らないと思います」

「でも、番い様がお嫌《いや》なら、私たちが壁《かべ》になりますから。安心してください」

「ありがとう。アラ、キナ」

リオート山に来たとき、孤独《こどく》だと思っていた。けれど、一人ではない。こうやって気にかけてくれる人がいるのだから。それだけで、心が少しだけ軽くなる。それと同時に胸が締《し》めつけられた。こんなに優しくしてくれる人たちを騙しているのだ。

「少しだけ眠《ねむ》りたいの。大丈夫かな？」

「はい。では隣の部屋におりますので、なにかあればお呼びください」

「番い様。無理はなさらないでくださいね」

「うん、お休みなさい」

アラとキナが揃《そろ》って頭を下げる。

彼女たちが部屋から出ていくのを確認《かくにん》すると、鞄《かばん》に手を掛《か》けた。瓶《びん》の中から一粒《ひとつぶ》の飴玉を取り出す。瓶の中にはまだ飴玉がたくさん残っている。

「二十二個」

赤くて丸い毒を口の中で転がす。コロコロと転がる音だけが聞こえた。少しずつ飴玉が溶《と》けていく。

窓辺には、白い鉢植《はちう》えの花が一輪ゆらゆらと揺《ゆ》れていた。ライラがシスルから貰《もら》った花だ。その隣には違う花が飾《かざ》られている。ライラが花を大事にしているのを見て、ルガーが少しずつ増やしていった。気づけば、窓辺は花畑のようになっている。

「シスルさん、元気かな」

二人で過ごした日々が随分《ずいぶん》と昔に思えた。真っ赤な飴玉が身体《からだ》中に溶けていく。一人の命を奪おうとしている。ここにいる全《すべ》ての竜人を苦しめようとしている。彼らはルガーのことを愛している。それは、ここで暮らして痛いほどわかった。

——あんなにも愛されている人がなぜ？　ザッカスのように本当は人間が嫌いなの？

心臓が痛い。胸を押さえた。ベッドの上で丸くなる。次第《しだい》に小さくなる飴玉を感じながら、眠りについた。

「——んなんて、信用できんっ！」

人の話し声で目が覚めた。朧気《おぼろげ》になりながら、聞いたことのある声を耳にいれる。隣室《りんしつ》にいるのだろう。初めはどんな話をしているか理解できなかったが、だんだんと理解できるようになってきた。

「大体、どこの馬の骨か知れないんだろうっ⁉」

荒々《あらあら》しい声だ。これは、ザッカスのものだろう。声だけで苛立《いらだ》ちが伝わってくる。

「もう少し静かに話せ。ライラの目が覚めてしまう」

もう一つはルガーの落ちついた声。ほかに声は聞こえてこなかった。なぜ、隣《となり》の部屋で二人が話すことになったのかはわからない。しかし、言い争っているのはよくわかった。

「あの女は信用ならん。今すぐユマンに返せ」

「それはできないと何度も言っているだろう？　ライラは正真正銘《しょうしんしょうめい》、私の番《つが》いだ」

胃がぎゅっと締まるのを感じた。壁一枚隔《へだ》てた部屋。竜人は耳がいい。起きたことを悟《さと》られないように、必死に息を殺した。

――私の話？

「人間の番いは信用できん。それはおまえも知っているだろ？」

「あの事件はたまたま起きた悲しい出来事だ。人間の全てが悪人ではない。ライラはあの人間とは違う。ザッカスは神経質になりすぎだ」

「俺からしたら三百年前の人間も、おまえの番いだという女も変わらない。なにをもってほかと違うと言っているんだ？」

「ライラは、精霊に愛されるような優しい子だ。アラとキナだって気に入っている。竜人を利用しようなんて考えるような子ではない」

ルガーは至って冷静で、声を荒《あら》らげたりはしない。どこか言い聞かせるように落ちついた口調を保っていた。彼が冷静であればあるほど、ザッカスは苛立っていくようにも感じる。

「人間を愛してもいいことなんてない！　おまえが欲しかったのは、ともに隣に立ってくれる相手だろ？　あの女じゃ、おまえは不幸になるだけだ」

「そんなことはない。私はライラと一緒《いっしょ》で幸せだ」

「人間なんて百年も生きないんだぞ？　番いは生涯で一人だ。あの女がどんなにいい奴《やつ》でも、あと百年も生きない。残りの人生はどうするんだよ……？　今ならまだ手放せるだろ？」

「もう、ライラと出会ってしまったんだ。時間は巻き戻《もど》せない」

　ザッカスの大きなため息が聞こえる。

「おまえは馬鹿《ばか》だよ。番いなんてものに縛《しば》られて、十分の一も生きない女を選ぶなんて。馬鹿《ば》野郎《やろう》だ。俺はなにを言おうと反対だからな。だから、異種族交流会《カローナ》なんてものに参加するのは反対だったんだ」

　ザッカスの言葉を聞いていることができなくて、身じろいでしまった。衣擦《きぬず》れの音が一際《ひときわ》大きく響《ひび》く。

「……ライラが目覚めたようだ。この話は終わりだ」

　忌《い》ま忌ましそうな舌打ちが聞こえる。彼はそれ以上言葉を重ねることなく、大きな足音を立てて消えていった。

　ザッカスがいなくなって、部屋は静まりかえった。しかし、息をつくこともできず、跳《は》ね上がる心臓を押さえるしかない。わずかに扉《とびら》が開く音が耳に入る。

　彼と顔を合わせるのが怖《こわ》かった。こんなとき、どんな顔をしていればいいのかわからない。

　足音がだんだんと近づいてくる。意識を集中しているせいか、やけに大きな音に聞こえた。

　ベッドがギシリと鳴き、わずかに沈《しず》み込む。心臓が早鐘《はやがね》を打った。

「今日はごめん。君に辛《つら》い思いをさせてしまった」

ルガーの大きな手が、布団《ふとん》越しに肩《かた》を撫《な》でる。思わず身を固めた。それをどう解釈《かいしゃく》したのか、彼の口からは小さなため息が漏《も》れた。

「許してくれとは言わない。けれど、償《つぐな》いをさせて欲しい」

償いなど必要ない。顔を見せることができず、頭を小さく横に振《ふ》ることで返事をした。すると、撫でる手がとまる。

「私の顔を見るのも嫌？」

「……そんなことはありません」

「なら、顔を見せて」

仕方なく布団から顔を出せば、不安げに揺れる蒼《あお》い眼《め》が飛び込んできた。思わず布団を握り締めれば、彼は苦しそうに顔を歪《ゆが》める。

「ザッカスがすまなかった」

「ルガー様のせいではありませんから、気にしないでください」

「いや、私がもっと早くに気づいていれば。怖かったろう？」

「アラとキナに事情を聞きました。大丈夫《だいじょうぶ》です」

大丈夫だと言っても、ルガーは眉根《まゆね》を寄せたままだった。なにを言っても納得《なっとく》してくれなそうだ。どうしていいかわからず、視線を彷徨《さまよ》わせた。

「もっと怒《おこ》ってもいいんだよ」

ルガーの手が頭を撫でる。父親や兄とは違《ちが》う感触《かんしょく》に、目を固く瞑《つぶ》った。

「怒ってなどいません」

「なら、泣いたって構わない。君はいつも困ったように笑う。その笑顔《えがお》に全部隠《かく》さなくてもいいんだ。私には全部見せて欲しい」

腕《うで》の上にルガーの額が乗せられた。布団越しに感じる熱は、人のそれと変わりない。ほかの誰《だれ》が聞いても甘い囁《ささや》きに聞こえるのだろう。けれど、ライラには良心を揺さぶる誘導《ゆうどう》に感じた。

――私はあなたを殺しにここに来たの。それが全て。

顔を上げるルガーに微笑《ほほえ》みかける。そして、頬《ほお》に手を這《は》わせた。今の彼はこのまま首に手を回して、強く握《にぎ》ったら殺せそうなほど無防備だ。

「私はルガー様のことが知りたいです。だから、もっと私にいろいろ教えてください」

――全部知って、あなたをお兄ちゃんのもとに連れて行く。

ライラの目的はそれが全てだ。蒼い瞳《ひとみ》が揺れる。彼がなにを考えているのかはわからない。瞼《まぶた》を落として、唇《くちびる》を寄せた。

二十二度目の口づけは、ライラの心を隠してくれる。

リオート山に越《こ》してきて、三十日がたった頃《ころ》だ。ルガーが中庭へと誘《さそ》ってくれた。リオート山の頂上はほぼ毎日天気がいい。しかし、宮殿《きゅうでん》の足下《あしもと》には雲が広がっていた。

山頂に建つこの宮殿で、外の空気を感じることができるのは、中庭以外にいい場所がないのだと彼が申し訳なさそうに眉尻《まゆじり》を下げて言った。なぜこんな不便なところで暮らしているのだろう。山を下りればいいのに。

ここでは草木はほとんど育たないらしく、中庭は煉瓦《れんが》が敷《し》き詰《つ》められていた。

外に出るからということで、毛皮でできたコートと帽子《ぼうし》、手袋《てぶくろ》をつけられる。気づけば顔以外の肌《はだ》は隠されてしまった。長い毛足の帽子は手触《てざわ》りがよく、ふわふわしている。変わった柄《がら》だと思っていたら、リオート山に住む獣《けもの》の類《たぐ》いなのだそうだ。

ルガーも厚着をしていた。帽子を指して、「お揃《そろ》いだね」と笑う彼に、どんな顔をしていいかわからない。結局いつもと同じように笑顔を返した。

外の空気は部屋よりも澄《す》んでいるような気がするのは思い違いだろうか。ガラス越しではない太陽の光も、いつもより眩《まぶ》しく感じた。

ルガーが目を細めて、愛《いと》おしそうにライラを見る。その眼差《まなざ》しに戸惑《とまど》いはするものの、シスルの薬がしっかりと効いている証拠《しょうこ》だと思うようになった。

「今日は面白《おもしろ》いものが見られるよ」

彼は含《ふく》みのある笑みを見せると、空を指差した。リオート山の麓は霧で見えないものの、空は青い。雲一つないのだ。

彼の指の先に一つの影《かげ》が現れる。——竜《りゅう》だ。一頭、二頭と増えていった。彼らは自由自在に飛び回る。まるで、川を泳ぐ魚みたいなのだ。

驚《おどろ》くほどに速く、軽《かろ》やかだった。ある二頭がぶつかりそうになる。思わず目を瞑った。

「そんなに怖がらなくても大丈夫。彼らも久しぶりだから少しはしゃいでいるんだ」

ルガーはカラカラと笑う。なんと反応していいかわからず、空を泳ぐ竜を目で追った。

「私も少し手伝ってこよう。ここで、待っていて」

彼は、ライラの額に口づけを落とすと、するりと離《はな》れていった。暖かかった右腕《みぎうで》に風が絡《から》まる。ひらひらと手を振った彼は、空を見上げた。

強い風が吹《ふ》く。ふだんなら暴れる髪《かみ》は毛皮でできた帽子が守ってくれた。頬に当たる風が痛い。やり過ごすために目を細めた。

ルガーは人間の姿から蒼い竜の姿へと変わる。そして、そのまま大空へと飛び立った。

呆然《ぼうぜん》と空を見上げる。強い風に煽《あお》られて、身体《からだ》が後ろに揺《ゆ》れた。突然《とつぜん》、背中を支えられ肩が跳ねた。驚き振り返ると、キーラスが立っていた。

「大丈夫ですか？」

「ありがとうございます」

彼はにこりともせず、ライラの隣《となり》に立った。人一人分の隙間《すきま》に風が通り抜《ぬ》ける。この宮殿に来て三十日がたったが、彼に会わない日はない。必ずルガーのそばにいるからだ。しかし、あまり表情の変わらない彼は苦手だった。その緑色の瞳はなにを考えているのかわからない。感情の見えない瞳は全《すべ》てを見通してしまいそうだ。

彼と同じように空を見上げる。様子をうかがうためにこっそり視線を向けたつもりが、目が合った。盗《ぬす》み見たことが簡単にばれてしまい、たじろいだ。

「えっと……、これはなにをやっているのですか？」

「陛下はなにも説明しませんでしたか？」

「はい。『面白いものが見られる』とだけ」

「……彼らしいですね」

小さなため息が聞こえた。どこか呆《あき》れているような、不思議なため息だ。

キーラスが空を指差す。少し神経質そうな指先が空をなぞった。

「風の精霊《せいれい》を煽って、雲を散らしているんですよ」

「風の精霊……」

「ライラ様には見えないのでしたね。自由気ままで、つかみどころのない変わった精霊です」

ふわりと風が吹く。「キャッキャ」という甲高《かんだか》い声が聞こえた気がして、あたりを見回した。

青い石はもう手元にない。ライラの目に小さな友達は映るはずがないというのに。

キーラスはライラの様子に眉をひそめた。なにもないところに視線を向けたから変に思われたのかもしれない。作り笑いを返す。

「ええと、雲を散らすって言っていましたけど」

「あの雲はもう十日、ここにとどまり続けています」

「そういえば、そうかもしれません」

「ライラ様は帝都《ていと》で暮らしていたからあまり想像できないかもしれませんが、空にずっと雲がかかっていると、その地はどうなるかわかりますか？」

「雲がずっとかかっていると、ですか？　雨が降ったり、暗かったり。あとは――」

ヴォールの村にも曇《くも》りの日はあったが、長く続いたところを見たことがない。しかし、セントルで暮らしていた頃聞いた話を思い出した。

「農作物が育たなくて、食べるものに困る……とかでしょうか？」

「よくご存じですね。帝都の人間が作物のことを考えているのは意外でした」

探《さぐ》りを入れるような瞳に息が詰まる。感情の見えない目は不安が増す。いつもにこやかなルガーとは正反対だ。

「長雨が続くと野菜が高くなるって、野菜屋さんが言っていたのを思い出しただけです」

キーラスは感心したかのように大きく頷《うなず》いた。

「リオート山の麓は人間には住み難《にく》い。ただ、寒くて、曇りがちです」

なんと返していいかわからない。ただ、相槌《あいづち》を打つことで言葉を濁《にご》す。

「五年くらい前でしょうか。突然、空に飛び立ってリオート山にかかる雲を散らすようになりました。どんな心境の変化があったのかまではわかりませんが」

蒼い竜は軽やかな動きで大空を泳ぐ。雲は少しずつ散らされていく。強い風が頬を掠《かす》める。まるで、風の精霊が遊んでいるようだ。

「あの雲を散らすと、リオート山になにかいいことがあるのでしょうか？」

リオート山の頂上は雲の上。ときどき山より高い雲が空を覆《おお》うことはあった。しかし、それが二日と続くことはほとんどない。足下の雲が悪さをするとは思えなかった。

「ありませんね。陛下の言葉を借りるなら、『景色がよくなる』くらいでしょうか」

「そんなことで……？」

ともにいるとき、窓の外を熱心に見ている様子はなかった。ライラを真っ直《す》ぐ見つめる顔を思い出し、頭を横に振《ふ》る。

「ただ、人間に興味をもつようになったのもその頃です。今まで興味も示さなかった書庫に入り、人間のことを調べる姿を何度も見かけました。そこになにか理由があるのかもしれません。最初は一人でやっていたというのに、今では宮殿の者のほとんどが参加しています」

キーラスが無表情のまま空を見つめた。その瞳はどこか寂《さび》しそうにも感じる。ライラが外にいるために、参加できないせいだろうか。首を捻《ひね》る。

「キーラスさんは、参加しないのですか？　私は一人で大丈夫《だいじょうぶ》ですから、行ってきてくだ――」

「私は風の精霊の力を借りることができませんから。行っても意味がありません」

キーラスは冷たく言い放った。風よりも冷え切った声に身震《みぶる》いする。

「竜人の力については聞きましたか？」

「はい。精霊の力を借りるのだと」

「私は生まれた頃からその力がほとんどありませんでした」

表情は変わらない。なにを考えているのかわからない目は真っ直ぐ空へと向けられた。自由に空を舞《ま》うルガーや仲間をどんな風に見ているのか。

「ほとんど……ってことは、全然ないってわけじゃないんですよね？」

「ええ、私ができることはたった一つ」

キーラスは口の中で小さく呪文《じゅもん》を唱える。聞いたこともない不思議な言葉だ。なんと言っているのかは、聞き取れない。

呪文を言い終えた途端《とたん》、視界からキーラスが消えた。

「えっ⁉」

キョロキョロとあたりを見回す。しかし、彼はどこにも見当たらなかった。彼の言うたった一つの能力とは、姿を消す類いのものなのだろうか。一人残され呆然と佇《たたず》んだ。

足下《あしもと》にぬくもりを感じた。突然の感触《かんしょく》に思わず飛び退《の》くと、一匹の猫《ねこ》が小さく鳴く。ライラは何度も目を瞬《まばた》かせた。ほかの竜人たちと同じ色の毛を持ち、深い緑の瞳《ひとみ》がその存在を主張する。この城に来て三十日がたったが、猫には会ったことがない。

「もしかして、キーラスさん？」

疑心暗鬼《ぎしんあんき》ではあったが、彼の姿が見えなくなったのとほぼ同時だ。彼が猫になったと考えるのが順当だと思えた。しゃがみ込んで猫と視線を合わせる。

猫は無表情のまま、ライラを見返す。

——やっぱりキーラスさんだよね？

そっと腕《うで》を伸《の》ばした。猫の頭に手を近づけた瞬間《しゅんかん》、猫はたちまち姿を変える。目の前に現れたのは、人間の足が二本。それを辿《たど》って行くと、蒼《あお》い髪が揺れた。

「……ルガー様？　なんで……？」

突然目の前に現れた蒼に目を見開いた。しかし、空では蒼い竜《りゅう》が楽しそうに空を泳いでいる。

蒼い竜と目の前に立つ竜人を交互《こうご》に見た。

ルガーの雰囲気《ふんいき》はいつもと違《ちが》う。無表情のまま、ライラを見下ろす。まるで、ヴォールの村で見上げたときの蒼い竜のようだ。

心臓が早歩きになる。上手《うま》く息ができない。ルガーは小さく息を吐《は》くと、短い呪文を唱えた。

思わずぎゅっと目を瞑《つぶ》る。

「と、まあ、このように姿を変えることができます」

キーラスの冷静な声が耳に入る。おそるおそる目を開ければ、ルガーの姿はなかった。

「今のは、全部キーラスさんだったんですか？」

「ええ、これが私の唯一《ゆいいつ》の能力です。水が氷になるように姿を変えることができる」

「とても、凄《すご》い能力のように感じますが……」

猫は本物のように見えた。ルガーの姿は表情さえ寄せれば間違えていてもおかしくはない。

「そうですね。こんな能力を持つ竜人はほかに見たことがない。だから、生まれた頃《ころ》からずっと、『魔女《まじょ》みたいだ』と言われてきました」

表情をほとんど変えないキーラスがわずかに眉根《まゆね》を寄せた。よほど嫌《いや》な思いをしたのだろう。

宮殿中に設置された鏡のことを考えれば、魔女が蒼竜《そうりゅう》の里の者から忌《い》み嫌《きら》われているのはよくわかる。それと同等とされたのだ。

「姿形は同じでも、性質までは変わりません。私が蒼に姿を変えたところで、陛下のような求心力を持てるわけではない。この能力でできることといえば、せいぜい仕事から逃《に》げおおせた陛下の代わりを務めることくらいでしょうか」

「ルガー様は以前から執務《しつむ》を抜け出していたのですか？」

「そうですね。あなたが来る前からです。ですから、気に病《や》む必要はありません。さて、私はこの辺で退散しましょうか」

　キーラスはライラの返事を聞く前に、歩いていってしまった。気づけば、雲は晴れ、視界には帝国《ていこく》ユマンが広がる。

　空を舞《ま》っていた竜は姿を消した。蒼い竜がなにもない空を飛ぶ。宮殿の周りをぐるりと一周すると、ライラの近くに降り立った。人間と同じ姿に変わる。蒼い髪《かみ》が揺《ゆ》れた。

　ルガーはにこやかな笑顔《えがお》を見せた。やはり、キーラスの変化した姿とは似ても似つかない。そして、ヴォールの村で見た竜の瞳とも違った。

「キーラスが来ていたね？」

「ルガー様がこの雲を晴らす理由を聞きました」

「私はこの景色を堪能《たんのう》することができる。麓《ふもと》は生活がしやすくなる。ずっと南の国は雨が降らず大地が乾《かわ》いているそうだ。あの雲は流れてその大地を潤《うるお》す。利点しかないからね」

「ルガー様は、人間がお嫌いではないのですか？」

「なぜそう思うの？」

「えっと……。ザッカス様のところの話を聞く限り、人間を好きになるとは思えなかったので」

「そうだね。あの話を聞いたときは、『人間はなんて残酷《ざんこく》な種族だろう』と怒《いか》りもした。でも、ある日、それが全《すべ》てではないことも知ったんだ。ずっと昔、多種族はもっと交流していたそうだよ。今はわかり合えないことも多い。もしも、また手を取り合うことができれば、蒼竜の一族も、人間ももっと豊かになると思うんだ。できることは少ないけど、少しずつ、歩み寄りたいと思っている」

真っ直ぐにユマンを見すえるルガーの横顔は、この蒼竜の里を思う王の顔をしていた。

――仲間にも愛されて、こんな風にほかの種族のことを想《おも》う気持ちもある。なのに、なぜヴォールの村を襲《おそ》ったの？

ライラが見た竜は本当にルガーだったのだろうか。蒼い瞳はライラを覗《のぞ》き込む。まるで、これから悪戯《いたずら》でもするかのように、白い犬歯を見せた。

「それに、大空を飛び回ると、小さな悩《なや》みなんてなくなってしまうんだ」

彼は大空を見上げ、大きく息を吸い込んだ。

「いいな……。私も空を飛んでみたい」

思わず呟《つぶや》いた。大空を飛ぶというのはきっと、とても気持ちいいのだろう。そのときだけは、苦しいことも全部忘れさせてくれるのではないか。空を自由に飛べる竜人が羨《うらや》ましく思えた。

――それに、いつでも好きなところに飛んでいける。

ユマンを見下ろす。

「今度、空を飛ぶ方法を考えてみよう」

「いえ、そういうつもりで言ったわけではないんです」

「ライラの望みなら、なんでも叶《かな》えてあげたいんだ。だから、ね？」

ルガーはなにかにつけてライラを抱《だ》きしめる。彼の心音が耳に届いた。その音色は、両親や兄となんら変わらない。

本当に彼は村を襲った悪《あ》しき竜なのだろうか。どんなに想像しても、彼が無慈悲《むじひ》に村を火の海に変える姿が見えてこない。村を襲う理由がなにかあるのではないか。

ルガーの蒼い瞳がライラを捕《と》らえる。蜂蜜《はちみつ》のように甘い。

「頬《ほお》が冷えているね」

彼の両手がライラの頬を包み込んだ。大きな手はやんわりとライラをルガーのもとへと導く。ぎゅっと、彼の服を摑《つか》み瞼《まぶた》を落とした。

三十一度目の口づけは、氷を解かしていくように温かかった。

毎日ともに過ごしていると、わからないことが増えてくる。ルガーは番《つが》いに優《やさ》しく、仲間にも慕《した》われている。しかも、山の麓に住む人間や、遠く南の地に住む種族のことまで考えているのだ。意味もなくヴォールの村を襲うとは思えない。

しかし、蒼い竜はこの世界に一人しかいないのだと聞いている。そんな中、キーラスの能力のことを知った。彼はルガーの姿に変化《へんげ》できるのだ。きっと蒼い竜の姿にだってなれるだろう。

――もしかして、キーラスさんが？

彼が蒼い竜の姿になって、村を襲った可能性だってある。しかし、それではまるで、ルガーを陥《おとしい》れたいようではないか。

――でも、あまり仲がいいようには見えなかった。

アラとキナから聞いた話によれば、彼らは小さな頃から一緒《いっしょ》なのだそうだ。それにしてはお互《たが》い一線を引いているように感じる。

彼らの本質を探《さぐ》ろうとすればするほど、澄《す》んだ水に溺《おぼ》れてしまいそうになる。

「ライラ様、大丈夫《だいじょうぶ》ですか？」

「番い様、今日はお疲《つか》れですか？」

アラとキナが顔を覗き込む。考えごとをしていたせいで、全く気づかなかった。何度も目を瞬かせる。二人も丸々とした大きな目を同じように瞬かせた。

今日は朝から見晴らしのいい部屋に誘われ、本を読んでいたのだ。手元にある本はずっと同じ頁《ページ》から変わらない。考えごとばかりしていたせいで、二人を心配させてしまったようだ。

彼女たちを見ていると、もう会えない小さな友達を思い出す。風に乗ってくるくる回り、ライラのそばで歌を歌う友人だ。彼らはライラが悩むと、いつも寄《そ》り添ってくれた。

「大丈夫。ちょっとぼーっとしていただけ。アラとキナはなにをしているの？」

二人の手元を覗き込むと、真っ白な布地に細かな刺繍《ししゅう》が施《ほどこ》されていた。

「凄い。こんなに綺麗《きれい》な刺繍初めて見たよ。これはなにに使うものなの？」

「秘密です。できあがったら教えますね」

「楽しみにしてるね。よかったら、今度私にも教えて？　私、お母さんが小さい頃に亡《な》くなってるから、こういうの教えてもらったことがないの」

　アラとキナが顔を見合わせ目を瞬《まばた》かせたとき、突然《とつぜん》扉《とびら》が叩《たた》かれた。アラとキナが険しい顔で、ライラのそばに立つ。二人には誰《だれ》が訪問したのかわかっているようだった。

「ライラ様。大丈夫ですから」

「番い様。私たちがお守りしますから、安心してくださいね」

　二人がライラの手をしっかりと握《にぎ》る。小さくて強い手だ。

「俺のこと、悪魔みたいに言いやがって」

　少しばかり苛立《いらだ》った声とともに扉が開かれた。視界に入る鮮《あざ》やかな赤に、胸は容易《たやす》く跳《は》ねる。すぐに、それがザッカスのものだとわかった。

「客間にお戻《もど》りください」

「番い様はザッカス様にはお会いできません」

「そう言うな。別に取って食いやしない」

　二人の言葉など気にもせず、ザッカスは大股《おおまた》でライラのそばへと歩いた。二人がライラの前を固める。しかし、彼にはあまり意味がないようだ。

「はいはい。お子ちゃまは少し退《ど》いてな」

　二人の首根っこを掴むと、まるで物のように投げ捨てる。左右に飛んだアラとキナは、勢いよく床《ゆか》に転がった。

「アラッ！　キナッ！」

「大丈夫。竜人《りゅうじん》はあれくらいじゃれ合いと変わらない。だから安心して話をしよう」

　ザッカスはそう言うけれど、二人が心配だ。しかし、左右を見れば頭や腕《うで》を擦《さす》りながら起き上がっている。少し不満そうではあるが、怪我《けが》をしている様子はなかった。彼の言うことは本当らしい。ライラがあんな風に投げられたら、怪我をして当分はベッドの上から起き上がれなかっただろう。

　竜人は想像するよりずっと強い。

「……話とはなんでしょうか？」

「俺のことは粗方《あらかた》聞いたんだろ？」

「はい。その……人間が申し訳ございません」

「あんたがやったことじゃないんだ。謝る必要はないさ。あんたには非はない」

　それでもザッカスは人間が嫌《きら》いなのだろう。ライラとの距離《きょり》を取り、不機嫌《ふきげん》そうに空いている長椅子《ながいす》にドカリと座った。

　ザッカスは後ろを振《ふ》り向くと、消えかけの暖炉《だんろ》に目を細める。口の中で小さく呪文《じゅもん》を唱えた。それは、ルガーが風を起こしたときに似ている。ザッカスの手のひらに小さな火が現れた。小さな炎《ほのお》が暖炉めがけて投げいれられる。すると、消えかけの暖炉は燃え上がった。

——この力で、村は燃やされてしまったの？

暖炉の火はメラメラと燃えている。左腕がジクジクと痛み出す。思わず服の上から火傷《やけど》の痕《あと》を押さえた。

「あんたは、ルガーのことが好きか？」

——好き？　彼は村を燃やした犯人だ。殺したいほど憎《にく》んでいる相手を好きになる？

「ルガー様はお優しい方です」

ライラが言葉を選びながら答えれば、ザッカスの眉根《まゆね》が寄る。

「あんたの態度を見ていればわかるさ。あいつのことを好きじゃないことくらい。好きじゃないならさ、ここから消えてくれないか？　あんたはルガーに相応《ふさわ》しくない」

ザッカスの苛立ちが伝わってきた。アラとキナが二人は友達だと言っていた。友達のことを心配するのは道理。番いが他種族、しかも恨《うら》みのある人間であれば尚更《なおさら》だろう。「愛している」と言葉にするのは簡単だ。けれど、彼は態度が伴《ともな》わなければ納得《なっとく》しないだろう。しかし、ここで「はい」と頷《うなず》くわけにはいかなかった。

「まだ、ルガー様のことがわかりません。だから……」

「もっと知らないと好きにはなれないと？　本当に人間って奴《やつ》は信用ならない」

ザッカスが言葉を吐《は》き捨てると、アラとキナが立ち上がった。

「ザッカス様。それ以上は許せません！」

「番い様は真摯《しんし》に陛下と向き合われております！」

「どこがだよ。この三十日間、こいつの行動を見させてもらった。真摯に向き合うどころかよそよそしいばかりじゃないか。それどころか、ユマンを見下ろして、飛んで帰りたいときたもんだ。あんたみたいな女がそばにいたらルガーが不幸になる」

――話を聞かれていたの？

彼は冷めた目で窓の外に広がるユマンを見下ろした。いつ、帰りたいと言っただろう。ただ、空を飛びたいと言っただけだ。勝手に想像して決めつけているだけではないか。

彼らは人間の気持ちなど考えたことはない。シスルの父親のことだってそうだ。家族がいるにも拘《かかわ》らず、番いとあらばさらってしまう。真摯に向き合わないのはどちらだろうか。

「……そんなことない！」

黙《だま》って聞いているのが得策だとわかっている。けれど、口をついて出た言葉を止めることはできなかった。

「竜人だって勝手じゃない。突然『番い』だって言って、こっちの事情も聞かないで連れて来て。なのに、『番い』だから愛してくれって。そんなの、簡単にできるわけじゃない。故郷と呼べる場所はもうないけど、それでもただ見下ろしたくらいでそんな風に言われたくない！」

後悔《こうかい》なんていうものは、先にできるものではない。全《すべ》て言い切ったあとで後悔した。アラもキナも言葉を失っている。ザッカスも呆然《ぼうぜん》としていて、この空気を壊《こわ》してはくれなかった。いても立ってもいられなくて、なにも考えずに部屋を出る。扉を開けたところで人にぶつかった。慌《あわ》てて謝罪の言葉とともに見上げれば、苦しそうに歪《ゆが》んだルガーの顔があった。

「ルガー様……」

――なにか言わなくちゃ。

しかし、今は上手《うま》い言い訳など見つからない。

「ごめんなさいっ」

ルガーの横をするりと抜《ぬ》け、闇雲《やみくも》に走った。

「ライラ！　待って！」

ルガーの声が追う。けれど、後ろを振り向く勇気などなく、長い回廊《かいろう》を走ることに注力した。

部屋に戻ると静寂《せいじゃく》が訪《おとず》れた。荒《あら》い息を上げながら扉の前でへたり込んだ。

ぶつかったとき、ルガーはとても傷ついた顔をしていた。その顔が脳裏《のうり》を過《よぎ》る。

――傷つけたっていいじゃない……。たくさん苦しませたほうがお兄ちゃんだって報《むく》われる。

遠慮《えんりょ》がちに扉が叩かれたのはそれから少ししてからだ。

「入ってもいい？」

「……だめ。駄目《だめ》です」

今は顔を合わせたくなかった。しばしの沈黙《ちんもく》が訪れる。けれど、ルガーが扉の前から離《はな》れた様子はない。扉が開かれることを待っているのだろう。思わずスカートの裾《すそ》を握り締《し》めた。

「ここに居るのは辛《つら》い？　帰りたい？」

ルガーの暗い声が扉越《ご》しに響《ひび》く。胸がズキリと痛んだ。胸を強く押さえたけれど、その痛みはなかなか消えない。

「私はライラの事をなにも考えずに、連れてきてしまった。そんな男を好きにはなれない？」

ライラにとって、ルガーは兄の仇《かたき》だ。その男を好きになるわけがない。

左腕がじくじくと痛み出す。火傷の痕《あと》に爪《つめ》を立てた。

――忘れてなんていないよ。お兄ちゃん。

部屋の奥へと向かった。鞄《かばん》の中から飴玉《あめだま》を一つ取り出す。

赤く輝《かがや》く飴玉は、ルガーを殺すことのできる唯一《ゆいいつ》の毒。そして、一度でも舐《な》めるのを忘れれば自身の命が消えてしまう諸刃《もろは》の剣《つるぎ》だ。

「五十二」

ライラの声が部屋に響いた。コロコロと口の中を転がる飴玉。飴玉が身体《からだ》に溶《と》けていった。

意を決して扉を開ければ、やはり彼が顔色をなくし佇《たたず》んでいる。

「ライラは大切な番《つが》いなのに、しっかりと君の気持ちを考えられていなかった。どう償《つぐな》えばいい？」

あなたさえ、いなければ私はもう苦しまなくていい。そんな風に言ったら、彼は自らの命を絶つのだろうか。無防備に晒《さら》された首が目の前にある。

「ライラ？」

なにも言わないライラを、ルガーは訝《いぶか》しげに見下ろした。

無意識のうちに手が伸《の》びていた。両手が彼の首に絡《から》みつく。

「ラ、イラ……？」

手に力を入れる。それでもルガーは抵抗《ていこう》を見せない。ただ、されるがまま、ライラに触《ふ》れようともしなかった。

――嫌い、あなたなんて大嫌い。

なぜか、涙《なみだ》が溢《あふ》れてくる。悲しいことなどなにもない。復讐《ふくしゅう》を早く終わらせられるのだ。ライラから全てを奪《うば》った男を、兄のもとに早く連れて行ける。喜ばしいことではないか。

「君の人生を変えてしまった私が憎い？」

震《ふる》えるほど手には力が入っている。しかし、彼は何事もないかのように言葉を紡《つむ》ぐ。竜人と人間は違《ちが》う。彼にとってライラの力などないにも等しいのだ。

ルガーの手がライラの手に重なった。呪《のろ》いが解けたかのように、手の力が抜けていく。手の震えが止められない。

彼はライラの手を握《にぎ》りながら、床《ゆか》に膝《ひざ》をついた。そして、苦しそうに顔を歪めながら、ライラを見上げる。

「君を愛している。どんなに憎まれようと、この心は変えられない。生涯《しょうがい》かけてこの罪を償うから、どうかともに生きて欲しい」

まるで、神にでも乞《こ》うかのようだ。彼の首はうっすらと赤くなっていた。左腕の痛みが強くなっていく。

――嫌い、大嫌い。

これは、復讐のため。ルガーを殺すための行為《こうい》だ。自身に言い聞かせて目を固く瞑《つぶ》る。縋《すが》るルガーの頬《ほお》に手を添《そ》え、ゆっくりと唇《くちびる》を寄せた。

五十二度目の口づけは、涙の味がした。


あれから十数日たってもザッカスは目の前には現れなかった。ルガーがお灸《きゅう》をすえたのか、彼自らの判断なのかはわからない。けれど、平穏《へいおん》が訪れたと言っても過言ではなかった。

その代わり、ルガーからは腫《は》れ物に触《さわ》るような扱《あつか》いをされている。原因を作ったのは自分自身だ。唇を重ねることが苦しくて、もうやめたいと何度も思った。その度《たび》に兄の顔を思い出し飴玉を舐める日々。これでは、どちらが毒に侵《おか》されているのかわからない。

なにか新しいことをする気分にはなれず、今日もアラとキナとともに部屋でゆったりと過ごすことにした。結局、読みかけの本を手に取る。

「ライラ様、申し訳ありません。暖炉《だんろ》の火が消えておりました。ほかから火を頂いてきますね」

アラが慌てて部屋を出る。ライラは首を傾《かし》げた。

「ねえ、キナ。前にザッカス様がやったみたいにしないの？　手で火をつけていたじゃない？」

「番い様。我々《われわれ》蒼竜《そうりゅう》の一族には火の精霊《せいれい》が寄りつかないのです。だから、火を起こすことはできませんよ」

ライラの手から本が滑《すべ》り落ちる。鈍《にぶ》い音を立てて、絨毯《じゅうたん》に落ちて行った。

「……え？　だって」

そんなはずはない。しっかりと見たのだから。蒼《あお》い眼《め》と蒼い鱗《うろこ》。その口から吹《ふ》かれた炎《ほのお》を。

「ルガー様は？　彼はできるんでしょう？　前に特別だって言っていたじゃない？」

「陛下は特別な力を持つお方ではありますが、火の精霊の力を借りることはできません。反対にザッカス様は水の精霊の力を借りることはできません。これは、世の理《ことわり》みたいなものです」

キナが不思議そうに睫毛《まつげ》を瞬《まばた》かせる。緑色の瞳《ひとみ》が見え隠《かく》れした。

「じゃあ、ルガー様はどこが特別なのかな？　精霊の力を借りることができるのは、みんな一《いっ》緒《しょ》なんだよね？　力が強いだけなの？」

「蒼い竜だからです。なぜか、色を持つ竜人は同じ世に四人のみ。ほかは緑色をしております。色を持つ竜人は始祖の力を強く受け継《つ》いだと言われて……番い様？　大丈夫《だいじょうぶ》ですか？」

キナが不思議そうに首を傾げる。しかし、その後の言葉は耳にはほとんど入ってこなかった。

ならば、あの日見た蒼い竜は夢か幻《まぼろし》か。ライラは呆然と火の消えた暖炉を見つめた。

四章　決意

青いタイルが彩《いろど》られた回廊を歩く。いてもたってもいられなくて、部屋を飛び出したものの、執務《しつむ》室に押し入る勇気はなかった。

ルガーは村を襲《おそ》った蒼い竜ではないかもしれない。その事実が重くのしかかる。

――私が見たのはなんだったの？

大きな鏡はライラを映し出す。竜人の服を着た少女は、眉根《まゆね》を寄せた。袖《そで》をまくれば、火傷《やけど》の痕《あと》はしっかりと残っている。夢でも幻でもないのだ。蒼い竜は確かにヴォールの村を襲い、ライラの全《すべ》てを奪った。

――私はこれからどうしたらいいの？

先が見えない。突然《とつぜん》暗闇《くらやみ》の中に放《ほう》り出されたようだ。

「ライラ？　こんなところでどうしたの？」

鏡の中でルガーが首を傾げる。ライラは慌《あわ》てて服の袖を戻《もど》した。くるりと振《ふ》り返る。彼は嬉《うれ》しそうに目を細めた。

「ここまで迎《むか》えに来てくれた？」

彼の大きな手がライラの頭を遠慮《えんりょ》がちに撫《な》でる。たったそれだけのことで胸の音が小走りになった。いつもこうやって触れたがるのだ。これは竜人のあいだでは普通《ふつう》のこと。

「お聞きしたいことがあって……」

言葉が尻《しり》すぼみになっていく。目を見ることができず、足下《あしもと》ばかり凝視《ぎょうし》する。部屋を飛び出したものの、なんと言って確かめるかまでは考えていなかった。

意を決して顔を上げる。

「暖炉の火が消えてしまって。火をつけていただくことはできますか？」

「暖炉が？　だったら執務室から貰《もら》ってこよう」

「いえ、そうではなくて。先日、ザッカス様が暖炉に火をフッて……」

ザッカスが呪文《じゅもん》を唱えると、手のひらで火が揺《ゆ》れた。その動作を思い出しながら、真似《まね》をする。本当は火を扱うことができるかもしれない。アラとキナが勘違《かんちが》いをしている可能性だってある。しかし、ルガーは困ったように眉尻《まゆじり》を下げた。

「ごめん。蒼竜の一族は総じて火の精霊とは折り合いが合わなくてね。ザッカスのような真似はできないんだ」

「蒼竜の人は全員ですか……？」

「多分ね。もし火の精霊の力を借りることができるなら、ここでは英雄《えいゆう》になれるよ」

ルガーが口角を上げた。ライラには精霊を見ることができない。彼の言葉を信じてもいいのか。蒼い瞳は嘘《うそ》を言っているようには見えない。

「おいで。竜人のことをもっと詳《くわ》しく教えよう。ライラには、もっとよく知って欲しい」

ルガーはライラの肩《かた》を抱《だ》くと、回廊《かいろう》を進んだ。

長い回廊の一部に壁画《へきが》が描《えが》かれている。細かい模様が描かれた青いタイルが敷《し》き詰《つ》められている中、ここだけは過去を切り取ったようだった。

彼は竜と人間が描かれた壁画を見上げる。いつもはなんとなく通り過ぎる場所だ。初めてそれを見上げた。

「ここには、竜人の起源が記されている。私たちは物心つく頃《ころ》に何度も聞かされる物語だよ」

「起源ですか。これは竜と人間ですか？」

「いや、私たち竜人の祖先である竜が女神《めがみ》に恋《こい》をしたときのものだ」

ルガーが肩を抱いて壁画を指差す。そこには、一頭の竜が女性と向かい合っている姿が描かれていた。

「女神様？」

ルガーの指差す「女神様」は人間のように見える。姿形が全く同じだからだ。ユマンの城に飾《かざ》られていた絵画にも、似たような女神が描かれていた。あれは、人間が描いたからこそ人間の形に近いものになったのだと思っていたが、どうやら竜人から見ても神様は人間と同じ姿をしているらしい。

「遥《はる》か昔、祖先である一頭の竜は、精霊に愛されし女神と恋に落ちた。けれど、竜の姿では竜としか子どもを生《な》すことができない。女神の幸せを願った精霊たちが、竜を神と同じ姿にしてくれたとされている」

竜と女性が向かい合っている絵の隣《となり》には、男と女が向かい合っている姿が描かれている。小さな四つの光が二人を取り囲んでいた。

「竜と女神のあいだには紅、蒼、黄、白と四人の竜人が生まれた」

廊下《ろうか》を少し進めば、すぐに説明通りの絵が描かれている。男女が四頭の竜を抱いている姿だ。

「この四竜は竜の姿にも人の姿にもなることができた。それだけではなく、彼らは女神と同じように精霊と会話をし、力を借りることができたんだ。ライラ、竜も大空を飛びまわり、強い力を持っている。しかし、竜人のように精霊に力を借りることはできない」

この宮殿では、竜を何頭も飼っている。彼らは竜人のように人間と同じ言葉を話すことはない。人間の飼う馬や牛と変わらない扱いを受けているように感じる。

「ルガー様やみんなが使っているのは女神様の力なんですね」

数歩進めば、四頭の竜が四方に散る姿が見て取れる。その中央では男女が手を挙げている。これは、四頭を見送っている姿だろうか。

「紅は火の精霊に愛されし竜。黄は大地の精霊に愛され、白は風の精霊に愛されている。そして、我ら蒼竜の一族は、水の精霊に愛されている」

「それが今の四つの里の成り立ち……」

「精霊同士には相性《あいしょう》がある。火と水の精霊同士は相性が悪いんだ。水の精霊に愛されている私たちは、どうしても火の精霊に嫌《きら》われてしまう。火を扱うことは不可能に近いんだよ」

ルガーが申し訳なさそうに眉尻を下げた。嘘を言っているようには見えない。

――ルガーはお兄ちゃんの仇《かたき》じゃない？　彼を殺さなくていいの？

安堵《あんど》にも似たため息が口から零《こぼ》れた。

「ライラ？」

突然ぼやけた視界の中で、彼は不安げにライラの顔を覗《のぞ》く。彼の指の腹が遠慮がちにライラの頬《ほお》を撫でる。慌てて頬に手をやれば、溢《あふ》れた涙《なみだ》で濡《ぬ》れていた。

「私……。えっ……なんでっ」

慌てて拭《ぬぐ》っても遅《おそ》い。頬を伝い、胸元《むなもと》を濡らす。涙のわけを理解できず、袖で何度も目を擦《こす》った。

「もしかして、私はライラを悲しませるようなことをしてしまった？」

ルガーの言葉に頭を横に振る。けれど、自身にもわからない涙のわけを説明することはできない。涙の向こう側にいるルガーは、不安げに眉尻を落とす。彼の目に映る姿がひどい泣き顔で、慌てて背を向けた。

――なんで私、泣いてるの？　彼が優《やさ》しい人だから？

「ライラ？　大丈夫？」

「大丈夫です。ちょっと、びっくりしてしまって……」

「辛《つら》いことがあったら、相談して欲しい。私たちは番《つが》いなのだから」

「番い……」

「そうだよ。この伝説にはまだ続きがあるんだ。女神は竜《りゅう》と幸せに暮らした。だから、子どもにも愛する人と幸せになってほしい。そう願い、女神は竜人に番いを見分ける力を与《あた》えた」

ルガーがライラを背中から抱《だ》きしめる。ぎゅっと胸が締《し》めつけられた。

「だから私はライラを見つけることができたんだ。私たちはその運命の番いなんだよ」

——違う。私たちは運命じゃない。

背中から伝わる温《ぬく》もりは、決して自分に向けられたものではない。真っ赤な薬が生み出した偽《いつわ》りの香《かお》り。彼はそれに惑《まど》わされているだけなのだ。

彼の言葉は嘘ではない。けれど、番いに向けたもので、ライラに向けたものではない。勘違いをして舞《ま》い上がってはいけないのだ。けれど、その優しい声や甘い視線に期待してしまう。

ぎゅっと手を握《にぎ》り締めると、意を決して振り返る。

「ルガー様は、私が番いだから好きなのですか？　それとも、私のことを好きなのですか？」

「ライラ……？」

ルガーの眉根が寄る。皺《しわ》のできた眉間《みけん》から答えは予想できた。

「なにを言っているんだ？　ライラは私の番いだ。私はライラが好きだよ。愛している」

蒼《あお》い瞳《ひとみ》に映る女は醜《みにく》い顔をしていた。それは、「愛している」と言われた女の顔ではない。まるで失恋《しつれん》でもしたみたいだった。

全てを隠《かく》すために、ルガーの胸の中へ飛び込んだ。まるで恋人《こいびと》に縋《すが》るように両手を背中に回した。彼はすぐに応《こた》えてくれた。優しく抱きしめられれば、口から小さな吐《と》息《いき》が漏《も》れる。それを安堵のため息ととったのか、彼はライラの背中を優しく撫でた。

二人の胸の音が混ざる。

このまま飴玉《あめだま》みたいに溶《と》けてしまいそうだと思った。

「泣かないで。私が守るから」

わずかにできた隙間《すきま》から見上げれば、蒼い瞳が優しくライラを覗き込んでいた。

涙が溢れ出す。この瞳はライラを見ているのではない。番いである少女を見ているのだ。そんなこと、ずっと前からわかりきっていたことだ。なぜ、こんなに苦しいのだろうか。

——このまま水になれたらいいのに。

すぐさま唇《くちびる》が塞《ふさ》がれた。

六十五回目の口づけは、ライラの心を蝕《むしば》んでいく。

一人になりたいという願いが叶《かな》えられた夜。ライラは部屋で窓の外を眺《なが》めた。昼間に見える帝国《ていこく》ユマンは月明かりでは見ることはできない。代わりに空を見上げた。星が瞬《またた》く。ヴォールの村から見上げた星とそう変わらない。リオート山に登れば届くのではないかと思っていたが、もっと遠くにあるようだ。

——これから先、どうしたらいいんだろう？

たった一つの目的を見失ってしまった。この二年間、ライラは兄の復讐《ふくしゅう》だけを生きる理由にしていたのだ。六十五日間、じわじわと絞《し》めてきたのはルガーの首か、己《おのれ》の首か。

答えは出ない。

どこからともなく柔《やわ》らかい風が吹《ふ》いた。頬を掠《かす》め、髪《かみ》をさらう。こんなとき、小さな友達がいたらなんと言っていただろうか。わずかに乱れた髪を撫《な》でる。

髪を乱した風は、窓辺に敷き詰められた鉢植《はちう》えの花を揺《ゆ》らす。楽しそうに踊《おど》る花は、まるで精霊《せいれい》たちが飛び跳《は》ねているようだった。

不自然に、真ん中に置いた白い花だけは揺れない。月明かりに照らされた白い花は、シスルの白銀の髪を思い出すには十分だった。

白い花の鉢を手に持つ。

——シスルさん、どうしたらいいのかな？　私、どこで間違《まちが》っちゃったんだろう？

涙が溢れて、花の上に零《こぼ》れ落ちた。水を受けた花が震《ふる》える。

ライラはベッドの上で丸くなった。あと三十五日しかない。こんなときはどうしたらいいのだろうか。

涙が頬を濡らす。拭うこともせず、瞼《まぶた》を閉じた。竜人は耳がいい。だから、ライラは声を殺して泣いた。嗚咽《おえつ》が漏れれば、気づかれてしまうのだ。ルガーは心配性だ。泣いているとわかれば、是《ぜ》が非でも扉《とびら》を開けるだろう。

固く目を閉じる。この不安な気持ちをやり過ごす方法を知らない。暗闇《くらやみ》に溶けていくしかなかった。

気づいたときには、どこまでも続く回廊《かいろう》の真ん中にいた。何度も通った場所だ。青いタイルが壁《かべ》を彩《いろど》る。大きな鏡が点在していた。

——さっきまで、ベッドの上にいたはずなのに、なんで？

ライラは裸足《はだし》で回廊を歩く。いつもなら二、三人はすれ違うのに誰《だれ》も通らない。ぼんやりと明るく、雲の上を歩いているような、どこか、ふわふわとした気分だった。

「ライラ」

聞き覚えのある声が名前を呼ぶ。凛《りん》とした響《ひび》きに慌《あわ》てて振《ふ》り返った。白銀の髪がなびく。

「シスルさんっ⁉」

回廊の真ん中に立つ女性はシスルで間違いない。シスルは目を細めて笑う。空に浮《う》かぶ三日月のように口角が上がった。

「なんで？　ねぇ、なんでここにいるの？　……あ、そっか。夢」

シスルは肩《かた》を竦《すく》める。助けを求めて見る夢とは、なんと都合のいいものだろうか。

「なにか相談したかったんでしょう？」

彼女の手が頬を撫でる。ライラは静かに頷《うなず》いた。

シスルと二人、並んで歩いた。誰ともすれ違わないのは、夢の中だからだろう。

「私、大きな勘違《かんちが》いをしていたみたい。村を襲《おそ》った竜人はルガー様じゃないみたいなの」

「蒼い竜がほかにも？」

「ううん、それはわからない。でも、蒼竜《そうりゅう》の一族は火の精霊の力を借りることはできないんだって。だから、彼は村を襲えない。私、無実の人を殺そうとしてた……」

毎日口づけで与えた毒は、今も彼を蝕んでいる。想像しただけで身震いした。

「ねぇ、シスルさんっ……！　あの毒は途中《とちゅう》でやめたら身体《からだ》に影響《えいきょう》はでない？　ルガー様は病気になったりしない？」

ライラはシスルに縋った。彼女は少しだけ目を見開く。夢の中でも彼女は冷静だ。初めて出会った頃《ころ》から、取り乱したところを見たことがなかった。

「大丈夫《だいじょうぶ》。あれは百日与えてこそ意味があるの。今やめれば、その毒は消えていくだけ」

彼女の言葉にホッと息を吐《は》き出した。

「でも、いいの？　あの男を殺さないと、あなたの嘘《うそ》はばれてしまうのよ」

シスルは眉尻《まゆじり》を落とした。彼女の静かな声がいつもより大きく聞こえた。廊下《ろうか》に反響《はんきょう》する。

「それは……そうなんだけど。なにもしていないのに、殺せないよ……」

「じゃあ、どうするの？」

「みんなに真実を話して……」

「『復讐のために蒼竜王の番いを偽り殺そうとしたけど、間違いでした。今までのことは、なかったことにしてください』って？　そんな都合のいい話、あるかしら？」

「ルガー様は優《やさ》しい人だよ？」

「その優しいルガー様は、自分を殺そうとした人にも優しくできる？」

「それは……」

「よく考えなさい。今立ちどまったら、どうなるの？」

シスルの冷たい手がライラの両肩《りょうかた》を摑《つか》む。飴玉みたいな瞳に見つめられ、たじろいだ。

ゆっくりと息を吸い込む。

「もしも、素直《すなお》に話したら……。私は殺されてしまう？」

「よくて、牢屋《ろうや》行きね。それで済むと思う？　王を殺そうとしたのよ？　しかも、番《つが》いだと偽って。ライラはこの数十日で彼らがどんなに番いを大切にしているかわかったはずでしょう？」

「殺されるよりもひどいことがあるの？」

シスルは小さなため息を零した。現状をしっかり理解できていないライラを見て呆《あき》れたのだろうか。とても現実味のある夢だ。

「昔話をしましょうか。三百年ほど前、小さな人間の国に竜人の番いが現れた。彼女は番いである竜人を唆《そそのか》し、自国を支配したの」

「聞いたことあるよ。そのあと竜人同士で戦わせたって……」

「あら、情報収集ができるなんて偉《えら》いじゃない。そのあと人間の国がどうなったかわかる？」

シスルの質問に首を傾《かし》げた。頭を横に振る。

「怒《おこ》った竜人は、小さな国の半分を火の海にした」

冷えた声が響く。セントルの風のように冷たい。身震いした。

「小さな国と言っても、ヴォールの村を何百も合わせたほどの大きさよ。その国の半分が一晩で火の海に変わったわ」

強い風が吹く。思わず目を強く瞑《つぶ》った。次に目を開けたときには、ライラとシスルは別の場所に立っていた。

「ここは、ヴォール……？」

ヴォールの村の真ん中だった。

まだ火事がなかった頃の平和な町並みだ。しかし、並ぶ家の屋根に火がつく。燃え上がった。

二人の横を小さな子どもが逃《に》げまどう。助けようと手を伸《の》ばしても、ライラの手は届かない。

左腕《ひだりうで》がじくじくと痛んだ。痛みに耐《た》えられず、爪《つめ》を立てる。

「きっと、ユマンもこんな風になる」

「いや、お願い……やめてっ！」

ライラは力いっぱい叫《さけ》んだ。すると、ヴォールの村は風の中に消えていく。

二度、三度と目を瞬かせた頃には、また蒼竜の宮殿《きゅうでん》へと戻《もど》っていた。息を吐き出す。もう二度と見たくない光景だ。たとえ、記憶《きおく》だとしても繰《く》り返し見たいものではない。

「本当のことを話したら、ユマンがあんな風になるかもしれないの？」

「ええ。火が扱《あつか》えないなら、ユマンに住む人間は全部氷像になるかもしれないわね」

「そんなの駄目《だめ》。彼にそんなことさせたくないよ……。私、言わない。誰にも秘密にする」

優しいルガーの瞳《ひとみ》が冷たく凍《こお》る様を想像した。ここは夢の中だというのに震えがとまらない。

「ライラ、最後まで口づけを続けなさい。あなたが助かる方法はそれしかない」

「でも、そうしたら彼が……」

百度口づけたならば、ルガーの瞳はもうライラを映さない。

「もしかして。蒼竜王に恋《こい》をしてしまったの？」

「恋……？　私が、ルガー様を？」

「だって、さっきからあの男のことばかり心配しているように見えるわ」

「そんなわけ……ないよ」

言葉は尻すぼみになっていった。決して結ばれない相手だ。恋をするわけがない。何度も自身に言い聞かせた。

シスルの形のいい眉が寄せられる。これ以上見ていられなくて、目をそらした。

「もしもライラがあの男のことを少しでも好きなら、最後までやり遂《と》げないといけないわ」

シスルの手がライラの頬《ほお》を撫でる。冷たい手に肩が震えた。どこか悲しそうな目はライラをとらえて離《はな》さない。

「ライラは、好きな男がほかの人に甘く微笑《ほほえ》む姿を見ることができる？　もうすぐあなたは番いではなくなる。あの男の心は、あなたから離れていくのよ」

ルガーの甘い笑みを思い出す。いつもライラを見つめる瞳は、番いに向けられたものだ。

番いではなくなった途端《とたん》、彼は冷めた目でライラを見下ろすのだろうか。それならまだいいほうで、あの蒼《あお》い瞳の中に入れすらしないかもしれない。

想像しただけで、胸が締《し》めつけられる。

「でも……。殺すなんて」

「百度口づければ、彼はライラのものになるのよ？」

胸が跳ねる。それは禁忌《きんき》の方法だ。大きく頭を横に振る。

「あなたにはすべきことがあるでしょう？　イアンの仇《かたき》を取らなくていいの？」

脳裏《のうり》にイアンの苦しそうに歪《ゆが》んだ顔が過《よぎ》る。左腕の火傷《やけど》の痕《あと》がジクジクと痛んだ。

「でも、誰が村を襲ったのか、わからなくなっちゃったのよ。もう、同じ方法は使えないし」

「だから、まずは計画通り戻ってくるの。そして、どうするかを考えましょう。戻ってくれば、本当の犯人を捜《さが》し出すこともできるわ」

――彼を殺す？　彼はなにも悪いことをしていないのに？　それしか方法はないの？

「シスルさんは無実の人を殺しても平気なの？」

涙《なみだ》が溢《あふ》れた。ライラの進むべき道は一つしかないのだろうか。まるでシスルは、ルガーの死を望んでいるようにも感じる。

彼女の顔が悲しそうに歪んだ。

「私は、ライラに無事に戻ってきて欲しいの。私にとってあなたは妹。真実を知った竜人はなにをするかわからない。怖《こわ》いのよ……」

彼女はライラを力強く抱《だ》きしめた。ルガーとは違う。背中に回された細い腕は頼《たよ》りなく、震《ふる》えている。もしも、番いの薬や毒薬のことが知れれば、シスルにまで危害は及《およ》ぶだろう。これは、彼女が作った薬なのだ。

――シスルさんを巻き込むなんてできない。でも……。

「大丈夫。絶対上手《うま》くいく」

シスルはにこりと笑った。その顔が霞《かす》んでいく。ライラはなにも言えず、ただ消えゆく彼女を前に小さく頷《うなず》いた。

飴玉《あめだま》を口の中で転がす。甘い毒はライラの心を蝕《むしば》んだ。溶《と》けゆくまでのあいだ、罪の意識は重くなっていく。

口づけの回数を数えるのも怖くなり、七十回を過ぎたとき指を折るのをやめてしまった。あと何日、この悪夢のような日々を過ごさなければならないのだろうか。

「番い様。今日は少し部屋を出ませんか？」

キナの小さな手がライラの手を取った。深緑の瞳は不安そうに揺《ゆ》れる。しかし、もう上手く誤魔化《ごまか》すこともできず、下手な笑顔を返すのだ。

「今日も部屋で本を読もうかな」

「もう三日、同じ本しか読んでいませんよ？」

キナの眉尻《まゆじり》が下がる。ライラは開いてもいない本の表紙を撫《な》でた。

「ごめんね」

「ライラ様はお疲《つか》れですか？　最近、お食事の量も減っていますよ。どこか、具合が？」

アラも心配そうにライラの顔を覗《のぞ》く。

「大丈夫《だいじょうぶ》だよ。ちょっと最近いろいろあって疲れちゃったのかも。何日かしたら、治るかな」

上手く笑えない。二人は顔を見合わせた。

「ライラ様、辛《つら》いことがあるのなら、なんでも言ってくださいね！」

「私たちは番い様の味方です！」

「ありがとう。大丈夫だよ。だから、安心して。ちょっと休みたいの。横になってもいいかな？」

二人の返事も聞かずに、ベッドの上で横になる。彼女たちの顔を見ていることができなくて背を向けた。布団《ふとん》を頭までかぶる。全《すべ》てから逃げようとしているライラを見て、二人は内心うんざりしているかもしれない。

小さな足音が遠ざかり、扉《とびら》の開閉の音が遠慮《えんりょ》がちに響《ひび》く。求めていた静寂《せいじゃく》が訪《おとず》れた。しかし、固く目を瞑っても夢の世界に逃げることも許されず、ただただ身じろぎをしてやり過ごす。

そんなとき、小さく扉が鳴いた。

「ライラ、眠《ねむ》っている？」

優《やさ》しい声を聞き間違《まちが》えるわけがない。ライラが一番好きな声だ。この行き場のない感情を悟《さと》られたくなくて、身を固めた。

「よかった。起きていた。少しだけ顔を見せて」

ルガーの手が布団越《ご》しにライラの肩《かた》を撫でる。彼の願いに逆らうことができず、少しだけ顔を出す。甘い笑顔は今にも溶けてしまいそうなほどだった。喜びと同時に、胸が締めつけられる。自身の気持ちを誤魔化すように笑った。

「また、抜《ぬ》け出してきたんですか？」

「仕事ばかりしていると、ライラが足りなくなってくるんだ」

当たり前のように額に口づける。愛《いと》おしい番《つが》いにする挨拶《あいさつ》の一つだ。

彼は突然《とつぜん》笑顔を消した。肩を震《ふる》わせると、扉の向こうを凝視《ぎょうし》する。

「まずいな……追っ手だ。休んでるところ悪いけど、少しだけつき合って」

「えっ⁉」

返事を聞かずに布団を剝《は》がすと、彼はライラを横抱《よこだ》きにした。言葉を失っているうちに、寝《しん》室《しつ》の扉をくぐっていた。

「アラ、キナ。キーラスが来たら誤魔化すように」

「私たちはなにも知りません」

「なにも見てません」

アラがわざとらしく耳を塞《ふさ》ぐ。隣《となり》でキナが両手で目を覆《おお》った。ルガーは楽しそうに笑うと、軽《かろ》やかに駆《か》けていく。

彼は長い回廊《かいろう》の真ん中でライラを床《ゆか》に下ろした。

「少しだけ、時間を貸して。散歩をしよう？」

ルガーはライラの手を搦《から》め捕《と》る。握《にぎ》られた手は温かい。彼の申し出に、ただ頷いて返した。

「散歩と言っても、見慣れた場所だしつまらないね。帝都《ていと》にはいろいろあったんだろう？」

「帝都はいつも新しい物だらけで、目が回りそうでした」

ヴォールの村は、帝都とは違っていつも変わらない。この回廊のようだと思う。青いタイルは鮮《あざ》やかに回廊を彩《いろど》る。いつも変わらない景色は落ちつくのだ。

「私がキーラスのように人間に変化《へんげ》ができたなら、二人でこっそり帝都にだって行けるのに」

「それでは、皆《みな》さんに迷惑《めいわく》がかかってしまいます」

「それでも、ライラの暮らした街を見たい。好きな場所はどんなところだった？　いつも行く店は？　よく食べる料理は？　もっとライラのことを教えて」

「よく行く店なんて、食材の買い出しくらいで。お肉屋さんとか、野菜屋さんとかがある通りばっかりでした」

「家ではライラが料理をしていたんだ？」

「はい。シスルさんは仕事ばっかで、すぐご飯を忘れるんです」

「私も、ライラの料理が食べたい」

「ルガー様が食べても、味がしないでしょう？」

味のしないスープやパンを食べても美味《おい》しくはない。もしも、本物の番いであったならば、竜人の料理にももう一度挑戦《ちょうせん》してみたかった。

「おっと、まずいな。まだ諦《あきら》めていないみたいだ」

ルガーは眉根が寄せ、廊下《ろうか》の向こう側を睨《にら》んだ。しかし、人の影《かげ》は見当たらない。

「ごめん。ライラ、こっち」

彼はライラの手を取ると、走り出す。

「えっ!?　ちょっ……!」

長い回廊を駆ける。ルガーがライラの手を取って走る姿が何度も鏡に映った。追っ手というのはキーラスのことだろうか。しかし、彼の存在は感じることができない。耳のいいルガーには、足音が聞こえているのだろうか。

だんだんと息が上がってくる。最近は部屋に籠《こも》りきりだった。体力が減っているのだ。それでもルガーはライラに合わせ、加減して走ってくれているようだ。

どのくらい走ったかわからない。二度曲がったところで、ルガーが扉に手をかけた。そのままライラを抱きかかえ、真っ暗な部屋へと入ってしまう。

「ルガーさ――」

彼はライラの口を押さえる。言葉を封《ふう》じられ目を白黒させた。息が苦しくて、何度も彼の胸を叩《たた》く。ようやく手を離《はな》され、大きく息を吐《は》き出した。何度か深呼吸を繰《く》り返す。走ったせいでなかなか上がった息は元には戻《もど》らなかった。

――なにが起こっているの？

質問をするために口を開けば、次は人差し指が押し当てられた。声を出すなということなのだろう。口を噤《つぐ》む。

冷静になった頭で、あたりを見回した。薄暗《うすぐら》いが、扉の隙間《すきま》からわずかに光が入るため、真っ暗ではない。ルガーと身を寄せ合っているのは、この部屋が二人で入るには狭《せま》いからだ。

ルガーを見下ろす。いつも見上げてばかりだから新鮮《しんせん》だ。しかし、彼の顔が胸に近い。少しずつ速くなる心音が聞こえてしまうのではないだろうか。

質問がしたくて口を開くと、彼が首を横に振る。すると、コツコツと足音が聞こえた。

心音が駆け足になる。悪いことをしているような気持ちになった。ライラはただ巻き込まれただけで、なにも悪いことなどしていないというのに。

扉の近くでピタリと足音がとまる。息をするのも怖《こわ》くて、呼吸を止めた。竜人《りゅうじん》は耳がいい。ライラのこの心音すら聞こえるのではないかとヒヤヒヤした。

「どこに行ってしまったのか……」

キーラスの大きな独り言と大きなため息が聞こえる。

「全く……」

ライラの不安をよそに、彼は大きな足音を立てて遠くへと行ってしまった。だんだんと足音が小さくなり、消えて行く。ルガーが大きく息を吐き出した。力の入っていた肩が下りる。

「よかった。気づかれなかったみたいだ。でも、まだ油断はできないな」

囁《ささや》くような声で言った後、悪戯《いたずら》が成功したような顔で笑う。たったそれだけのことで、胸が高鳴る。目を合わせていられなくて、視線をそらした。誤魔化《ごまか》すためにあたりを見回す。

「あの……もう、出ても大丈夫ではありませんか？」

「いや、もう少し。もしかしたら、戻ってくるかもしれないからね」

真面目《まじめ》な顔で返された。そう言われてしまえば、頷くしかない。言葉を多く交《か》わせば、キーラスに気づかれてしまうかもしれないと、口を噤む。しかし、長い沈黙《ちんもく》には耐《た》えられそうになかった。

「ドキドキしているね」

ルガーが耳をライラの胸に当てる。ふだん見ることのない上目《うわめ》遣《づか》いに、胸が跳《は》ねた。全部、聞かれてしまう。

「たくさん走ったせいです」

「そうか。残念だ。少しだけ、ライラの心が私に近づいたんじゃないかと期待してしまった」

彼は眉尻を下げた。胸が締《し》めつけられる。そんな顔を見たいわけじゃない。ライラは頭を横に振った。もう、心にしていた蓋《ふた》など、とっくに外れていたのだ。彼の袖《そで》をぎゅっと握る。

「うそ……。嘘《うそ》です」

「ライラ？」

「好き……私、ルガー様のことが好き」

たとえ、この関係が薬で作り出した偽《いつわ》りのものだとしても、この感情に嘘をつくことはできない。ライラが持っているものの中で、これだけは本物だからだ。

この感情だけは、薬が切れてもなくならない確かな思いだと知っている。

「本当に？」

「はい。優しいところも、仲間想《おも》いなところも、全部好きです」

言葉にできずにいた感情を口にすれば、自然と笑《え》みが漏《も》れた。それを見たルガーが溶《と》けてしまいそうなほど顔を綻《ほころ》ばせる。

「ああ、やっと笑った」

「今まで笑っていませんでしたか？」

「いや、いつも笑っていたよ。でも、なんだか心は遠く感じたんだ。今の笑顔は心の底から幸せそうで……。ずっと見ていたくなる」

彼は、嬉《うれ》しそうにライラを見上げる。彼の指が唇《くちびる》をなぞった。

「八十七回目」

ルガーが頬《ほお》を緩《ゆる》める。なんのことかわからなくて、首を傾《かし》げた。

「あと十三回で、ライラが本物の番いになる」

嬉しそうに弧《こ》を描《えが》いた唇が重なる。涙《なみだ》が頬を伝った。

この口づけを裏切ることなどできない。

次の日。ライラは一人で中庭に出た。「一人で空気を吸いたい」と言えば、アラとキナは嫌《いや》だとは言わない。

強い風が髪《かみ》を揺《ゆ》らす。それを押さえながら、一面に広がる帝国《ていこく》ユマンを見た。セントルは肉眼ではよく見えない。

ライラは懐《ふところ》にしまってあった飴玉《あめだま》を取り出し、天にかざした。

——もう、誰《だれ》も傷つけたくない。

この飴玉を捨ててしまえば、彼は決して死なない。宮殿の外に放《ほう》り投げてしまおうと思った。

「シスルさん、約束破ってごめんね」

「——約束って？」

突然《とつぜん》声を掛《か》けられ、慌《あわ》てて飴玉を手の中に隠《かく》す。振り返れば、飴玉よりも鮮やかな赤が立っていた。

「ザッカス様……」

ザッカスが一歩、また一歩と近づいた。逃《のが》れるように後退《あとずさ》る。その攻防《こうぼう》が数歩続いた後、彼は足を止め鼻で笑った。

「そんなに警戒《けいかい》しなくてもいい。俺はあんたに用があって来たんだ」

「私に……ですか？」

「ああ、この前はすまなかった」

ザッカスが腰《こし》を折り、深々と頭を下げた。

「待ってください。意味がわかりません」

「全《すべ》てを謝るつもりはない。だが、俺は竜人のことばかりで人間の事情なんてものは全く考えてなかったのも事実だ。そこは謝りたい」

「いえ、私のほうこそ、突然怒鳴《どな》ってごめんなさい」

同じように腰を折る。

「まだ、あんたを認めたわけじゃない。だが、あんたの言葉も一理あると思った。番《つが》いを見つけた竜人は俺から見ても周りが見えなくなっていると思う。あんたを連れてきたのはルガーだ。あんたに文句を言うのは道理ではない。ルガーに言うべきだった」

「意外と、冷静なんですね」

何度か話した中で、彼はもっと直情的だと思っていた。彼の眉《まゆ》がピクリと跳ねる。

「意外は、余計じゃないか？　まあ、俺は番いというやつに会ったことがない。なんなら、必要ないと思っている。竜人の中では異端《いたん》だ」

彼は顔を歪《ゆが》め、眼下に広がるユマンを見下ろす。

「俺の両親は番いではない。番いのように愛し合っているわけではなかったが、最後まで穏《おだ》やかで幸せな生涯《しょうがい》だったと思う。三百年前、人間の番いのせいで道を踏《ふ》み外した竜人の話は知っているだろう？」

「はい。竜人同士で……というのは」

「その竜人は今でも牢《ろう》の中で、死んだ番いを思って空を見上げている」

彼は強く拳《こぶし》を握《にぎ》りしめた。

「そんな……三百年も前の話なんですよね？」

「運命ってなんだろうな。竜人の寿命《じゅみょう》は約千年。その十分の一も生きない人間を結びつけるのは本当に幸せなのか？　だったら、番いなんて見つからないほうがいいと思わないか？」

　その言葉になんと答えていいかわからなかった。

「……悪い。あんたを非難するつもりはないんだ。ルガーが勝手に見つけた。あんただって運命の被害者《ひがいしゃ》だもんな。三百年前だってきっとそうだったんだ」

――違《ちが》う。私は運命を装《よそお》った。極悪人《ごくあくにん》だ。

「私がいなくなった後、違う運命の番いが現れることだってあるかもしれません」

「馬鹿《ばか》言え。運命の相手が二人？　そんな事例、聞いたことがない」

　ザッカスは鼻で笑う。

「色付きっていうのは孤独《こどく》なんだ。誰にも理解されない。生まれた時から一族を背負う。あいつの孤独を救えるのは、番いだけなんだ。だからこそ、短命の人間には難しい。あんたには重すぎるだろうよ。もしも、あんたにその覚悟《かくご》があるなら、あいつを頼《たの》む」

　ザッカスは再び腰を折った。

「大丈夫《だいじょうぶ》です。安心してください」

――だって、彼を騙《だま》した悪い魔女はあと十数日の命だから。

　本物の番いがきっと、彼の心を癒《いや》すはずだ。隣《となり》でずっと一緒《いっしょ》に笑ってくれるだろう。

　ザッカスはライラの笑顔を見て、わずかに眉根を寄せる。しかし、それ以上追及《ついきゅう》することはなかった。

「そうだ。手を出して」

ザッカスは言葉に従い手を伸《の》ばした。ごつごつとした手が目の前に差し出される。その手のひらの中に、一粒《ひとつぶ》の飴玉を乗せた。赤い飴玉は太陽の光を受け、キラキラと輝《かがや》く。ライラはすぐに手を引き戻《もど》し握りしめた。手の震《ふる》えを誤魔化すために笑って見せる。

「なんだこれ？」

「ルガー様を守る、お守り……です」

「へ〜これがね。人間は変なもの作るんだな」

ザッカスが小さな飴玉を慎重《しんちょう》に摑《つか》むと天に掲《かか》げた。物珍《ものめずら》しそうに眺《なが》めている。竜人《りゅうじん》は飴玉を知らないらしい。間違って彼が舐《な》めることはなさそうだ。もしも舐めたとしても、一粒ではなんの効果も得られないが、口に入れないに越《こ》したことはない。

「差し上げます」

「おい、大切なものなんだろ？」

「いいんです。持っていて。私から離《はな》れているほうが効くんです。それ」

その一粒が、ルガーを必ず守るのだから。

「なら、預かっておく。返して欲しくなったらすぐに言えよ」

「ありがとうございます。これで心配の種がなくなりました」

気の迷いでルガーを殺すことはなくなった。彼を愛する人たちを悲しませることもない。

「あまり一人で悩《なや》むな。ルガーはあれで頼《たよ》りになる男だ。そして、竜人は番いに甘い。好きな

だけ甘えろ。そのほうが、あいつも喜ぶ」

ザッカスがニヤリと笑う。そして、突然熱風を巻き起こすと、大きな竜の姿になった。

「じゃあな。また会おう」

ザッカスは大きな翼《つばさ》を広げ、大空へと飛び立った。激しい風がライラの髪をさらう。彼は中庭に影《かげ》を落としながら旋回《せんかい》した。

小さくなる紅《あか》い竜を目で追いながら、ライラは「さようなら」と呟《つぶや》いた。その小さな声は風に乗り、大空へと消えていく。

最後の日まで生きるために飴玉を転がす。残された時間があと数日だと思うと、ひとときも離れたくないという気持ちが勝《まさ》る。わがままを言って、ルガーの執務《しつむ》室に初めて足を踏み入れることができた。迎《むか》え入れた彼の笑顔が今にも溶《と》けそうだったことで、幸福な思い出が一つ増えたことが嬉しい。

顔を出すだけのつもりが、部屋の中にまで招き入れられてしまったのは、想定外だった。しかし、ルガーはふだんよりも真面目《まじめ》な仕事ぶりだったようだ。いつもよりもはかどっていると、キーラスは上機嫌《じょうきげん》で「毎日来てくれても構わない」とお墨付《すみつ》きを得た。

いつもよりも長く一緒に居たとしても、別れが遠のくわけではない。寝《ね》る間も惜《お》しんでルガーの寝顔を見つめる。ガラスの瓶《びん》にいっぱいあった赤い飴玉は、一つを残し、全てライラの中に溶けていった。その最後の一つは、このリオート山から遠いピュール山にある。

今日一日の出来事を思い出し、それがあと一日しかないことに涙が零《こぼ》れた。声を出せばルガーはすぐに目を覚ます。しかし、止めどなく瞳《ひとみ》からは涙が溢《あふ》れる。最後まで彼を見ていると決めたにも拘《かかわ》らず、彼の寝顔が涙の奥に霞《かす》んでいく。何度も瞬《まばた》きをして止めようとしたが、上手《うま》くはいかなかった。

ライラの努力も虚《むな》しく、唇のわずかな隙間《すきま》から嗚咽《おえつ》が漏《も》れた。その小さな音でルガーは瞼《まぶた》を震わせる。慌てて袖《そで》で涙を拭《ぬぐ》った。

「ライラ？　泣いている？」

「泣いて……ないです」

「嘘《うそ》。声が泣いている」

まだ寝ぼけている様子で、ルガーが手を伸ばした。蒼《あお》い瞳はわずかに覗《のぞ》いてはいたが、未《いま》だライラをとらえてはいない。ライラの頬《ほお》を探《さぐ》り当てると、嬉《うれ》しそうに笑った。

「私が泣かせてしまった？」

ライラは大きく頭を振《ふ》る。それでもルガーは納得《なっとく》していない様子で眉のあいだに皺《しわ》を寄せた。

「なにか私にできることはある？」

ルガーの大きな手が、ライラの頬を滑《すべ》る。首筋を通って鎖骨《さこつ》を撫《な》でた。蒼い瞳は、ライラの泣き顔を映し出す。

「抱《だ》きしめてください。朝まで」

「そんなことでいいの？　それだと私のほうが得をしている気がするな」

ルガーの腕《うで》がライラの背中に回された。そのまま引き寄せられた身体《からだ》は彼の腕の中へすっぽりと納まる。彼がライラの頭に鼻を埋《うず》め、深く息を吸い込んだ。

「ああ、ライラの匂《にお》いだ」

それはライラの物であってライラの物ではない。偽《いつわ》りの香《かお》り。悪気はないとわかっている。それでも身を硬《かた》くしてしまう。

「ごめん。人間はこんな風に匂いを嗅《か》がないか」

ルガーの顔が逃《に》げるように離れていった。

——駄目《だめ》。最後は幸せな思い出だけにしたいの。

ルガーの服を掴むと大袈裟《おおげさ》に息を吸い込んだ。

「ルガー様の匂い」

顔を上げて笑って見せれば、ルガーは目を細める。未だ涙《なみだ》に濡《ぬ》れている顔では効果がなかったかもしれない。しかし、言葉の代わりに強く抱きしめられ、己《おのれ》の行動は間違いではなかったのだと安堵《あんど》した。

「ねえ、ルガー様のことを教えてください。私、あなたのこともっと知りたい」

「私もライラのことが知りたい」

「私の話は明日《あした》。今日はルガー様のことを教えてください」

「わかった。なにから話そうか？」

ルガーが話し始めた。寝起きの掠《かす》れた声に、ライラはうっとりと目を細める。

「聞いている？」

「はい。キーラスさんとは兄弟のように育ったんでしょう？」

「そう、キーラスのほうが少し年が上だからって、いつも偉《えら》そうで嫌《きら》いだった」

「ルガー様がすぐ抜《ぬ》け出すからでは？」

ライラが笑うと、ルガーも嬉しそうに笑う。

――朝なんて来なければいいのに。

ルガーはキーラスとの逸話《いつわ》を語り、アラとキナが生まれた日の事を語る。彼の話は時間を忘れさせた。

「そうだ。ライラは高いところは得意？」

「わかりません。だって、登ったことないもの」

「じゃあ、明日試《ため》してみよう。塔《とう》に登ろう」

塔には登ったことがない。空を飛ぶことができる竜人と違い、ライラには翼がない。万が一落ちたときに対処ができないという理由から、遠ざけられていた場所だ。

「楽しみです」

ルガーは目を細め嬉しそうに笑った。なにも言わずニコニコとしている彼に首を傾《かし》げる。

「笑《え》顔《がお》が好きだなと思っただけだ」

大きな手がライラの頬に優《やさ》しく触《ふ》れる。最後のときまで笑顔でいようと決心した。彼の記憶《きおく》に残る顔は好きだと言ってくれている笑顔がいい。本物の番《つが》いが現れるまでのあいだ、自身の笑顔が彼の中に刻まれればいいと思った。

日が昇《のぼ》ると、「今日は特別」と笑うルガーがライラの手を引いた。二人で並んで、青が彩《いろど》る長い回廊《かいろう》を歩く。竜人の歴史が描《えが》かれた壁画《へきが》の前を通り、古い扉《とびら》の前でとまった。ルガーが悪巧《わるだく》みでもするかのように笑う。彼の手によって古い扉が開けられる。重い音を立てた後、風が吹《ふ》き込んだ。髪《かみ》が後ろへとなびく。強い風に目を細めやり過ごした。

「さあ、行こう」

ルガーがライラの手を摑む。彼に導かれるまま、奥の階段を上った。石造りの螺旋《らせん》階段はどこまでも続く。人一人分の幅《はば》しかない階段は上を見ても下を見ても同じ景色が続いていた。階段を上り切ると、小さな扉が現れる。

「さあ、ここから先は空と変わらないから気をつけて。折角だから目を瞑《つぶ》ろうか」

ルガーの言う通り固く目を瞑った。その先にある光景を想像すれば胸が躍《おど》る。ギィと重い音が響《ひび》き、扉が開かれたのがわかった。同時に風が舞《ま》い込んだ。スカートが勢いよく彼の足にまとわりついて離れない。足下《あしもと》からパタパタと音が響いた。髪の毛も風に翻弄《ほんろう》され、彼の腕を叩《たた》きつける。

ルガーに足並みを合わせて進む。強い風が頬を叩き、風の音以外なにも聞こえなかった。彼がライラの耳元に唇《くちびる》を寄せた。

「さあ、ゆっくり目を開けて」

ルガーの指示通り、ゆっくりと瞼を上げた。

青い空と、どこまでも続く地平線。中庭から見る世界とは全く違《ちが》う。これが、帝国《ていこく》ユマン。緑が鬱蒼《うつそう》と生《お》い茂《しげ》り広がっていく。その途中《とちゆう》には、歪《いびつ》に空いた場所がある。森を切り開き、村を作った証《あかし》だ。

「あのずっと向こう側がライラの住んでいたセントル。ここからじゃあまりわからないね」

ルガーの指し示す先、ずっとずっと奥にはほとんど木々が見えない場所があった。あんなところからここまで竜人はたったの数刻でたどり着くことができるのか。

「そして、あっちがピュール山。紅竜の里。お披露目《ひろめ》のときを楽しみにしていて。ただ、あそこは火山だから少し暑くて私は苦手なんだ」

ルガーが眉尻《まゆじり》を下げる。彼にも苦手なものがあったことに驚《おどろ》き、そして、親近感を覚えた。氷山に住まう彼には、火山は暑すぎるかもしれない。暑さに歪《ゆが》める顔を想像し笑ったが、同時にその姿を見ることができない未来を呪《のろ》った。

今日の分の飴玉《あめだま》は、彼の指が指し示すピュール山にある。胸が突然《とつぜん》痛みだした。

「ライラ？」

視界がルガーでいっぱいになる。心配を掛《か》けないために笑顔を見せ、頭を横に振った。

「怖《こわ》い？」

ルガーの問いに、もう一度首を振った。すると、彼は嬉しそうに笑う。

「空を飛んでみたいって言っていたよね？」

「覚えてくれていたんですか？」

「ライラのことならなんでも」

自慢《じまん》げに笑う様子にライラは目を細める。ずっとこの時間が続けば、ほかにはなにもいらないとすら感じた。

「じゃあ、背中から抱《だ》きついて。そして、絶対離《はな》さないで」

「もしかして……」

――竜《りゅう》になるつもりなんだ……！

ルガーの蒼い瞳がキラリと光った。これから起こることを想像すれば、自然と肩《かた》が震《ふる》える。

「大丈夫《だいじょうぶ》。絶対に振り落とさないから」

「本当ですか？」

「本当。ライラがいない未来なんて、考えることもできないのに、落とすわけがないよ」

疑いの目をルガーに向けた。しかし、蒼い瞳《ひとみ》は微塵《みじん》もゆれない。怖いと感じる一方で、見たこともない景色を見ることができる好奇心《こうきしん》には勝てない。どうせ、明日にはない命なのだから、少しくらい無茶《むちゃ》をしてもいいかもしれない。

「じゃあ、少しなら……」

「決まりだ」

ルガーが背を向けた。ライラが掴《つか》まりやすいように、腰《こし》を屈《かが》める。ちらりと様子を見た彼に、頷《うなず》くしかなかった。急《せ》かすような強い風が吹く。慌《あわ》てて首に巻きつけば、明らかに今までの風とは違うものが吹きあがった。髪が暴れ天に上がる。これから起こることを想像して固く目を瞑った。

ルガーが叫《さけ》ぶ。しかし、背中越《ご》しに振動《しんどう》しか伝わらない。それは出発の合図だったのだろう。腕の中で彼が形を変える。

慌てたときには既《すで》に床《ゆか》に足は着いていなかった。宙に浮《う》く感覚は、抱き上げられたそれとはまた違う。最初は重さに耐《た》えきれず、手を離してしまうのではないかと不安になったが、すぐに竜の背に支えられた。両隣《りょうどなり》からは翼《つばさ》が上下する音が響く。

風は未《いま》だに髪をさらい、スカートをはためかせる。しかし、宙に浮く感覚もなくなり、ゆっくりと瞼《まぶた》を上げた。

「わあ……！」

宮殿よりも遥《はる》か上空。竜の上で氷に覆《おお》われた宮殿を見下ろしている。身体《からだ》は正直で、その圧《あっ》倒《とう》的な高さに震えていた。それでも瞼を閉じることはできなかった。

言葉にならない声を上げ、広がる景色を見《み》渡《わた》す。決して怖くないわけではない。今にも落ちそうな感覚に何度も襲《おそ》われた。それでも、もう二度と見ることはない景色を堪能《たんのう》する。

強い風の音と翼が作る音で、自身の声すら届かない。しかし、ルガーがなにか言いたそうに首を捻《ひね》る。思わず笑顔を返すと、竜は腹から甲高《かんだか》い鳴き声を上げた。腕《うで》に力を込めると、彼は突然旋回《せんかい》を始める。そして、宮殿の裏側にたどり着くと、真っ逆さまに降下した。胃がすくみ上がる。叫び声も出ないほどの速さに、ライラは奥歯を噛《か》み締《し》めた。

――落ちる！

声にならない声がライラを支配した。凄《すご》い速さで近づく木々を前に固く目を瞑る。強い重圧を受け、死を覚悟《かくご》した。しかし、その後に想像していた強い衝撃《しょうげき》はなかった。ゆっくりと宙に浮く感覚。力強い翼の音。そして、鳥の鳴き声と飛び立つ羽の音。それに伴《ともな》う木々の擦《こす》れる音が響いた。

地に降り立った感覚に、胸《むね》を撫《な》で下ろす。ゆっくりと息を吐《は》ききった。しかし、まだ心臓は早鐘《はやがね》を打っていて、鳴りやむ気配はない。震える腕を離せずにいた。その内にルガーが形を変え、ライラをそのまま地に下ろす。地上にへたり込んでしまい、ゆっくりと瞼を上げた。

「え……？」

思わず驚きの声が漏《も》れてしまった。ルガーを見上げると、自慢げに口角をあげている。呆然《ぼうぜん》とその景色を見渡した。

――ここって……。

鬱蒼と生い茂る木々。そして、青く鮮《あざ》やかな色をした泉の姿。ここは、ヴォールの村だ。なにも言えず、口を開けたままその景色を見つめた。

見慣れた景色。そこは、ライラが初めてルガーと会った場所であった。

「どう？　気に入った？」

「どうして……？」

ルガーが膝《ひざ》を折り、ライラの肩を抱《だ》き寄せた。まだ力の入らない身体は、彼の腕の中に簡単に納まってしまう。

「ここは少し前に見つけた私のとっておきなんだ。キーラスたちも知らない。ライラにだけは教えてあげたかったから」

ルガーは楽しそうに笑った。ライラにとっても、ここは特別な場所だ。それを気に入っていると連れてきてくれることが嬉《うれ》しかった。笑《え》みが零《こぼ》れる。

「水浴びをしよう。城だとできないからね。泳げる？」

「はい。これでも村では泳ぎが得意なほうだったので」

「じゃあ、一緒《いっしょ》に泳ごう」

ルガーが上着を脱《ぬ》ぎ捨て半身を露《あら》わにした。ライラは慌てて目をそらす。

「さあ、ライラ。一緒に遊ぼう」

ルガーが手を差し出すだけで胸が跳《は》ねる。彼に視線を戻《もど》してまた胸が跳ねた。彼は不思議そうに首を傾《かし》げた。ほどよくついた筋肉は、決して見られないものではなかったが、目のやりどころに困る。じろじろと見てはいけないような気がしたのだ。しかし、視線をずらしていけば、行きつく先は蒼《あお》い瞳。そこに映る自身の表情に、やはり恥《は》ずかしい思いをした。

上手《うま》く目を見ることもできず、結局足下を見ながらルガーの手を取ると、服のまま泉の中に落とされた。思わず叫び声を上げる。驚いた鳥が木の上から羽ばたいた。慌てて泉の中から顔を出す。すると、大きな水音と同時に、水飛沫《みずしぶき》がライラの頬《ほお》を更《さら》に濡《ぬ》らした。

二度目の叫び声と同時に、ルガーが顔を上げる。いつもよりも楽しそうな笑顔を見せた。

「楽しいね」

美しい蒼い髪《かみ》からは、ポタリポタリと水滴《すいてき》が落ちる。頬を滑《すべ》り、鎖骨《さこつ》に落ちて行く様をなぞるように見てしまい、羞恥《しゅうち》に目をそらした。

「今日のライラはいつもより恥ずかしがり屋さんだ」

ルガーが視線を追うようにライラの前に回り込む。蒼い瞳に捕《とら》えられて、頬が熱くなるのを感じた。

「どうしたの？」

ルガーに顔を覗《のぞ》かれれば、視界の端《はし》に素肌《すはだ》が映る。それがどうしようもなく恥ずかしい。

「なんでもありませんっ」

口からはか細い声が出た。慌てて背を向け、泉の中へと飛び込む。この羞恥と熱から逃《のが》れるためには、水の中が一番だと気がついた。そして、水分を含《ふく》んで重くなった服を引きながら懸《けん》命《めい》に泳いだ。

しかし、泉の中央にたどり着いてすぐ、ルガーに背中から抱きつかれてしまった。ほとんど泳いだこともない彼にすぐに追いつかれてしまったのは、洋服のせいか男と女の差か。すぐ近くに彼の熱を感じ、頬に熱が上がるばかりだ。

「まだ恥ずかしい？」

「ルガー様が悪いんです」

「ごめん。はしゃぎすぎた」

ルガーがライラの肩に顔を埋《うず》める。たったそれだけのことで心臓が駆《か》け上がる。

小さく頷いて返した。

「水の中は疲《つか》れる。少し、休もうか？」

返事をする前に、ルガーに抱き上げられた。慌てているあいだに、彼は水の中をずんずんと進んだ。あっと言う間に泉の端までたどり着き、岩の上へと下ろされる。スカートの水を絞《しぼ》ることに集中しているふりをして、未だ見慣れない素肌から目をそらした。

「そんなことしなくても大丈夫だよ」

泉から上がったルガーが呪文《じゅもん》を唱えた。五年前と同じ呪文だ。ふわりと暖かい風が足下から上がる。スカートが吹《ふ》き上げられ、慌てて押さえた。髪は散らばり縦横無尽《じゅうおうむじん》に暴れている。風に翻弄《ほんろう》されているうちに、二人共すっかり元の姿へと戻っている。今まで泉の中に居たとは思えない。これが、精霊《せいれい》の力。ライラは何度も自身の乾《かわ》いた髪と服を確認《かくにん》した。

「ありがとうございます」

「このくらいの風ならね。風の精霊が力を貸してくれる。私の力ではないよ」

「私は精霊を見ることもできないので」

ライラは精霊たちを捜《さが》す。いつも顔を覗かせていた岩にも、木の陰《かげ》にも彼らの存在は見当たらなかった。彼らに最後の別れすら言えないのだ。

「今度、精霊を見る方法を探してみよう。ライラと話せたら、彼らはきっと喜ぶと思うんだ」

ルガーは勢いよくライラに抱《だ》きついた。素肌を晒《さら》したままの胸に顔を埋める形になり、また頬に熱が上がっていく。素肌と素肌が触《ふ》れあう感覚は未だ慣れない。なにより、火照《ほて》る頬が直接胸に当たるとあって気が気ではなかった。心を透《す》かして見られている感覚に、頬の熱が増す。

「あの……そろそろ、服を着ませんか？」

「もう泳がない？」

ルガーはどこか残念そうに眉尻《まゆじり》を下げる。一度潜《もぐ》っただけで疲れが出て来ているのを感じている。しかし、身体の強いルガーには泳ぎ足りないのは明らかだ。

「私はここで見ていますから、もっと泳いできてください」

懐《なつ》かしいこの場所は、ただ座って空気を吸っているだけでも幸せを感じることができる。近くで素肌を晒されれば目のやり場に困るが、遠くなら問題ないと思った。しかし、ルガーは頷かず、近くの岩へと腰《こし》を下ろしてしまった。

「いや、私もここで同じものを見たい。ほら、おいで」

ルガーが腕を伸《の》ばす。優《やさ》しい笑みは、有無《うむ》を言わせない強さがあった。

「泳がないんですか？」

「それはあとで。今は一緒がいいんだ」

ルガーに手を握《にぎ》られた。強く腕を引かれたわけではない。けれど、簡単にルガーの腕の中へ囚《とら》われた。

「捕《つか》まえた」

優しい声が頭から降り注ぐ。ルガーは鼻をライラの首筋に擦りつけ、ゆっくりと息を吸い込んだ。それだけで鼓動《こどう》は早歩きになる。結局彼は上着も着ないままライラを膝の上に乗せる。

「ここを気に入ってくれた？」

「はい。とっても」

気に入らないはずがない。今、ルガーに背を向けていてよかった。もしも、見つめ合っていたら、泣きついていただろうから。

「実はね。ここで人間の女の子に会ったことがあるんだ」

ルガーの言葉に胸が容易《たやす》く跳ねる。

「その子はアラとキナくらいの女の子でね。ああ、このことは秘密。その子と誰《だれ》にも言わないと約束したから。でも、なんでかな。ライラには話しておきたかったんだ」

すぐにルガーの話す女の子が自分自身のことだとわかった。今すぐにでも「それは私だよ」と言ってしまいたい衝動《しょうどう》にかられる。しかし、それを言えば、別れの間際《まぎわ》まで番《つが》いでいることができなくなってしまう。ただ、頷《うなず》いた。

ルガーは当時のことを包《つつ》み隠《かく》さず話した。ライラの記《き》憶《おく》と全く同じ二人の出会いは、彼の中にも残っていたのだ。彼はその少女が未《いま》だ十三歳の姿でいるのだと思っているようだった。

「あの子は今まで私が出会った人間とは全然違《ちが》っていた。笑顔が素敵《すてき》だったんだ。あの時、こんな子が私の番いだったら幸せだろうなって思った」

ルガーが今どんな顔をしているのか気になり、振り向きたい衝動にかられる。それをしなかったのは、彼が言葉を続けたからだった。

「不思議なんだ。ライラの笑顔はその子にとても似ている」

目頭《めがしら》が熱くなるのを感じた。彼が偽《いつわ》りの番いを忘れたとしても、泉で出会った少女のことを思い出してくれるだろうか。瞳《ひとみ》から溢《あふ》れ出る涙《なみだ》を止めることができなかった。

最後まで笑顔でいるつもりが、涙の雨が頬を伝いルガーの腕《うで》に降りそそぐ。ライラは必死に唇《くちびる》を噛《か》み締《し》め、涙を止めようとした。

「……それじゃあ、私よりその子の笑顔のほうが好きみたいですね」

誤魔化《ごまか》すように笑っても、涙は溢れて落ちていく。

「違う。そういう意味じゃない。もちろん、ライラが一番だ」

ルガーの腕の力が強くなった。顔は見えないが、彼が苦しんでいることは伝わってくる。

「わかっているから、大丈夫《だいじょうぶ》です」

「じゃあ、なぜ泣いているんだい？」

ルガーの膝《ひざ》から降りると彼の前で振り返る。涙でぼやけた彼の顔は少し歪《ゆが》んでいた。

「人間の涙にはね。色んな種類があるんです」

「その涙はどんな涙？」

「嬉《うれ》しいときの涙」

「ライラ……」

「ルガー様。きっとその女の子も、ルガー様の番いになりたかったって思っています」

抱きつけば、いつものように腕が回される。ルガーの腕の中で、しばらくのあいだ涙を流し続けた。不安がる彼には、何度も何度も「これは嬉し涙だ」と言い続けるほかなかった。


宮殿に戻ったのは、陽《ひ》が沈《しず》んですぐのことだ。

晩餐《ばんさん》をする気力は残っていなかった。最後の日ぐらいルガーと同じ物を食べて終わるのも悪くないと思っていたが、椅子《いす》に座っていることも難しくなっていた。「疲れているみたい」と誤魔化し笑う。

ルガーはその日、晩餐も摂《と》らずライラの隣《となり》に寄り添《そ》った。

「おなかすきませんか？」

「大丈夫。今日はずっと一緒《いっしょ》にいるよ」

「嬉しいです。私、今とても幸せ」

すぐ隣のルガーに向かって手を伸ばす。しかし、腕の力もなくなってしまったようで、ほとんど前には進まなかった。代わりに彼がライラの手を握る。気を遣《つか》っているのか、とても弱々しい。

――たとえ、あなたの運命でなかったとしても、あなたは私の運命だった。

「私も幸せだよ。これから、もっと幸せになろう？　私たちは今日、神様に許されるんだ」

ルガーがライラの唇をなぞる。今まで二人が口づけた数は九十九回。ライラは小さく頭を横に振る。ほとんど動いてはいなかった。

「私の……目が覚めてから」

しばしの沈黙《ちんもく》が訪《おとず》れる。意識はどんどん薄《うす》れていった。

「そうだね。無理はいけない。明日《あした》が楽しみだ。これで、本当の番い……夫婦《ふうふ》になれる」

彼の嬉しそうな声が耳に響《ひび》く。

明日は来ない。ライラとルガーは決して神に許されたりはしないのだ。

――もう少しだけ、一緒にいたい。もっと、一緒にいたい。

闇《やみ》がライラを誘《いざな》う。これ以上、話すのは難しそうだ。

「ごめんなさい。とても眠《ねむ》いの……」

最後の言葉は上手《うま》く言えたかどうかわからない。ライラはそのまま闇の底へと落ちて行った。意識の奥でルガーの声が聞こえる。なんと言っているかまではわからなかった。

暖かい風に包まれる。死ぬとはこういうことなのだろうか。ふわふわとした中考える。

案外、死ぬのは怖《こわ》くないものなのかもしれない。本物の番いに笑いかけるルガーを見るほうが恐《おそ》ろしいだろう。それに比べたら、永遠の眠りなどなんの不幸でもない。幸い、ライラには迎《むか》えてくれる人がいた。イアンのもとにたどり着いたらまずは謝ろう。彼の分も生きるという約束を反故《ほご》にしたのだ。

明日の朝だけはルガーが嘆《なげ》いてくれることを願った。

たった一日だけでいい。彼の人生を掻《か》き回したい。

五章　眠り姫

ルガーの隣には静かな寝息《ねいき》を立てる少女がいた。安らかな寝息に目を細める。起こさないように慎重《しんちょう》に頭を撫《な》でる。

ベッドに散らばる彼女の亜麻色《あまいろ》の髪《かみ》は、太陽の光を受けて輝《かがや》いていた。甘い果物《くだもの》のような色の瞳はなかなか顔を覗《のぞ》かせない。しっかりと閉じられた瞼《まぶた》は、まだ朝に気づいていないようだ。

目にかかる髪を払《はら》ってやると、彼女の睫毛《まつげ》がわずかに動いたように感じた。しかし、彼女はまだ瞼を上げない。焦《じ》らされている気分だ。はやく、彼女のはにかむ笑顔《えがお》が見たいのだ。目が覚めたらすぐにでも、柔《やわ》らかな唇に口づけを落とそうと決めていた。

百度の口づけで番いになるという、人間の不思議な風習。初めは焦らされてやきもきした。そんなことをしなくても、二人は神に約束された運命の上にいるのだ。しかし、次第《しだい》にライラの心が開いていることに気づくと、この風習も悪くないと思う。

唇をなぞる。

しかし、ライラは何日たっても目を覚まさなかった。

ベッドに横たわるライラは、五日前から同じ状態だ。規則正しい寝息が微《かす》かに聞こえる。証《しょう》拠《こ》に、寝息とともに腹がわずかに上下する。

「なにが起きているのでしょうか？」

「番い様……眠っているだけなのですよね？」

「人間の医師もこれにはお手上げだそうだ」

アラとキナは落胆《らくたん》の色を隠さない。彼女たちはライラを非常に気に入っていた。それは、王であるルガーの言葉よりも彼女の気持ちを優先させようとするほどにだ。

「呪《のろ》いの類《たぐ》いでしょうか？　お二人はその日、麓《ふもと》の森で水浴びをなさったのですよね？」

「陛下、ずるいです。私も番い様と遊びたかった」

キナが小さな唇を尖《とが》らせる。甘えたがりの彼女は、こっそりと抜《ぬ》け出したことを未だに怒《おこ》っているのだ。謝罪の代わりに頭をくしゃくしゃと撫でたが、機嫌《きげん》は直らなかった。

「起きたらみんなで行こう」

「はい。番い様。早く起きてくださいませ。私、水浴びってしたことないんです」

キナは眠るライラに近寄り、語りかける。

「陛下。番い様に読ませてもらった人間の本の中に、王子様が口づけすると目覚めるお姫様のお話がありました！」

キナが目を輝かせる。アラがその言葉に頷いた。

「陛下は王子様ではなく、王様ですが試《ため》す価値はあるかもしれません」

二人が期待の目を向ける。そんな本を三人で読んでいるとは知らなかった。ルガーは眉尻《まゆじり》を下げる。竜人《りゅうじん》の国にある本は事実しか示されていない。だから、その本を過去にあった事実だと信じているのだろう。しかし、人間は違《ちが》う。空想の世界を本にするのだ。

ベッドの端《はし》に腰掛《こしか》ける。彼女の唇《くちびる》を撫でた。

「いや、それは人間が考えたただの物語だ。そんなことをしてもライラは目覚めない」

「どうしてですか！　可能性はゼロではないです」

キナは唇を尖らせ、抗議《こうぎ》する。しかし、その言葉を受け入れることはなかった。百度目の口づけは、特別なのだ。ライラは「目が覚めてから」と言った。彼女の知らないうちに儀式《ぎしき》をしてしまったらどうなるのだろうか。彼女はなにも言っていなかったが、禁忌《きんき》かもしれない。二度と、神から許されないかもしれないのだ。

「すまない。口づけだけは駄目《だめ》だ。ほかの方法を考えよう」

キナは唇を尖らせたままだった。彼女たちはライラのことを気に入っている。二人はあまりほかの者には懐《なつ》いたためしがない。きっと、あの風の精霊《せいれい》が原因なのだろう。

ベッドの端を見る。クッションのあいだから、睨《にら》むようにルガーを見る小さな精霊がいる。

それは、今に始まったことではない。ライラとセントルで会ったときからずっとだ。

風の精霊がなにかに執着《しゅうちゃく》することは珍《めずら》しい。つかみどころがなく、いつだって自由に世界を旅している。そんな彼らが一カ所にとどまっているのだ。

「風の精霊様。ライラ様のこと教えてくれませんか？」

アラがじわりじわりと近づいて、目線を合わせた。

小さな精霊たちは目を何度も瞬《まばた》かせ、顔を見合わせる。しかし、ぴょんっと跳《は》ねるとクッションの隙間《すきま》に潜《もぐ》ってしまった。

「火の精霊様以外に嫌《きら》われるのは初めてです」

アラが眉尻を落とす。キュッと唇を噛《か》みしめる姿に頭を撫でる。

「彼らは普通《ふつう》の精霊とは違うのかもしれない。あんなにしっかりと意志を持ってライラのそばにいる。気に病《や》むことはない」

「キーラス様がとても興味深そうにしていました。いつか取って食べてしまうのでは？」

キナが首を傾《かし》げる。可愛《かわい》らしい顔で言う言葉ではない。精霊にも聞こえたのか、クッションの奥深くで震《ふる》えているではないか。

その様子を見てアラとキナが笑う。それでも、ライラは目覚めない。


十日たっても、二十日たってもライラの瞼は閉じたままだった。

仕事もあまり手に付かない。ついに、執務《しつむ》室を追い出されてしまった。ライラの眠る部屋で彼女の様子をただ眺《なが》める。

風の精霊たちは相変わらず、少し離《はな》れたところから彼女を見守っていた。彼女しかいないときはそばにいるようだ。しかし、ルガーの姿を見つけるとわらわらと部屋の隅《すみ》やクッションの隙間に逃《に》げ込むのだ。精霊たちはライラに見つけてすらもらえないというのに、どうしてそこまでの執着を見せるのか不思議でならない。

「風の精霊たちよ。少し私と話をしないか？」

精霊はなにも反応を示さなかった。いつものように仇《かたき》を見るような目で睨んでくるだけ。これではお手上げだ。

「私の眠り姫はいつ目覚めるんだい？」

眠るライラの頬《ほお》を撫でた。返事の代わりに規則正しい寝息だけが聞こえてくる。実のところ気が急《せ》いていた。原因のわからない眠りはライラにどんな影響《えいきょう》を及《およ》ぼすかわからない。早く原因を突《つ》き止めなくては。

ライラの首元に顔を埋《うず》める。落ちつかせるために大きく息を吸い込んだ。吸い込んだ彼女の香《かお》りに眉根を寄せる。顔を離し、呆然《ぼうぜん》と彼女を見つめた。

「ライラ？」

もう一度ライラの首元に鼻を埋める。

「……匂《にお》いが薄《うす》くなっている？」

気持ちを満たし、揺《ゆ》さぶり、掻き回す匂い。彼女が目覚めていた頃《ころ》は、部屋に充満《じゅうまん》するほどだった。気づけば、思い切り吸い込まなくては感じないほどになっている。横に眠っているだけでは、彼女の匂いは届かなくなっていた。

――なにが起こっているんだ？

ひどく混乱している。彼女から感じていた匂いだけが番《つが》いを示すものだからだ。それが消えてしまえば、二人の繋《つな》がりはなくなってしまうように思えた。

神が運命の糸を切ろうとしているのか。

もう一度、ライラの首元に顔を埋める。そうしなければ、彼女を感じることすらままならない。匂いとともに、このまま彼女は消えてしまうのではないか。

「どうしたらいい？　どうしたら助けられる？　君が居なくなったら生きていられない」

強く抱《だ》きしめれば、わずかにくすぐる彼女の香り。しかし、それはとても薄い。まるで人間の匂いで薄めたようだった。

日に日に、匂いは少しずつ薄くなっていく。ライラが眠って三十日がたとうとしている今では、ほとんど他人のもののようになっていた。

番いの匂いは番いにしかわからないようだ。ほかの竜人は、この変化を感じることができないらしい。アラとキナは毎日変わらずライラに挨拶《あいさつ》をし、窓辺に並んだ鉢植《はちう》えの世話をする。匂いが消えても気づかないのだ。

――こんなにも違うのに。

今まで感じていた愛情はなんだったのかというほど、眠る彼女を見ていてもなにも湧《わ》き上がってはこない。

番いの匂いを探《さぐ》り、ライラの首元に顔を埋める。わずかな匂いを感じ、心が満たされた。しかし、鼻を離せばその気持ちすら消えていってしまう。

ともに過ごした百日間が幻《まぼろし》だったのかと思うほど、想《おも》いまで消えそうになる。

「番いとはいったいなんなんだ？　神が定めた運命ではないのか？　なぜ、ライラから匂いが消えていく？」

眠るライラは答えない。

嘲笑《あざわら》うように柔《やわ》らかい風が吹《ふ》く。彼女を愛した精霊が、声の代わりに出すのだ。それは歌のように軽《かろ》やかにライラの前髪《まえがみ》をさらい、睫毛《まつげ》がわずかに揺れる。

彼女はこんな顔をしていただろうか。もう、どんな風に笑っていたのかも朧気《おぼろげ》だ。

――たった三十日で？　私はライラのなにを見ていた？　どこを愛していた？

ベッドの横に座り込む。手を伸《の》ばせば届く距離《きょり》なのに、彼女の匂いはルガーのもとまで届かなかった。

彼女と過ごした百日間は、竜人にとっては一瞬《いっしゅん》だ。それでも幸福に満ちていた記憶《きおく》がある。まるで、他人事《ひとごと》のように思い出すのだ。本で読む記録のように、なにも沸《わ》き上がってはこない。幸せだったと認識《にんしき》しているはずなのに、それがどんなものだったのかわからなくなった。

「お願いだ。風の精霊。なんでもいい。ライラのことを教えてくれ」

隠《かく》れる精霊に縋《すが》った。しかし、彼らはルガーの願いには応《こた》えない。苛立《いらだ》ち、力任せにベッドに拳《こぶし》を振《ふ》り下ろす。大きな音が部屋に響《ひび》く。振動《しんどう》で風の精霊がポンッと跳ねた。

ルガーは執務室に籠《こも》るようになった。幸い、ため込んだ仕事が山ほどある。

彼女と顔を合わせるのは、一日にたった一度。朝の挨拶だけになった。静かに眠るライラの頬を撫《な》でる。ただ、それだけだ。アラとキナはなにか言いたそうにしていたが、口を出すことはなかった。昼の時間、彼女たちは甲斐甲斐《かいがいい》しく、眠るライラに語りかけているのだろうか。

こういうとき、仕事が一番の気晴らしになった。彼女のことを考えなくて済む。キーラスに不審《ふしん》がられるかと思ったが、あまり興味はないようでなにも言わない。

日も傾《かたむ》き始めた頃、乱暴に扉《とびら》が開いた。ノックもせずに入ってくる者など、一人しかいない。

ザッカスがふらりと遊びに来たのだ。今、一番会いたくない男だ。

彼はルガーが仕事をしている姿を見つけると、眉根を寄せた。

「おい、話がある」

彼はわざとらしく大きな声を出して、ズカズカと執務室の中へと入ってくる。聞こえないふりをした。この男は、いつだって面倒《めんどう》ごとを持ってくる。不機嫌《ふきげん》を主張するように顔を歪《ゆが》めながら、長椅子《ながいす》にドカリと座った。沈黙《ちんもく》が続く。

「おまえが真面目《まじめ》に仕事をしているなんて、なにがあったんだ？　明日《あした》は嵐《あらし》か？」

「ここ数日はこんな調子ですが、雪どころか雨すら一滴《ひとしずく》も降りませんね」

少し時間を置いて、キーラスがグラスを片手に顔を出す。ブルの実の香りが部屋に広がった。

ブルの実から作った果実酒はザッカスのお気に入りだ。彼はキーラスの手から奪《うば》うようにグラスを取ると、それを一気に呷《あお》った。

「で？　なにがあった？　やけに静かじゃねぇか？」

「ライラ様が眠って、もう五十日が過ぎました」

「キーラスッ！」

　ザッカスの眉《まゆ》がわずかに跳ねる。キーラスは顔色一つ変えず、グラスに果実酒を注《つ》ぎ足す。

「黙《だま》っていても、じきに知られてしまいます」

　キーラスの言い分はもっともだ。ザッカスがふらりと遊びに来て、その日のうちに帰ったことはない。そうなれば、いつまでたっても現れないライラのことを勘《かん》ぐるだろう。

「で、キーラス。あの女が眠って五十日というのは、どういう意味だ？」

「そのままの意味です。まるで、人間が描《えが》くおとぎ話のように眠り続けています。人間の医師にも見せましたが、『ただ、眠っているだけ』だと」

「人間は五十日も眠る生き物なのか？」

「そんな事例、聞いたことありませんね。この宮殿に来て毎日、竜人《りゅうじん》と同じように夜眠り、朝起きていました」

　キーラスの言葉に、彼は頷《うなず》いた。飲みかけのグラスをテーブルに置くと立ち上がる。口を出せば面倒なことになる。ルガーは手元の書類を眺めた。しかし、何度読んでも目が滑《すべ》るのだ。なにが書いてあるのかも理解できない。

　ザッカスは机を挟《はさ》んで向かい側からルガーの顔を覗《のぞ》き見た。

「そんな一大事に仕事とは、おまえも変わったな。前の様子を見ている限り、あの女のそばをひとときも離れずになにも手につかない――ほうが普通《ふつう》に見える」

　炎《ほのお》のように赤い目には、眉根を寄せるルガーの姿が映った。

「やることはたくさんある。おまえだって王なんだ。わかるだろう？」

「おまえの右腕《みぎうで》は優秀《ゆうしゅう》なんだ。数十日くらいどうにかなるだろ？　おまえは今、なにから逃げている？」

　ザッカスの探るような瞳《ひとみ》は居心地《いごこち》が悪い。視線をそらせば、キーラスと目が合った。表情は変わらないが、なにか物言いたげだ。

「まあいい。あの女に興味をなくしたのはいいことだ。おまえはあの女に騙《だま》されてる」

　ザッカスは懐《ふところ》から小さな赤い玉を取り出すと、宙に放《ほう》り投げた。放物線を描き、ルガーの手に渡《わた》った。太陽の光を浴びてキラキラと輝《かがや》く。

「これは前にあの女から預かった物だ。おまえを守るための『お守り』だと言っていた」

　小さな玉をつまみ、空にかざす。わずかに欠けた玉だ。それをライラから見せられたことはない。なぜ、これを彼が持つことになったのか。眉をひそめる。

「ルガー、そいつの中身は、ミェースチの花だ」

「ミェースチの花……？　竜人の命を喰《く》らうという伝説の？」

　ルガーはその花を見たことがない。なぜなら、ミェースチの花はもう存在しないからだ。

「お待ちください。あの花は、あなたが全《すべ》て焼き払《はら》ったと聞いていますが」

　ルガーの考えを代弁するように、キーラスが割って入る。彼の言う通り、その花はかつてピュール山にほど近い人間の国――ラコルト公国で栽培《さいばい》されていた。ミュースチの花は、竜人にとって毒となる。それがわかったのは、三百年前の事件だった。

一人の竜人を従えたラコルト公国は、紅竜の里との戦争のため、かの花を使用したのだ。

「ああ、結果としてあの国の半分を焼き払うことになったが……。まだ残っていたとはな。こんなところで出会うとは思わなかった」

「それを、ライラが持っていたと？」

「そうだ。俺はこの『お守り』を預かった。人間は信用できん。だから、調べた。こいつ一つじゃ俺たちは死なない。だが、毒は毒だ」

ザッカスは長椅子にドカリと座る。彼は苛立つようにグラスを取ると、飲みかけの酒を喉《のど》に流し込む。

「あの女はおまえを殺そうとしたんじゃないのか？」

「ライラが、私を殺す……？」

己《おのれ》の手のひらをジッと見る。赤い玉が禍々《まがまが》しく感じた。人間はか弱い生き物だ。優《やさ》しくしないとすぐに傷ついてしまう。毎日のように抱きしめた彼女の肩《かた》はか細く、すぐに折れてしまいそうだった。

――ライラが、竜人を殺す？

想像もできない。怖《こわ》い夢を見て涙《なみだ》する女だ。窓辺の花だけで、幸せそうに笑うような子が誰《だれ》かを殺そうとするだろうか。だが、心当たりがあった。ライラは一度だけ、ルガーの首を絞《し》めたことがあるのだ。

「あの女となにがあった？　なぜ、そばにいない？」

ライラの匂《にお》いに関しては、誰にも言っていない。言ってはいけないようなことに感じたのだ。

——もう、潮時か。

「ライラから感じていた番《つが》いの匂いが少しずつ消えている。今はもう、ほとんどない」

「はっ!?　意味がわからんっ！」

ザッカスが吠《ほ》える。怒鳴《どな》るような大きな声に、キーラスが眉根をわずかに寄せた。

「ザッカス、落ちつけ」

「落ちつけるか？　なんでおまえは落ちついていられるんだっ！　おまえのことなんだろ？あの女は番いじゃないのか!?」

「ライラは少し前まで確かに番いだった」

番いとはなんなのか、それを知る術《すべ》はない。竜人にとって本能が知らせるものだ。理屈《りくつ》では説明できない。そもそも、匂いの消えた者を、「番い」と呼んでいいものなのだろうか。それを知る術もない。

キーラスは考え込むと、執務《しつむ》室をぐるりと一周する。彼の足音だけが部屋に響いた。

「私が記憶している限り、番いの匂いが消えるという事例は、過去に一度もありません」

「さすがキーラス。書庫の資料を読み尽《つ》くすだけあるな。で？　ルガーの鼻が馬鹿《ばか》になって番いを間違《まちが》えた可能性は？」

「人の鼻を馬鹿呼ばわりするな。あの香《かお》りをどうとは説明はできないが、出会ったときも、ともに暮らしていたときも、ライラからは確かに番いの香りがした。彼女が眠《ねむ》りについた後、匂いが消えかけていることに気づいたんだ」

眠り始めてから、彼女の匂いは少しずつ薄《うす》れていったのだと思う。初めはわずかな変化に気がつかなかった。気づいたのは匂いがほとんど消えかけていた頃《ころ》だ。

「全ての話をまとめると、わかっていることは二つです。ライラ様はミュースチの花から作られた毒を持っていた。そして、番いの匂いが消えていっている。それだけです。彼女は陛下を殺そうとしたかもしれない。しかし、それを毒と知らずに持っていた可能性もあります」

「なあ。過去に番いを偽《いつわ》った例はないのか？」

「私の記憶《きおく》する限りはありません。しかし、可能性がゼロではない限り、あり得ないとは言えませんね」

「つまりだ。あの女は、ルガーを殺すために番いと偽った可能性がある――と？」

「その可能性は、ゼロとは言えません。そして、なにかしらの事情で失敗した」

「それが目覚めない原因か……話としては辻褄《つじつま》が合うな」

ザッカスとキーラスが頷き合う。ルガーはただ、小さく息を吐《は》いた。

「そんな馬鹿馬鹿しい話、あるわけがない。ライラはそんなことをできるような子ではない」

精霊《せいれい》に愛されるような優しい子だ。竜人を殺そうとする人間に彼らが寄り添《そ》うとは思えない。

「全部演技かもしれないだろ？　小動物みたいに震《ふる》えている裏では、寝首《ねくび》を掻《か》くことばかり考えていたかもしれない。そんな怪《あや》しい女、ここに置いておいていいのか？　今なら首を絞めたら終わる」

　ザッカスの手に力がこもる。まるで首を絞めるような動きに、ルガーは眉根を寄せた。

「それは駄目《だめ》だ！　ライラは、私の番いだ……」

　言葉が尻《しり》すぼみになっていく。ほとんど感じなくなった匂いを思い出し、自信を持って番いだと言えなかった。

「番いじゃないかもしれない。ほっといて執務室に籠《こも》るくらい、どうでもいい相手なんだろ？　おまえができないなら、俺が殺してやるよ」

　ザッカスは勢いよく立ち上がった。ルガーを睨《にら》むと、舌打ちをする。そのまま、大股《おおまた》で執務室を出て行った。

　残された二人は顔を見合わせる。ザッカスが眠るライラを殺すつもりなのは明らかだ。慌《あわ》てて部屋を出た。既《すで》に彼の姿は見えない。ライラが眠る部屋へ急ぐ。

「ザッカス様！　やめてください！」

「番い様はお休みです！」

　扉《とびら》の奥で大きな声が聞こえる。――アラとキナの声だ。

「うるさい。黙れ！」

　衝突《しょうとつ》音や、割れるガラスの音が響《ひび》く。慌てて部屋へと入った。ザッカスは、その手を眠るライラの首へと向ける。ザッカスの怒《いか》りに呼応して、暖炉《だんろ》の火がメラメラと燃え上がった。

「ザッカスッ！　やめろ！」

「大丈夫《だいじょうぶ》。俺が全部背負ってやるよ。ライラなんて番い、最初からいなかったんだ」

彼は忌《い》ま忌ましそうに顔を歪《ゆが》めた。彼の手に力が入る。ライラの唇《くちびる》が苦しそうに開いた。

「やめろっ！」

部屋中の空気が凍《こお》りついた。毛足の長い絨毯《じゅうたん》が氷に覆《おお》われる。冷えた心を見透《みす》かすように、座る椅子《いす》もなにもかもを覆いつくす。氷はザッカスの身体《からだ》を覆い、首を絞める手を止めた。

「ルガー！　落ちつきなさい！　ライラ様が凍死《とうし》しますよ！」

暖炉の火を消した氷が、壁《かべ》の半分でとまった。キーラスがいなければ、宮殿もライラも全て覆い尽くしていたかもしれない。

「すまない……」

ルガーが冷えた息を吐き切ると、部屋を覆う氷は消えていく。ザッカスは、戻《もど》った手を忌ま忌ましそうに確認《かくにん》しながらも、暖炉に火を入れた。

「子どもの頃に戻ったようですね」

キーラスがため息をつく。幼少の頃はよく感情の抑《おさ》えが利《き》かなくなると力を暴走させていた。そのせいで何十回と、宮殿を氷漬《こおりづ》けにしている。ルガーは歴代の蒼竜王《そうりゅうおう》よりも大きい力を保有していた。本来ならば、言葉を介《かい》し精霊の助けを借りて力を使うが、水の精霊はルガーの気持ちに呼応するのだ。

ライラが口からわずかに息を吐き出す。

彼女の瞼《まぶた》に力が入る。こんな風に動きを見せるのは初めてのことだった。

「ん……」

声が漏《も》れ聞こえた。微《かす》かな希望が積み上がって山となった。目が覚めるかもしれない。彼女から消えたもの全《すべ》てが元に戻るかもしれない。

「ライラ」

ライラの肩を優しく揺《ゆ》する。すると、彼女は眉根《まゆね》を寄せた。胸が早鐘《はやがね》を打つ。小さな動きを見せながら、徐々《じょじょ》に覚醒《かくせい》していく。揺さぶり起こしたい気持ちを抑え、優しく声を掛《か》け続けた。

「おはよう」

次第《しだい》にライラの動きは大きくなっていった。小さな瞬《まばた》きからはアプリコット色の瞳《ひとみ》がちらちらと顔を覗《のぞ》かせ、長い睫毛《まつげ》は幾度《いくど》となく震えた。何度目かの瞬きの後、瞳が大きく顔を見せる。虚《うつ》ろな瞳は生まれたばかりの子竜のように、取り巻く世界を確認しているようだった。

ライラの口からため息が零《こぼ》れる。世界を確かめるために、何度も指を動かし始めた。ルガーはいてもたってもいられなくなり、ライラの手を強く握《にぎ》りしめる。それだけで、彼女は驚《おどろ》いたように肩を震わせた。

「ここがどこだかわかる？」

「こ……、こ？」

五十日振《ぶ》りに聞いた声は、ルガーの憶《おぼ》えていたものに等しい。未《いま》だ宙を彷徨《さまよ》うアプリコット色の瞳も変わらない。匂いが消えてもほかは変わらないことに安堵《あんど》した。

ライラは幾度となく瞬きを繰《く》り返し、意識を取り戻すためか頭を振っている。手はルガーのもとから離《はな》れ自身の頭を押さえていた。眉をひそめるたびに不安が募《つの》る。早く、彼女の口から「大丈夫」という言葉が聞きたくて仕方なかった。

しかし、期待に反し、ライラは両目でしっかりとルガーを見やると、ぽかんと口を開いた。

「ルガー？　あなた、ルガーなの？」

「そうだよ」

名を呼ぶ声に胸が弾《はず》む。ライラが笑顔《えがお》の花を咲《さ》かせる。彼女は嬉《うれ》しそうにルガーの手を取ると、今にも泣き出しそうな顔で見上げた。

「ルガー！　私のこと憶えている？　あの泉で会った！」

「……ライラ？」

様子がおかしい。なにが起きているのだろうか。しかし、ライラは嬉々《きき》として話を続ける。

「ずっと会いたかったの。結婚《けっこん》する前に、一度だけでいいって神様に毎日お願いしていたのよ。すごい！　本当に来てくれたの？」

彼女の喜ぶ姿に言葉を失った。目の前にいる彼女は、同じであって同じではない。別人のようだ。言葉を返さないことを不審《ふしん》がったライラは、少しずつ眉尻を落としていった。

「もしかして、憶えていないかな？　あなたが泉に来たときに会ったこと」

「なにを言っているんだ？　私たちが初めて会ったのは、帝都《ていと》セントルの王城だろう？」

「帝都？　帝都ってあの帝都？　私、そんなところ行ったこともないよ」

話が噛《か》み合わないことに不安と苛立《いらだ》ちを募らせる。彼女の言っていることがわからない。

ベッドの端《はし》から、アラとキナが遠慮《えんりょ》がちに顔を覗かせる。

「番《つが》い様……」

「ライラ様、おはようございます」

アラとキナは、同じ顔で嬉しそうにライラを見つめた。二人は彼女の手を握る。ライラはそんな二人を困惑《こんわく》気味に見返した。いつも二人に向けるものとは明らかに違《ちが》っている。

アラとキナもその違和感《いわかん》にすぐに気がついたようだ。

「ライラ様？」

「どうなさいました？　番い様？」

「えっと……ごめんね？　あなたたちは誰《だれ》？　ツガイサマってなにかな？」

ライラが困ったように首を傾《かし》げる。アラとキナが何度も目を瞬かせて彼女を見上げた。しかし、そのあと、彼女は「冗談《じょうだん》だ」と笑ったりはしなかった。それどころか、不安げに部屋を見《み》渡《わた》し、ルガーに救いを求める。

「ごめんなさい。ちょっとよくわからないのだけれど、この子たちは竜人様？　ルガーのお知り合い？　ここは、ヴォールの村じゃないの？」

ライラの言葉にその場に居た全員が言葉を失った。

——もう、私の知っているライラは消えてしまったのかもしれない。

「番い様は私たちのことをお忘れになってしまったのでしょうか？」

「ライラ様はもう、私たちのことなど嫌《きら》いになってしまったのでしょうか？」

アラとキナが不安げに見上げる。今にも泣きそうなほど、瞳を潤《うる》ませていた。

ライラと何度話をしても噛み合わない。彼女は自分自身を「明日《あした》の朝が来れば十六になる」と言った。記憶《きおく》が正しければ、彼女は既に十八になっている。

記憶に二年も差があるのだ。

「話が本当でしたら、彼女はヴォールの村出身ということになります。帝都出身だったと記憶しておりますが……」

キーラスが冷静に口を挟《はさ》む。こういうとき、冷静な存在は実に重宝する。ライラは質問攻《しつもんぜ》めにあい、疲《つか》れて眠《ねむ》ってしまった。怒《おこ》るザッカスを取り押さえ、客室に押し込めて今に至る。

「でもなぜ、ザッカス様はあんなに激昂《げきこう》していたのでしょうか？」

「番い様の首にうっすら痕《あと》ができていて、お可哀想《かわいそう》でした」

アラとキナは眉尻を落とした。まだ、二人にはライラのことを詳《くわ》しく話してはいない。突然《とつぜん》彼女を殺そうとしたザッカスに対し、怒りを露《あら》わにしていた。

二人の頭を乱暴に撫《な》でる。

「記憶をなくすという事象はこの世界に数多く存在します。これだけ長い眠りから覚めたばかりですし、記憶が後退することも、混同する可能性もあるでしょう。演技……という可能性も拭《ぬぐ》いきれませんが、今まで見てきた限り、演技が上手《うま》いとは言いがたいですからね」

「少し様子を見よう。客として迎《むか》えていることにして、情報を集める。キナ、『番い様』は当分禁止だ」

「ライラ様……？」

「ああ、それで頼《たの》む」

キナがわかりやすく眉尻《まゆじり》を下げる。アラとキナは姿形がそっくりな双子《ふたご》の竜人。ライラに判別をつけてもらうために呼び方を変えていた。それを揃《そろ》えるとなれば、彼女が困惑すると考えたのだろう。特に、『番い様』と呼ぶ者はキナしかいなかった。彼女にとっては特別な呼び方だったのだろう。

歩き慣れた回廊《かいろう》を、ライラと二人並んで歩く。彼女はぽかんと口を開けあたりを見渡した。

「凄《すご》い……！　綺麗《きれい》！　これ、全部タイル？」

「ああ、そうだよ」

楽しそうに壁に近づくと、タイルを一つ一つ入念に手でなぞる。なにがそんなに楽しいのだろうか。彼女が初めてここに来たときは、そこまで興味深そうではなかった。

記憶を失ったライラはよく笑いよく話す。アラとキナにもすぐに慣れた様子だった。同じ顔の双子にどこか興奮気味で、何度も「お兄ちゃんにも見せてあげたい」と笑う。

彼女の記憶は十六になる直前で途《と》絶《だ》えている。その代わり、五年前に会った少女とのことを、我がことのように話した。

あの少女がライラだとすれば、彼女の全てが嘘《うそ》であったという意味になる。

彼女の身体《からだ》からは、もう今までのような本能を掻《か》き立てる匂《にお》いはしない。よくある人間の匂い。それが、真実をまざまざと物語っているようでもあった。

番いは神が選んだ運命の相手だと幼い日より教えられてきた。「会えばわかる」と言われ、運命の相手に思いをはせていたこともある。番いという存在を、今まで当たり前のように受け入れてきた。今更《いまさら》になって疑問に思う。番いとはいったいなんだというのか。

ライラに会ったとき、血が沸《わ》くような感覚に運命を感じた。だが、彼女はその運命の相手ではないかもしれない。匂いがなくなった途《と》端《たん》、湧《わ》き上がっていたものはなくなってしまった。

「青ーい！　こんな綺麗なところ、初めて見た！」

ライラは嬉しそうに顔を綻ばせる。こんな無邪気《むじゃき》な顔を見るのは初めてで、上手い返事もできず頷《うなず》く。今まで見ていた彼女とはまるで違うのだ。

「ルガー？　どうしたの？」

アプリコット色の瞳がルガーの顔を覗き込む。何度も長い睫毛が上下に揺れた。

「いや……。綺麗なところなら、帝都にもたくさんあっただろう？」

「帝都？　私、行ったことないからわからない。シスルさんからは、煉瓦《れんが》が敷《し》き詰《つ》められていて緑があまりなくて、雑多なところだって聞いたよ」

「シスルさん――ああ、お姉さん？」

「お姉さん？　ううん、違う。村にときどき来る薬屋さん。とっても美人で、優《やさ》しくて頭がよくて……！　私にはお兄ちゃんが一人だけ」

ライラは壁《かべ》のタイルから興味を失ったのか、次は廊下《ろうか》の窓から外を眺《なが》める。どこか悲しげだ。

彼女の口から出る言葉は、なにが真実なのかわからない。帝都で生まれ育っていない。ヴォールの村を出たことがないのだという。姉はいない。代わりに兄がいるのだという。

――君はいったい、何者なんだ？

「ルガーは私と帝都で会ったって言ったよね？」

「ああ、異種族交流会《カローナ》の最終日だよ。覚えていない？」

「全然。異種族交流会《カローナ》ってなに？　初めて聞いたよ。……でも、なんで帝都なんかにいたんだろう？　私、もう十八歳なんだよね？」

彼女は廊下に掛《か》けられている鏡をジッと見る。違和感があるようで、肩《かた》までの髪《かみ》を何度も触《さわ》っていた。表情がコロコロ変わる。

真剣《しんけん》に鏡を見ていたかと思えば、なにか思い出したように目を見開いて、振《ふ》り返った。

「ねぇ、私と会ったとき、お兄ちゃんは近くにいなかった？　どうしてるか心配。村に帰っちゃ駄目《だめ》かな？　アラちゃんとキナちゃんにお願いしてみたんだけど、二人じゃ決められないって……。そういうのはルガーが決めているって」

「今、君を外に連れ出すことはできない。帝国《ていこく》ユマンとのあいだには、いろいろと取り決めがあるんだ。人間の暮らす場所に勝手に下りることはできない」

どこか苦しそうに顔を歪《ゆが》める彼女を見下ろした。前であったら、そんな表情を見せられただけで、自身のことのように苦しくなっていたではないか。なぜ、ここまで冷静に見ていられるのか、自分の心が理解できない。

「あ！　だから、昔、『秘密』って言ってたんだ。そうだよね。私のわがままでみんなに迷惑《めいわく》かけたら大変だよね。ごめんなさい。今のお願いは忘れて！　でも、もしお兄ちゃんのことがわかったら教えて欲しいの。お兄ちゃんはたった一人の家族だから。お兄ちゃんも私のこと捜《さが》してるかもしれないし」

「ああ、わかった」

　ルガーの返事に、ライラは満足そうに頷いた。

「そうだ！　ルガーの家族は？　どんな人？　ここら辺に住んでるの？」

　キラキラした目は、探《さぐ》るようなものではない。そこにある色は、興味だった。

「家族か。両親はここにはいない。彼らは世界のどこかを旅して回っているよ」

「世界のどこか？　竜《りゅう》になって？」

「そう、竜になって。両親は元々、考古学……古代のことを調べて回っているんだ。二人は若い頃《ころ》から番いとして出会い、ずっとともに生きている」

　ルガーの両親はお互《たが》いが成人した頃に出会った。それ以来、二人はほとんどリオート山には寄りつかず、世界の成り立ちを調べて回っている。ルガーを生んでからは、五十年に一度の頻《ひん》度《ど》でふらりと帰ってきて、その研究成果を置くとまた世界のどこかに消えるのだ。

「番《つが》い！　竜人の『番い』は知ってるよ。生涯《しょうがい》たった一人だけを愛するって。ずっと一緒《いっしょ》。本当だったんだね。素敵《すてき》だなぁ～」

　ライラは両手で頬《ほお》を押さえると、顔を綻《ほころ》ばせた。

「番いはどうやって出会うの？」

「ひと目見た瞬間《しゅんかん》わかる。いや、見なくても。本能がそこにいることを教えてくれる。ほかとは匂いが違《ちが》うんだ。全く。甘くて、優しくて……本能を掻き立てるような」

異種族交流会《カローナ》でバルコニーに出たとき、目の前は人で溢《あふ》れていた。その中で、たった一人――ライラを見つけたのだ。広場のずっと奥、人混《ひとご》みの中にいた彼女は輝《かがや》いて見えた。

　今は目の前にいるのに、なんの興味も湧かない。本当に同じ人間なのだろうか。彼女はもう存在しないのではないかと思うことがある。目の前にいるのはライラの皮を被《かぶ》った別人なのではないかと。

　考えても仕方のないこと。頭を横に振《ふ》る。

「人間は？　人間はどうやって番いを見つける？」

「人間は……番いかどうかなんてわからないかなぁ。でも、ひと目見た瞬間に好きになるってことはあるし、一緒に過ごしてて、だんだん好きになることもあると……思う」

「それでは、運命を間違えるかもしれない」

「そうかな？　そうかも。でも、運命は自分で決めてもいいんじゃないかな？　人間は竜人みたいに運命の相手はわからないけど、ちゃんと心で感じてるよ。好きだって感じるところって匂いだけじゃないと思う。その人の顔、声、性格、雰囲気《ふんいき》。温《ぬく》もり。たくさんあるよ？　竜人はみんな、匂いだけで決めちゃうの？」

考えてもみなかったことを言われ言葉を失った。今まで匂いが全《すべ》てだったのだ。

「食べ物だけじゃなくて、好きになる過程も種族によって違うんだね。匂いかぁ。どんな匂いがするんだろう。私も嗅《か》いでみたいな」

なにも言えずにいたせいで、困らせたようだ。彼女は取り繕《つくろ》うような笑顔《えがお》を見せた。

「ルガーの両親は世界中を旅しているんだよね？　一緒に行かないの？　家族でしょ？」

彼女はどんどん話題を変えていく。好奇《こうき》心旺盛《しんおうせい》なのか、ただ会話をしていないと落ちつかないのかはわからない。ルガーとの距離《きょり》感《かん》をはかっているようにも感じた。

「私は蒼《あお》いから、一緒には行けない。アラやキナ、キーラスはみんな緑の髪と瞳《ひとみ》を持っているだろう？　私の両親も例外ではない。それが、竜人では普通《ふつう》なんだ」

「ルガーが蒼いのは特別？」

「ああ、蒼い竜は世界に一人しかいない。生まれたときから蒼い竜は王となることが決まっているんだよ。王が旅をして回るなんて、できないだろう？」

何度両親の背を見ながら、ついて行きたいと願っただろうか。それが叶《かな》わないことは察していた。物心つく頃には、ここには統《す》べる王が必要で、それは必ず蒼でなくてはならないことも教えられる。

だからこそ、番いという存在に憧《あこが》れていた。頭をひと撫《な》でして飛び立つ両親とは違い、隣《となり》で笑っていてくれる存在だからだ。

ライラを見下ろす。彼女は何度も目を瞬《まばた》かせると、ルガーの手を遠慮《えんりょ》がちに握《にぎ》った。強く握ったら、壊《こわ》れてしまいそうなほど、か細い手だ。しかし、温かい。

前となんら変わらないのに、愛《いと》おしいという感情は湧いてこなかった。

「寂《さび》しい、よね。私もね、お父さんとお母さんがずっと遠くに旅に出ちゃったの。でも、私にはお兄ちゃんがいるよ。ちょっと適当だし、すぐ意地悪言うし、なにかとうるさいけど。お兄ちゃんは人の三倍うるさいから、ちょうどよかったかも」

彼女は歯を見せて笑う。彼女に促《うなが》されて、窓辺に腰掛《こしか》ける。少し隙間《すきま》のある距離は、彼女がこの宮殿《きゅうでん》に輿入《こしい》れしたときとは明らかに違っていた。外の風が吹《ふ》き込み、二人の間に風が通る。たった拳《こぶし》一つ分の距離だ。

「ルガーにもいるでしょ？　ほら、アラちゃんとキナちゃん！　そっくりで可愛《かわい》いよね！　あとは、キーラスさんだっけ？　あの真面目《まじめ》そうな人」

ライラは、両手で目尻《めじり》を横に引っ張る。キーラスの真似《まね》をしているのだろうか。どことなく伝えたいことがわかって笑いが漏《も》れた。

「アラとキナは生まれたときから見ているから、妹みたいなものかもしれない。だが、キーラスはどうかな。嫌《きら》われている気がする」

「そうなの？　そんな風には見えなかったけど」

肩を竦《すく》める。ライラは首を傾《かし》げた。彼女の目は純粋《じゅんすい》にルガーを見つめる。その瞳のせいか、今まで誰《だれ》にも言っていないようなことまで、言葉が零《こぼ》れた。

「さっき、両親は旅に出ていると言っただろう？　私を育ててくれた人は、キーラスの父親なんだ。キーラスは私より少し年上で、兄弟のように育った。けど、どこかで一線を引かれているような気がしている。兄弟というのは、もっとなんでも言い合える仲だろう？」

キーラスは、昔から変わらず表情のない男だった。感情が読み取れなくて苦労することが多い。いつも冷静で、一歩引いたところからこちらを見ていた。兄弟と呼べるほど心を許してもらえていないと思う。

「不思議なことに、蒼い竜は世界に一人しかいない。しかし、常にこの世界に存在するわけじゃないんだ。前の蒼竜王《そうりゅうおう》が亡《な》くなって、私が生まれるまで五百年あいだが空いたそうだ」

「蒼い竜が王様になるんでしょう？　その五百年間はどうするの？」

「仮の王が国を治める。それが、キーラスの父親だった。とても聡明《そうめい》な人で、いつも蒼竜の一族のことを考えていた人だったよ。ただ、私には甘くてね。その代わり、キーラスには厳しかったように見える」

「だから、嫌われているかもしれない？」

「そう。本来キーラスが浴びるはずの愛情を、私が奪《うば》ってしまった。私が逆の立場だったら、嫌って当然だと思う」

彼のことは兄弟のように育ち、兄のように思っている。彼もまた、ルガーの支えになっていると思う。しかし、今は亡きキーラスの父が、彼にそうであるように命じただけかもしれないと思うときがあるのだ。彼は一度だってルガーとともにいることを望んでいないかもしれない。

ライラは呆然《ぼうぜん》とルガーを見上げた。言葉に詰《つ》まっているのか、何度も目を瞬かせる。まだ数度しか話していないような男から、重い話を聞かされたら大抵《たいてい》は困るだろう。

彼女は突然《とつぜん》、肩《かた》を震《ふる》わせる。想像していた反応とは違い、腹を抱《かか》えて笑い出した。目に涙《なみだ》を溜《た》めるほど、この話は面白《おもしろ》い話だっただろうか。眉根《まゆね》を寄せる。

「ごめんね。昔のこと思い出しちゃって」

細い指が、目尻に浮《う》かぶ涙を掬《すく》い取る。人間の涙には種類があるのだと、前に彼女が言っていた。その涙はなんという名の涙なのだろうか。

隣に腰掛けていた彼女は、ぴょんと飛び上がり、ルガーの目の前に立った。いつもより目線が近い。

「ルガーは忘れちゃったと思うんだけど、三年前……じゃない。今は十八歳だから、五年前に私たち会っているの。ヴォールっていう村の森にある泉」

ライラは懐《ふところ》から髪飾《かみかざ》りを取り出す。見覚えのある装飾《そうしょく》、形。それは、蒼竜の宮殿で作られる髪飾りだ。リオート山でとれる石をはめ込んだ物だ。蒼竜の里ではありきたりな物だが、人間の国に卸《おろ》したことはない。人間が持てる物ではないのだ。

たった一度だけ、人間に渡《わた》したことがある。数年前、小さな女の子を勇気づけるために贈《おく》ったことは覚えていた。

「お兄ちゃんに嫌われてるって相談したら、ルガーがこれをくれたの。私の大切な宝物。これのお陰《かげ》でお兄ちゃんと話ができたよ。これがなかったら、誤解して生きていたかもしれない。ずっとお礼が言いたかったの。ありがとう。次は私が勇気を貸してあげる。後ろを向いて」

ルガーはライラに言われた通り、身体《からだ》を捻《ひね》る。彼女は鼻歌交じりでその髪飾りをルガーの髪に括《くく》りつけた。まるで、五年前とは反対だ。

「よーし！　できたっ！　キーラスさんとちゃんと話せるといいね」

ライラは嬉《うれ》しそうに笑った。


執務《しつむ》室はいつもキーラスと二人きりだ。今日ほど空気が重いと感じたことはない。特に最近は迷惑《めいわく》をかけている。首元で髪飾りが存在を主張した。しかし、どう切り出せばいいかはわからない。

「ライラ様の匂《にお》いは戻《もど》りましたか？」

「いや、匂いも記憶《きおく》もなにも。まるで同じ皮を被った別人のようだ。一つ、わかったことがある。……彼女は番いではない」

「もう匂いは戻らないと確信していらっしゃるのですか？」

首元で揺《ゆ》れる髪飾りを握る。ライラの言葉を全て信じるのであれば、彼女は絶対に番《つが》いではないのだ。小さく息を吐《は》き出す。

「五年前、私が半日近く姿を消した日があっただろう？」

「毎日のように執務室から消えるので、『ああ、あの日か』とはなりませんね」

「そこは、嘘《うそ》でも頷《うなず》いてくれ。話が進まない。その日、私は隠《かく》れて山の麓《ふもと》に遊びに行ったんだ」

キーラスの表情は変わらない。相変わらず、感情の読めない顔だ。怒《おこ》っているのか、呆《あき》れているのか。どちらかだとは思う。

「一人の人間の少女に会った。多分、そのときの女の子がライラなのだと思う」

「確信があるようですね」

ルガーは小さく頷いた。そのとき贈った髪飾りを返してもらったと言ったら、どんな顔をするだろうか。やはり眉一つ動かさないのだろう。彼の小さなため息が聞こえる。

「今のライラが隠し事をしているようには見えない。記憶のない期間になにかがあったと考えている」

「辛《つら》い記憶がなくなるという事例は過去にいくつもあります。その可能性はありますね。だとすると、彼女には協力者がいるはずです。たった二年で、竜人の番いを偽《いつわ》る方法を編み出すほどの力が、彼女にあるとは思えません。この毒にしてもそうです」

彼は興味深げに真っ赤な毒を見た。研究者の目をしている。暇《ひま》さえあれば書庫の本を読みあさる男だ。王の右腕《みぎうで》よりも、研究のほうが性《しょう》に合っているのだろう。

「ライラは唆《そそのか》された可能性があるということか」

ルガーの言葉にキーラスは静かに頷いた。

「全《すべ》てを暴《あば》いた後、彼女をどうするおつもりですか？　あなたの番いではないのでしょう？」

「……理由次第《しだい》では、生かしておけない。そう言いたいのか？」

番いとは、神の定めた運命だ。どんな理由があったとしても、それを偽った罪は重い。竜人一人を殺すよりもずっと。それを簡単に許せば、皆《みな》に示しがつかなくなる。

ザッカスがライラの首を絞《し》めた日のことを思い出す。胸がぎゅっと締《し》めつけられた。彼女は番いではない。苦しいはずがないのだ。

「苦しい顔をしている。嘘が下手ですよ。あなたは優《やさ》しすぎる。それでは、彼女がどんな極悪《ごくあく》人《にん》だとしても、その手では殺せないでしょうね」

大きなため息が、キーラスの口から吐き出された。呆れているのだろうか。その瞳《ひとみ》からは、感情の色が見えない。

「おまえが蒼《あお》だったら、こんなことにはならなかったのかもしれないな」

いつでも冷静に対処できただろう。今のような事態は起こらなかったかもしれない。彼の右眉がピクリと跳《は》ねた。

「出来《でき》損《そこ》ないの私が蒼であればいいと、本当にそう思っていますか？」

「違《ちが》う。おまえは出来損ないではない。ほかの者は使えない特別な力を持っているだろう？」

「全てを欺《あざむ》く魔《ま》女《じょ》の如《ごと》き力が特別だと？　からかうのもいい加減にしてください」

キーラスが顔を歪《ゆが》める。感情的な顔を初めて見た。彼は小さなため息を吐き出すと、背を向ける。誤解だと声を上げなければならないのに、彼の背中は拒絶《きょぜつ》を示す。喉《のど》まで出かけていた言葉は、勢いをなくし喉の奥に消えていった。

「失礼しました。今のは忘れてください。私は少しこの宮殿を空けます。彼女はヴォールの村に住んでいると言っていました。そこに行けばなにかわかるかもしれません」

「あ、ああ……、そういう仕事はキーラスが一番適任だ。任せた」

キーラスは何にでも変化することができる。竜人特有の角を隠し、人より長く尖《とが》った耳も隠すことができた。竜人だと知られずに情報収集ができるのだ。

彼は一つ頷くと。執務室を出て行った。

——そう簡単にはいかないか。

髪につけられた飾りを取る。これは、お守りでもなんでもない。リオート山で取れるありふれた石をはめただけの髪飾り。神の力が宿っているわけでも、精霊《せいれい》が祝福したわけでもない。三百年のわだかまりが一瞬《いっしゅん》で消えるわけがないのだ。

扉《とびら》が控《ひか》えめに叩《たた》かれた。返事をする前に扉が開かれる。顔を出したのは、ライラだった。

「お仕事中ごめんなさい。今って、大丈夫《だいじょうぶ》かな？」

「ああ。もう、ほとんど終わっているから大丈夫だよ。どうぞ。そこに座って」

執務室に置かれた長椅《ながい》子《す》を指す。ライラは、大きな籠《かご》を持って中へと入ってきた。彼女とは、テーブルを挟《はさ》んで向かい側に座った。キラキラとした目がルガーを見上げる。

その視線から逃《のが》れるために、テーブルの上を見た。大きな籠には布がかぶせられている。

「それは？」

「あのね、パンを焼いたの。アラちゃんとキナちゃんに、ルガーはお仕事してるって聞いてね。休憩《きゅうけい》しない？　実は、ブルの実でジャムを作ったんだ」

はにかむように笑う。そして、籠にかぶせてある布を取った。見たことのある茶色い食べ物。初めてライラがこの宮殿に来たときに作った物だ。なんの味もしなかったが、とても柔《やわ》らかかった。隣《となり》には二つの瓶《びん》が並ぶ。微《かす》かに香《かお》るのは、確かにブルの実だ。

「これをライラが作った？」

一口食べて苦しそうにしていた食べ物だ。彼女には美味《おい》しいと感じない。あの日から、ライラとルガーは同じ物を食べたことがない。

「うん。こっちが私用。ブルの果実をちょっとだけ入れたの。こっちはルガーのだよ」

ライラはルガーの前に皿を置くと、その上にパンとジャムをのせた。自身の前にも同じように準備する。彼女は白い歯を見せて笑うと、パンを半分に割る。スプーンでたっぷりのジャムをすくう。そして、パンの上にのせた。

「こんなにジャムをのせるなんて、贅沢《ぜいたく》なんだよ」

ライラは肩を竦《すく》めて笑った。大きな口を開けてかぶりつく。零《こぼ》れそうな頬《ほお》を両手で押さえた。

「あま～い。こんなに甘くて美味しいジャム、初めて食べた。ね、ルガーも食べてみて」

ライラが期待に満ちた目でルガーを見つめた。彼女と同じようにジャムをのせると、口に入れる。ブルの実は果実酒にするか、そのまま生で食べるのが普通《ふつう》だ。こんな加工の方法があることに驚《おどろ》きを隠せない。

　前に食べたパンは、正直美味しいとは言えない物だったが、このジャムをつけるだけで全く違った印象になる。

「どう、かな？　もっと甘いほうが好き？」

「いや、美味しいよ」

「本当？」

「ああ、驚いている。人間の食べ物が美味しく感じる」

「そっか……！　よかった」

「でも、なぜ、竜人《りゅうじん》の食べ物を料理しようと？　ライラにはどれも味が強いんだろう？」

「うん。竜人の食べ物ってみんな味が濃《こ》くてビックリしちゃった。でも、一人だけ違うのも寂《さび》しいし、どうにかならないかなって。竜人と人間は味覚も生活も全然違うけど、近づけることはできるでしょう？」

　ライラは嬉しそうに笑う。彼女はなぜ、番いでもない相手にそこまで真摯《しんし》に向き合おうとしているのだろうか。わざわざ竜人に歩み寄る必要はないはずだ。

　常識では考えられないような彼女の行動を見ていると、どんどんわからなくなってくる。

「すまない。そろそろ出て行ってくれないか。まだ仕事中なんだ」

　思った以上に冷たい声が出た。ライラの肩《かた》が跳ねる。記憶《きおく》がなくなる前に見たことのあるぎこちない笑顔《えがお》を見せた。その顔に心臓がえぐられるように痛んだのだ。

奥歯を嚙《か》みしめ、その痛みに耐《た》えるほかない。

――最近の私はどうかしている。

自身が理解できないことがある。彼女の顔を見ただけで渦巻《うずま》く感情に名前がつけられないでいた。もしも、彼女が目の前から消えてしまえば、心にあるしこりは消えてなくなるだろうか。

「ごめんなさい。あの、また新作を作ったら来てもいいかな？」

「忙《いそが》しくなければ」

彼女は小さく頷くと、部屋を出て行った。番いとはなんなのか。変わったのは、匂《にお》いだけだ。

たった一つの条件だけで、こんなにも気持ちは冷めてしまうものなのか。答えは出ない。

テーブルに残ったパンを齧《かじ》る。竜人と人間の食べ物が口の中で混ざり合った。


キーラスが帰ってきたのは、数日後のことだ。ライラが住んでいたというヴォールの村は、リオート山の裏の麓にある。行って帰ってくるだけなら一日とかからないはずだ。文句の一つでも言ってやろうと口を開いたが、色を失った彼の顔を見て、開いた口を閉じたのだ。

「驚かないでください」

「そんな風に出し渋《しぶ》らないでくれないか」

苛立《いらだ》ちを隠《かく》せない。長椅子に腰掛《こしか》けた。彼は大きなため息を吐《つ》いて、向かいの椅子《いす》に座る。

「ヴォールの村は二年ほど前、蒼い竜の襲撃《しゅうげき》に遭《あ》い、火の海と化したそうです。生き残った村の人間は皆口を揃《そろ》えて『蒼い竜が口から火を吹《ふ》いた』と。……陛下、身に覚えは？」

「覚えているわけがない。第一、私に火が扱《あつか》えるとでも？」

「天変地異が起きない限りは無理でしょうね。それに、この話にはまだ続きがあります。村の生き残りは十名。私はその九名に話を聞きました。残りの一人の名前は、ライラ。帝都《ていと》セントルの知人に世話になると言って、村を出たそうです」

足下《あしもと》が凍《こお》りつく。溢《あふ》れ出た感情が、絨毯《じゅうたん》に広がった。キーラスが肩を揺《ゆ》さぶる。

「落ちついてください！」

絨毯に広がった氷は、ふわりと空気の中に消えていった。

「すまない。……それで、ライラについてはなにかわかったのか？」

「聞いたところによると、火事の前は兄と二人暮らしだったそうです。次の日には結婚《けっこん》も控えていたとか。その晩に竜に襲《おそ》われ、たった一人の兄と婚約者を亡《な》くしています」

突然《とつぜん》、カシャンッと高い音が響《ひび》いた。二人揃って音の出た方向——扉に視線を向ける。

「ライラ……」

ライラは呆然《ぼうぜん》と、ルガーを見つめた。足下には、二つのグラスが割れて絨毯にシミを作る。

彼女はわなわなと震《ふる》えた手を握《にぎ》りしめると、顔を歪ませて口角を上げた。

「えっと、ごめんなさいっ……！」

ライラは叫《さけ》ぶと、部屋を飛び出していった。

「待って！」

ライラの後を追う。長い廊下《ろうか》を走る後ろ姿を見つけた。

腕《うで》を掴《つか》む。振《ふ》り返った彼女の顔は涙《なみだ》に濡《ぬ》れていた。この涙は悲しいときの涙だ。胸が締《し》めつけられる思いに、強く抱《だ》きしめた。彼女の身体《からだ》は震えている。何度も背を撫《な》でた。

まだこの宮殿《きゅうでん》に来たばかりの頃《ころ》、彼女はよく悪夢を見ては身体を震わせていた。彼女はなにも変わっていない。

——変わったのは、私なのか？

「おかしいなって思ってたの……。腕に火傷《やけど》の痕《あと》。私が持ってきたっていう荷物の中には、知らないものばっかり。お兄ちゃん……もういないの？　私、一人になっちゃったの？」

ライラはルガーの服を握りしめる。皺《しわ》になった服に涙の雨が降った。

「一人じゃない」

口をついて出た言葉に、眉《まゆ》をひそめる。なぜ、そんな言葉が出てきたのか、自分自身が理解できなかった。

「いや……。好きなだけここにいればいい」

「ありがとう。でも、ずっとなんて無理だよ。私、ルガーの番《つがい》じゃないもん」

大きな瞳《ひとみ》から、ぽろぽろと涙が零《こぼ》れ落ちる。

ルガーはライラが泣き止《や》むまで、何度も「一人じゃない」という言葉を繰《く》り返す。それが、今できる全《すべ》てだった。

ライラは落ちつくと、そろそろとルガーから離《はな》れていく。温《ぬく》もりが消えていくことが、妙《みょう》に寂しいと感じた。

このままではいけない。見たくないものから目を背《そむ》けていては、真実は見えてこないのだ。彼女を拒絶《きょぜつ》することは後からでもできるではないか。

「ライラ、もしこれがなにか知っていたら、教えて欲しい」

懐《ふところ》から、赤い玉を取り出した。ミュースチの花で作られた毒薬だ。今のライラにはわからないかもしれない。

彼女の手のひらにそっと乗せる。彼女は何度も目を瞬《まばた》かせ、その毒薬を見た。

「これ……」

ライラが顔を歪《ゆが》める。苦しそうに頭を押さえ、うめき声を上げる。慌《あわ》てて、身体を支えれば、大きく目を見開いてルガーを見上げた。大粒《おおつぶ》の涙が溢れる。

彼女の身体から力が抜《ぬ》けて、ルガーの腕の中に崩《くず》れた。

「ライラッ!?」

ルガーの叫び声が廊下に響いた。

六章　真実

目を覚ましたとき、不安げに揺れる蒼《あお》い瞳に迎《むか》えられた。

長い夢を見ていたようだ。しかし、その都合のいい夢が全て現実であることはすぐにわかった。ライラを囲む竜人たちの顔が険しかったからだ。

ルガーの後ろには、キーラスとザッカスが。ベッドの端《はし》から覗《のぞ》き込むように、アラとキナがいた。みんな、それぞれの感情を持ってライラを見ている。

――なぜ、生きているの？　私は、死ぬはずじゃなかったの？

見覚えのある装飾《そうしょく》。ふんだんに刺繍《ししゅう》がなされた布で部屋が飾《かざ》られている。なにも変わらない。

「ルガー……さ、ま」

掠《かす》れた声が部屋に響く。思わず喉《のど》を擦《さす》ると、アラから水の入ったグラスが差し出された。喉を通る冷たい水が渇《かわ》きを癒《いや》す。

ルガーの髪《かみ》には、昔貰《もら》った髪飾りが揺れる。夢の中で、彼に返したものだ。

己《おのれ》の手のひらを見ると、百個目の飴玉《あめだま》が禍々《まがまが》しく光る。手を滑《すべ》り、床《ゆか》へと転がった。小さな音を立て、何度も跳《は》ね上がる。その姿を呆然と見つめた。

「君が何者で、君になにがあったのか教えて欲しい。私はライラを救いたい」

蒼い瞳がライラをとらえる。優《やさ》しい眼差《まなざ》しだった。しかし、その瞳には、かつて見た甘さは感じられない。全て、露見《ろけん》してしまったのだ。

ライラがルガーの番いと偽《いつわ》ったことも、毒薬で殺そうとしたことも全部。髪飾りが彼のもとに戻《もど》っているということは、ヴォールの村のことも全て知られている可能性がある。

「こ、この計画は、全て私の独断です。私は竜人《りゅうじん》の番いと偽り、ルガー様を殺そうとしました」

声が震えた。このあと牢屋《ろうや》に入れられるのだろうか。それともすぐに殺されるのだろうか。

なんでも構わない。シスルや生き残った村の人、セントルに住む人を守らなければならない。

なにより、優しい彼らに人と争って欲しくなかった。

「だから、俺は言ったんだ！　あのとき殺しておけばよかっただろう！」

ザッカスが吠《ほ》える。明らかな敵意に、肩が跳ねた。

「ザッカス様。落ちついてください。これは蒼竜《そうりゅう》の問題です」

キーラスが冷静にザッカスを宥《なだ》める。

「ライラ様。確認《かくにん》したいことがいくつかございます。あなたはヴォールの村の出身で、その村は蒼竜の襲撃に遭《あ》った。間違《まちが》いありませんか？」

「……ありません。二年前。確かにこの目で見ました。蒼い瞳、蒼い鱗《うろこ》の竜が村に火を放つところを」

「確かに蒼い竜だったのですか？」

キーラスの質問に静かに頷《うなず》く。ライラの人生が一瞬《いっしゅん》で変わった日のことだ。間違えるわけがない。氷のように冷たい蒼い瞳も、蒼い鱗も。

暖炉《だんろ》の火がメラメラと燃え上がる。左腕《ひだりうで》の火傷の痕がじくじくと痛んだ。思わず顔を歪め、左腕に爪《つめ》を立てる。

「ふむ……。蒼い竜が火を吹くとは、なんとも変な設定ですね」

カツンカツンと足音を鳴らし、彼は部屋を歩く。ルガーが耳元で「考えごとをすると歩く癖《くせ》があるんだ」と教えてくれた。

「村を焼き尽くすほどの火を扱える竜人はそれほど多くない。そうだろう？　ザッカス」

ルガーの言葉にザッカスの眉根が寄る。

「その女に誑《たぶら》かされて、仲間を疑うまでに頭がおかしくなったのか？　やっぱり、早めに殺しておくんだったな」

ザッカスの舌打ちが響く。燃えるような目でライラを睨《にら》んだ。

「ザッカス！」

ルガーが叫んだ。なんて冷たい声だろうか。自然と震える肩《かた》を止めることができない。

「人間を信用するのか？　小動物のように震えて見せ、毒の牙《きば》で襲ってくるような奴《やつ》だぞ？　おまえは騙《だま》されているんだ！　目を覚ませ、ルガー」

「ザッカスこそ、ヴォールの村を焼き払《はら》った張本人じゃないのか？　おまえはリオート山の麓《ふもと》に人間の村があることをよく思っていなかった」

ルガーとザッカスが睨み合う。暖炉の火は燃え上がり、絨毯《じゅうたん》は凍《こお》りついていく。

「二人とも落ちついてください。ザッカス様は火の精霊《せいれい》の力を借りますが、蒼に変化《へんげ》することができないことくらい、冷静になればわかるはずです」

「蒼い竜の姿で炎《ほのお》を扱《あつか》うには、俺とキーラスが手を組むしかないよな？」

ザッカスは鼻で笑った。ルガーの顔が歪む。もしも、二人が手を組んでルガーを陥《おとしい》れようとしたのならば、彼は同時に二人の友を失うのだ。考えるだけで震《ふる》えがとまらなくなる。

「脳みそに筋肉が詰《つ》まっているザッカスだけならまだしも、キーラスもいてこの計画は下手すぎる。第一、二人が私に罪をかぶせてもなんの利益もない。そうだろう？　キーラス」

「ええ、そうですね。蒼い竜の正体はもう少し調べる必要がありそうです。ライラ様、番いの薬と、竜人を殺す毒について教えていただけますか？」

キーラスの言葉で、全員の視線がライラに集まった。

「使ったのは、百日間だけ番いになれる薬と、百日与《あた》え続ければ竜人を殺すことのできる毒薬です。……私が作りました」

「村で育った娘《むすめ》が、たった二年で？」

キーラスの冷たい目を見ていられない。とうとう、うつむいてしまった。ぎゅっと手を握《にぎ》りしめる。

「ライラのお姉さん……。彼女は薬屋さんだって言っていたね」

ルガーの静かな声が耳の奥に響《ひび》く。肩が跳ねた。元々嘘《うそ》を吐《つ》くのが苦手なのだ。それだけで、彼らは理解したのだろう。この薬を作った人間が、シスルであることを。

「竜人を殺す薬だけならいざ知らず、番《つが》いと偽る薬をあなたが作ったという話はどだい無理な話です。陛下の言う通り、あなたのお姉さんが作ったのですか？ 教えてください。あなたはその薬を作った人に騙されている可能性があります。あなたも被害者《ひがいしゃ》なんですよ。全てを奪《うば》われ、全ての罪をかぶせられています」

――シスルさんが？ 私を騙す？

「……そんなことする人じゃありませんっ！」

思わず叫《さけ》んだ。シスルは一人になったライラを救ってくれた女神《めがみ》のような人なのだ。

「確かにこの薬は作ってもらった物です。でも、これは私の苦しみに共感して作ってくれたんです！ 村を襲《おそ》った竜とは関係ありませんっ！」

兄の命を奪った竜と関係があるわけがない。怒《いか》りで震える手を強く握る。

「ライラ様の主張はわかりました。一つずつ、確認していきましょう。二つの薬と毒は、その方が二年間で作り上げたのですか？」

「多分、もっと前からだと思います。お父さんが竜人の番いで、幼いときに竜人に連れさられたと。本当は自分で使うつもりだったと言っていましたから」

ルガーが難しそうに眉根《まゆね》を寄せた。

「父親が竜人の番い？ ……そんなことあり得ない」

「でも、そう言っていました」

シスルの言葉が嘘だとは思えない。彼女からは憎悪《ぞうお》を感じた。わざわざ嘘を吐くことでもないと思うのだ。

「初めてここに来たとき、人間の番いは久しぶりだって言ったのは覚えている？　人間の番いはね、三百年ぶりなんだよ」

「三百年……？　そんなわけ――」

人間は三百年も生きられない。

「竜人は番いを連れて山を必ず巡《めぐ》る。ここ数十年で人間の番いを連れてきた者はいないよ」

「そんな……。シスルさんが嘘を？」

「嘘を言ったか、あるいは、彼女が人間ではないか……」

ルガーの言葉にザッカスが頷く。

「お待ちください。シスル……？　その方はシスルという名前なのですか？」

「はい。そうです」

キーラスはライラの返事を聞いて、顔を歪《ゆが》める。そして、ほとんど独り言のように呟《つぶや》いた。

「シスル、シスル……。まさか、そんなはずはありません。彼女は封印《ふういん》されているはずです」

彼の足音が部屋に響く。

「キーラス、わかりやすく説明してくれないか？」

「随分《ずいぶん》と前に読んだ文献《ぶんけん》なので、記憶《きおく》が曖昧《あいまい》なのですが、その昔、リオート山を襲った魔女《まじょ》がいたそうです。その魔女の名が、シスル」

「……シスルさんが、魔女？　そんな……」

「もしもシスルが、魔女であるとするならですが、辻褄《つじつま》が合いますね。魔女が幻影《げんえい》を作り出すという記録は多く残っています。村を襲い、ライラ様を唆《そそのか》し陛下を殺させようとした」

「嘘です……。そんな。だって、シスルさんは……」

――ずっと、私を騙していたの？

胸が締《し》めつけられる。息がとまりそうなほど苦しいのだ。しかし、誰《だれ》も「違う」とは言ってくれなかった。

　シーンと静まり返った中で、ザッカスが声を上げる。

「なるほどな。魔女の仕業《しわざ》か。俺はこの後、一度ピュール山に戻る。魔女と一戦交えることになれば、戦力は多いほうがいいだろう？」

「紅竜も手を貸してくれるのか？」

「ああ、魔女は炎を使った。道筋が違えば、紅竜が疑われていた可能性もある。これは、蒼竜だけの問題じゃねーだろ？」

「ザッカス、感謝する」

「構わないさ。最近平和で身体《からだ》が鈍《なま》ってたんだ。血の気の多い奴らを連れてきてやるよ」

　ザッカスは不敵な笑《え》みを見せる。彼は「帰る準備をする」と言って部屋を出て行った。

「まずは、キーラスの言う本を確認しよう。憶測《おくそく》で話すのはよくない。私とキーラスは書庫に行って魔女シスルに関する文献を取ってくる。ライラたちは、ここで待っていてくれ」

　部屋にはライラのほかに、アラ、キナが残る。彼女たちは静かにライラの両隣《りょうどなり》に座った。

「アラ、キナ。ごめんなさい。私、ずっと騙してたの……。あんなによくしてくれていたのに、二人を裏切ってしまった。本当にごめんなさい」

「番い様は悪くありません。だって、一番辛《つら》いのは番い様じゃないですか。家族も住む場所もなくなっちゃったんですよね。私だって、同じことになったら番い様と同じような選択《せんたく》をしたかもしれません。私たちはなにがあっても味方です」

「そうですよ。ライラ様の味方です。もしも陛下たちが虐《いじ》めたら、私たちが守ります。私たちがいる限り、ライラ様は一人にはなりませんよ」

二人は目を潤《うる》ませ、ライラに抱《だ》きついた。そして、ぐりぐりと顔を押しつける。たったそれだけのことで目頭《めがしら》に熱が込み上げた。もう味方は誰もいないと思っていたのだ。「ありがとう」と言いたいだけなのに、声が震えて、上手《うま》く伝えることができない。

「番い様、おなかすきませんか？　今日、ちょうどパンを焼いたんです。私がこねたんですよ！」

「ライラ様、私はスープを作ったんです。持ってくるので、待っていてください」

二人は頷き合うと、嬉《うれ》しそうに部屋を出て行った。

気づけば、広い部屋に一人だ。

——このままでいいの？

ライラはルガーの番いではない。優《やさ》しい彼は、ここで過ごすことを許してくれるだろう。しかし、そこまでしてもらうような資格はライラにはない。

ライラは部屋を飛び出した。ザッカスが使っている客間に走る。扉《とびら》を叩《たた》くことも忘れ、部屋に入る。ザッカスは少ない荷物をまとめている最中だった。

「なんだ？　人間の女がなにを言いにきた？　謝りにでも来たのか？」

「いえ……。謝った程度で許される罪ではないことはわかっています」

「なら、どうやって罪を償《つぐな》う？」

ザッカスの真っ直《す》ぐな瞳《ひとみ》がライラを貫《つらぬ》いた。炎のように真っ赤で、真っ直ぐだ。

スカートに皺《しわ》が寄る。その皺を見ながら、ライラは更《さら》にスカートを握り締めた。

「ここを、出ようと思っています。私にはなにもありません。きっと、このままだとみんなのオニモツになってしまいます。私は私の方法で、シスルさんに会いに行こうと思って」

「それを俺に言いに来たってことは、その手伝いをしろと？」

「すみません。それ以外に方法が思いつかなくて。ルガー様やほかのみんなに言ったら、断られるかなと思って」

「その判断は間違《まちが》ってないな。仕方ない。あんたをここに留《とど》めておくよりはましだ。どこに行きたい？　残念だが、セントルは無理だ。あそこはいろいろと厳しいんだ」

「ヴォールに……。ヴォールの村に連れて行ってくれませんか？　もうなにもない場所だけど、思い出と家族の墓があるんです」

「わかった。なら、あいつらが戻《もど》ってくる前に行くぞ。荷物はどれだ？」

世話になった人に一言も礼は言えない。しかし、それだけのことをライラはしてしまった。

別れのときはいつだって突然《とつぜん》なのだ。

◆◆◆

ライラはザッカスに頼《たの》み、ヴォールの村のすぐそばにある泉に下ろしてもらった。ここは、ライラのお気に入りの場所だ。小さな友達と話をしたり、歌ったり踊《おど》ったり。

草むらの上に転がると、ゆっくり息を吸い込んだ。柔《やわ》らかい風が前髪《まえがみ》を揺《ゆ》らす。

「本当に、一人になっちゃった」

ぽつりと呟く。ライラの言葉に応《こた》える者はいない。

今頃《いまごろ》、リオート山はどうなっているだろうか。涙《なみだ》でぼやけた空はやけに遠く感じた。真っ白な袖《そで》で涙を拭《ぬぐ》う。竜人《りゅうじん》たちに用意してもらった洋服は全《すべ》て置いてきた。

帝都《ていと》から何着か持って行った洋服のうち、異種族交流会《カローナ》のときに着たワンピースを選んだ。ルガーに貰《もら》った髪飾《かみかざ》りは、今頃彼の髪で揺れている。ライラが手にできた彼との思い出は、このワンピースだけになった。

――これでよかったんだよね。最初に戻っただけ。

シスルに会いに行こう。ライラには真実を知る権利があるはずだ。彼女の住む帝都セントルはヴォールの村から随分遠い。しかし、一度は通った道だ。

「髪飾り、返すんじゃなかったな」

呟きは風がさらう。あれは、いつだって勇気を与《あた》えてくれたのだ。一番欲しいときになくなってしまった。

ルガーの優しい笑顔を思い出す。脳裏《のうり》に過《よぎ》ったのは、番《つが》いのときの記憶か。それとも心が離《はな》れていってからのものか。ライラにはわからない。

彼の笑うときに下がる目尻《めじり》が好きだった。初恋《はつこい》だったのだ。そして、きっとこれが最初で最後の恋になるだろう。彼はライラにとって、運命だったのだから。

涙が溢《あふ》れて零《こぼ》れ落ちる。嗚咽《おえつ》が漏《も》れた。

あたりが騒《さわ》がしくなる。強い風が吹《ふ》いているのだ。木々が激しく揺れている。まるで、風の精霊《せいれい》たちが泣いているようだ。慌《あわ》てて起き上がり、あたりを見渡《みわた》す。更《さら》に風が強くなった。ライラの肩《かた》までの髪が舞《ま》い上がる。スカートを押さえるのでやっとだった。

甲高《かんだか》い遠吠《とおぼ》えが空を支配する。空では蒼《あお》い竜がライラを見下ろしていた。

「なんで……？」

ライラの声は風に消える。次の瞬間《しゅんかん》、再び目を開けていられないほどの強い風が吹いた。地に降り立った竜は、すぐに姿を変える。蒼い髪が風になびく。銀の髪飾りがシャラシャラと音を立てた。

「なぜっ！　なぜ、勝手にいなくなるんだっ⁉」

ルガーの叫《さけ》び声に肩が跳《は》ねる。彼はいつも穏《おだ》やかで優しく、ライラに怒鳴《どな》るようなことはなかった。言い訳はなかなか出てこない。口だけが開閉した。彼の顔がくしゃりと歪む。

「違う。怖《こわ》がらせたいわけじゃないんだ。ザッカスが君を追い出した？」

「いえ……。私が、ザッカス様にお願いしました。彼はなにも悪くありません」

ルガーは唇《くちびる》を噛《か》みしめる。握《にぎ》りしめた手がわなわなと震《ふる》えるのを見て、ライラは慌てた。

「ごめんなさい。こんな方法しか思いつかなくて。あんなひどいことをしたのに、逃《に》げようとしたから怒《おこ》っているんですよね？　私、どう罪を償ったらいいですか？」

「違うっ！　そうではなくて……。君はもう、私のことなど嫌《きら》いになってしまった？」

「えっ……？」

「部屋に戻ったら君がいなくなっていて、頭が真っ白になった。気がついたら、宮殿《きゅうでん》を飛び出していたんだ。私がぐずぐずと悩《なや》んでいたせいで嫌気《いやけ》がさしてしまった？　もう、顔を見るのも嫌なくらい？」

ルガーはおそるおそるライラの腕《うで》に触《ふ》れる。

――何を言っているの？　これじゃあ、まるで……。

「ルガー様が私のこと好きみたい……」

ライラは彼の求めた番いではない。それは、彼も知っているはずだ。

「みたい、じゃない。私はライラのことが好きだ。愛している」

ルガーはそっとライラの手を取ると、唇を落とす。

「私は愚《おろ》かだ。ライラが目の前から消えるまで気づけなかった。君を苦しませてしまった私を、いくらでも罵《ののし》ってくれていい。この罪を一生かけて償わせてほしい。君がいないともう駄目《だめ》なんだ。私の番いになってほしい」

「私は番いじゃない。だから、一緒《いっしょ》にはいられません」

ルガーがライラを強く抱《だ》きしめる。大きく頭を振《ふ》れば、彼の腕の力が増した。ルガーの胸を強く押して身じろいだ。しかし、彼の力には敵《かな》わなかった。逃《のが》れようと、何度も身体《からだ》を揺さぶる。逃げようとすればするほど、彼の腕に力が入った。

「たとえ君が神の選んだ相手でなくても構わない。私は、ライラとともにいたいんだ」

「だめです。私はルガー様に相応《ふさわ》しくない。あなたのそばにいてはいけないの」

私のことは、忘れて欲しい。

肝心《かんじん》の言葉は喉《のど》の奥から出ては来なかった。

「神のくじ引きよりも、私は自分の心を信じたい。ライラが言っていたんだ。人間は心で運命を見つけるって」

「ルガー様は竜人です」

「人間のライラだって、ブルの実を食べた。竜人の私が人間と同じように自分の心に従うことに決めてもおかしくないだろう？　これは、私の心が決めたことだ。私は君がいい。君しかいらない。生涯《しょうがい》君一人を愛すると誓《ちか》う。だから、私のもとから消えないでくれ」

今までよりも強く抱きしめられ、心臓が交わるように鼓動《こどう》する。

――このまま一つになってしまえればいいのに。

しかし、願いは叶《かな》わない。いつまでたってもライラはライラで、ルガーはルガーだった。

「本物を見つけたらきっと、そっちがよかったって思います」

もしも本物の番いが現れて、ルガーに捨てられてしまったら、世界を呪《のろ》う魔女《まじょ》にだってなれるだろう。彼の腕がゆるゆると離されて、蒼い瞳に捕《とら》えられた。ここに映る女の顔が変わるのは見たくない。見るくらいなら、彼と紡《つむ》ぎ出す物語を知らないほうがまだ幸福だろう。

「本物の番いが現れたとしても、私は君を選ぶよ。君を愛する私が本物の私だから」

「そんなの、わからないでしょう？」

「なら、憶《おぼ》えていて。私はライラを愛している。たとえ、神が選んだ相手でなくても構わない。君が安心できるまで何度だって言うよ。私の番いになってもいいと思えたら、君から百度目の口づけが欲しい」

彼の親指が、ライラの唇をなぞる。

「ルガー様……」

「ルガーって呼んで。そのほうが好きだ。話し方だって、そんなに畏《かしこ》まらないで。ずっとアラとキナが羨《うらや》ましかったんだ。二人のほうが特別みたいで」

「ルガー……？」

「そう、それでいい。私は君が信じることのできる強い男になろう」

優《やさ》しい微笑《ほほえ》みが返ってくる。今彼の瞳に映るのは、ライラだけだ。このままその蒼い瞳に閉じ込めて欲しい。そうすれば、いつでも離れずにいられるのだから。

「目が覚めたら、隣《となり》に眠《ねむ》る君がいる。それが私の幸せだ。神がなんと言おうとも構わない」

もしも、今、神が天上から眺《なが》めていたら、構わず二人の息の根を止めていただろう。しかし、神の目は思っているよりも節穴で、全知ではないらしい。

——好き、大好き。でも……。

その唇に口づけるのは怖《こわ》い。いつか現れる番いの存在が怖いのだ。

泉のそばで、竜人の本を広げる。不思議な光景だと、ライラは呆然《ぼうぜん》と思った。

ルガーとキーラスが資料を手に戻《もど》ってきたとき、部屋はもぬけの殻《から》だったという。シスルの資料を放《ほう》り出して、ルガーはライラを捜《さが》し回った。結果、キーラスやアラ、キナの三人は資料を手にヴォールの村まで彼を追う羽目になったのだという。

目の前には、シスルに関する本が広がる。ライラにはなんと書いてあるかわからない。見慣れない文字が並んでいた。

「みんなはこれが読めるの？」

「これはね。精霊語なんだ。人間との交わりが深くなって、竜人はほかの言語も使用するようになった。それでも記録用の書物は今でも精霊語を使用している。そうでないと、精霊語が忘れられてしまうからね」

精霊語は古語に当たるらしい。それでもその言語を使用しているのは、竜人としての誇《ほこ》りによるものだろう。キーラスは加えて、精霊語は神の作りたもうた言語の一つだと語った。

ルガーの手にある本を覗《のぞ》く。手書きで書かれた文字は、ライラにはミミズが這《は》っているようにしか見えない。

「確かにリオート山を襲《おそ》った魔女がシスルだと書いてある。ヴォールの人間と竜人《りゅうじん》が協力し、封印《ふういん》したと記されている」

突然《とつぜん》、故郷の名前が出され身体が跳ねあがった。耳にたこができるほど聞いていた話が一つあったことを思い出した。

「洞窟《どうくつ》の奥には魔女が眠っている……」

「ライラ？」

思わず呟《つぶや》いた言葉にルガーが首を傾《かし》げる。

「昔、お父さんに聞いたことがあるの。森の奥にある洞窟には、魔女が眠っているって……」

——もしかして、シスルさんのことだったの？

ルガーが頁《ページ》を捲《めく》ると見覚えのある絵が描《えが》かれていた。左の頁いっぱいに描かれた石の絵。わざわざ青のインクが使われている。色も形もそっくりなのだ。——父の形見の青い石に。

気づいたときにはルガーの腕を揺《ゆ》さぶっていた。

「これと同じような石を持っていたの」

「ライラが？」

「そう、昔お父さんに貰《もら》ったの。この石におまじないを唱えると、精霊に会えるのよ」

「それを見せてもらうことはできる？」

ルガーの言葉に頭を横に振った。もう、この手にはないものだ。

「火事のときにどっかいっちゃったんだ。村を出る前にちょっと捜したけど、見つけられなかった。これって、どんな石だって書いてあるの？」

「この本によると、ヴォールの人間の一人がこの石を使い精霊《せいれい》の力を借りた。そして、魔女に長い眠りを贈《おく》ったと。封印の秘宝って書いてあるね」

「じゃあ違《ちが》う石かもしれない。精霊とお話しできるだけだったの。だから……」

父はそれ以外、ライラにはなにも教えてはくれなかった。知っているのは、封印の仕方でもなんでもない。精霊と会う方法だけだ。

「火事のときになくしたということは、まだ村のどこかにある可能性がありますね」

キーラスが村の方角を指差す。

「ちょうどいい。このまま捜しに行こう。ライラ、案内してくれる？」

「ライラ様、情報はできるだけ多いほうがいい。歩きながらで構いません。これまでのことを教えていただけませんか？」

「はい。彼女の名前は、シスル。帝都《ていと》セントルに店を構える薬師《くすし》の一人です」

ライラは静かに語り始めた。父との秘密。そして、シスルとの物語を——。

森の中を歩きながら、ライラは青い石のこと、シスルのことなどを話した。

「ライラはその石を使っていつも精霊と話していたのか」

「うん。色んなことを教えてもらったよ。遠くの国の話とか、竜人のこともその子たちに聞いたんだ。あの子たち、まだこの辺にいるかな」

彼らはとても大切な友達だ。また会うためには、あの石がいる。

「それなら、彼らのことかな」

「彼ら？」

「そう、ずっとライラのそばを離《はな》れない。セントルで会ったときからずっと一緒にいる」

ルガーがライラの肩《かた》の上に手を伸《の》ばす。しかし、肩を抱《だ》くわけでもなくなにかを摘《つ》まむように空気を持ち上げた。

「今も肩や腕《うで》についている。私がいると逃《に》げ出していたんだが、最近は遠慮《えんりょ》がなくなったたな」

わずかに眉根《まゆね》を寄せると、摘まんでいた手をひょいっと後ろに放った。精霊が放り投げられたのが見えたような気がした。ルガーはライラの肩を払《はら》うとそのまま抱き寄せる。

「ルガー？」

「精霊にだって嫉妬《しっと》するような男は嫌《きら》い？」

甘さを含《ふく》む目で顔を覗き込まれれば胸だって跳《は》ねる。今はそんなときではないとわかっているのに、頰《ほお》に熱が集まっていく。

「嫌《いや》じゃ、ないよ……」

「よかった」

「で、でも！　あの子たちとは仲良くして欲しい、かな」

少し乱暴に投げても遊んでいるとしか思っていないような精霊たちのことだ。ルガーが払い除《の》けたくらいでは風に乗って元に戻ってくるに違いない。それでも、ルガーと彼らの仲が悪いのは嫌だった。

「わかった。できるだけ努力するよ」

あまりにも弱々しい返事に疑いの目を向ける。しかし、肩を竦《すく》められただけだった。もしも石が無事に見つかったら、仲良くして欲しいと精霊たちにも言うつもりだ。

「案内してくれる？」

「うん。私の家はあっち」

森の先――ヴォールの村がある方向を指す。二年以上離れた村はどうなっているのだろうか。少しばかり不安が過《よぎ》る。キーラスは生き残った全員が違う村での生活を始めたと言っていた。荒《あ》れ果てた村を平気な顔で見ることはできるだろうか。

森を抜《ぬ》けた先の光景を見て、言葉を失った。肌《はだ》を刺《さ》すような風がリオート山から吹《ふ》く。草木は全《すべ》て枯《か》れ果てている。こんな村の姿はライラの生きた十八年で一度も見たことがなかった。

――こんな村、知らない……。

愛した故郷が失われていくことに、焦燥感《しょうそうかん》を覚える。ルガーがライラの肩を抱く。彼は眉尻《まゆじり》を下げ、心配そうに見下ろしていた。

「大丈夫《だいじょうぶ》？」

「……うん。ちょっと驚《おどろ》いただけ」

ぎこちない笑顔《えがお》を返すことしかできない。しかし、目を背《そむ》けるわけにはいかなかった。やらなくてはならないことがたくさんある。この中で、石を見たことがあるのも、それが埋《う》まっているであろう場所を知っているのもライラだけなのだ。

「大丈夫。行こう。私の家はあっち」

家は最後に見た時からそう変わっていなかった。炭になった木が山になっている。

「ここ、なんだけど……捜すのは大変かも」

「ライラ様。私頑張《がんば》ります！」

「私も、捜します。番《つが》い様！」

「ありがとう。私も頑張るね」

この作業が終わった後、みんなの服は真っ黒になるだろう。顔を見合わせた。しかし、服を汚《よご》す前に、ルガーが眉根を寄せたまま動かなくなってしまった。

「どうしたの？」

「いかがなさいました？」

「みんな、シスルを捜《さが》しに帝都になど行かなくてもよさそうだ」

ルガーの眉尻がわずかに下がる。ライラの肩を抱いていた手に力が込められた。彼が大きく息を吐《は》き出す。いつもは感じない乱暴さに彼の上着をしっかりと握《にぎ》り締《し》めた。

「……あの匂《にお》いがする」

吐き捨てるような物言いに、肩が震《ふる》える。ルガーの言葉が乱暴だったからか、とうとう本物が現れたからかと言われると後者だろう。彼は、そのまま丘《おか》の上を見上げた。その視線の先には、見たこともない屋敷《やしき》が建っている。古びた館《やかた》のようだ。そこは以前、村長の屋敷が建っていた場所だ。

「さっきまであそこに屋敷などあったでしょうか？」

「ううん。ここに来たときにはなかったと思う」

全ての家が焼け落ちた今、しっかりと建っている家があれば目立つ。なにより、どこからでも見つけやすい丘の上。森を出た時に気づくはずだ。

「あの屋敷に陛下の本物の番いが来ていらっしゃるのでしょうか？」

「私の番いはこの先もライラだけだ。ここまで香《かお》るくらいだ。罠《わな》なのだろう」

吐いて捨てるように言うルガーにはあまり余裕《よゆう》はなさそうだった。

「おまえたちはここで石を捜してくれ。あの屋敷には私が一人で行く。キーラスあとは頼《たの》んだ」

「しかしっ！」

キーラスが吠《ほ》える。ふだん冷静な彼からは考えられない。しかし、ルガーは顔をしかめただけで頷《うなず》きはしなかった。

「もしものことがあったとき、誰《だれ》が指揮をとる？」

「あなたがいなくては意味がありません」

キーラスの顔がわずかに歪《ゆが》む。風が吹いてルガーの髪《かみ》が揺《ゆ》れた。髪飾《かみかざ》りがシャラシャラと存在を主張する。ルガーはその髪飾りをひと撫《な》ですると、キーラスを真っ直《す》ぐ見た。

「キーラスは、私よりも蒼竜《そうりゅう》の一族のことを考えているよ。おまえがいれば大丈夫だ」

「まるで、もう消えてしまうような言い草だ」

「簡単に消えるつもりはない。しかし、相手は魔女《まじょ》だ。なにがあるかわからないだろう？　おまえなら、一族を束ねられる」

「私は偽者《にせもの》にしかなれません。あなたの代わりは務まらない」

「おまえはいつもその力を卑下《ひげ》しているが、誇《ほこ》るべきものだと思っている」

「私は魔女のような力より、皆《みな》と同じ力が欲しかったですが」

キーラスはどこか忌《い》ま忌ましげに息を吐き出した。ライラたちはそんな二人のやりとりをハラハラと見守ることしかできない。

「……キーラスは、私のことが嫌いか？」

「ええ、嫌いです。……いいえ、嫌いでした。恵《めぐ》まれた環境《かんきょう》にいながら、適当に生きているあなたが。今のあなたは、嫌いではありません。ただの人間の女性に振《ふ》り回されながら、自分の心と向き合おうとしている。だから、あなたに消えられては困ります」

キーラスは目を細めて笑った。初めて見る笑顔だ。ルガーが目を見開くと、彼はいつもの表情に戻《もど》っていく。

「なんですか？　その顔は」

「キーラスは少し笑ったほうがいい。おまえの顔はわかりにくくてかなわない」

「あなたはもう少し、感情を顔に出さない努力をしたほうがいいと思います。あなたは空を統《す》べる蒼《あお》の王だ。仕える身にもなっていただきたい」

お互《たが》いに顔を見合わせる。二人は肩を竦めた。

「……わかりました。私はここで最善を尽《つ》くします。ですから、陛下は自身の身を最優先に考えてください。蒼竜にはまだあなたが必要です」

「わかっている。そう易々《やすやす》殺されるつもりはない。みんなを頼んだ」

キーラスとルガーが頷きあう。その中、ライラはルガーの袖《そで》を握り締め、彼を見上げた。

「お願い。私を連れて行って」

蒼い瞳《ひとみ》が揺れる。彼の瞳は物語っていた。ライラを連れて行くつもりもないことを。しかし、頭を横に振って嫌だと示す。

「君を危険な目に遭《あ》わせられない」

「シスルさんは私のお姉さんだよ。大丈夫。それに、真実を知りたいの。このまま、目を背けちゃだめな気がする」

未《いま》だシスルの狙《ねら》いがなんなのかわからない。蒼竜と紅竜を争わせることにあるのか、ライラを苦しめたかったのか。しかし、泣きはらしていても意味はないことくらいわかっていた。

「アラとキナはキーラスさんと一緒《いっしょ》に石を捜して。あれがないとお友達に会えないから」

「でも、ライラ様。心配です」

アラとキナの瞳から涙《なみだ》が零《こぼ》れる。二人を落ちつかせるために笑顔を見せた。そして、頭を優《やさ》しく撫でる。今はそれくらいしかできなかった。

「待っていて。私、みんなが好き。だから、帰ってくるよ」

これ以上二人を泣かせたくはない。そのためにも、この場に帰ってこなければならなかった。

「ルガー、一緒に行こう」

三人の不安の詰《つ》まった瞳に見送られ、ルガーとともに屋敷を目指した。しっかりと握られた右手が温かい。

屋敷の前でルガーは眉根を寄せる。苦しそうに息を吐き出した後、匂いがきつくなったと言った。少しくらい感じることができれば、彼の気持ちがわかったのかもしれない。苦しみを少しも理解できないことに、きつく胸が締めつけられる。

できることといえば彼の手を握ることくらいだった。

屋敷の二階、部屋の奥。匂いの元はそこにあるとルガーは言った。その部屋の扉《とびら》を開けると、彼の言ったとおり、人影《ひとかげ》が二人を出迎《でむか》える。

部屋の中からは楽しそうな笑い声。正面に大きな窓がある。それは雪と氷を携《たずさ》えたリオート山の一部を切り取っていた。その前で、笑い声の主は優雅《ゆうが》に椅子《いす》に腰掛《こしか》け、長い髪をくるくると指先で弄《いじ》っている。

銀糸のような輝《かがや》かんばかりの髪は、太陽の光を浴びてキラキラと輝いていた。いつも綺麗《きれい》で羨《うらや》ましかった髪だ。深紅《しんく》の瞳がライラとルガーをとらえる。

「いらっしゃい。ライラ。そして、蒼竜の王」

「お久しぶりです。……シスルさん」

シスルの口角が弓なりに上がる。

「貴様が魔女シスルか」

ルガーの声が地響《じひび》きの如《ごと》く広がる。しかし、シスルは瞬《まばた》き一つせず、頬《ほお》を緩《ゆる》めた。

「うるさい竜ね。『動かないで』」

シスルがつまらなそうに言い放つ。すると、ルガーの身体《からだ》が凍《こお》りついた。隣《となり》で一寸《ちょっと》も動かない。彼はなにか言いたげにライラに視線を送る。しかし、首すらも動かないようだ。

「ルガーになにをしたの!?」

「んー。そうね、命令ってやつかしら？　竜人の性質を利用した特別な薬を使ったのよ。だから、彼は私の言葉には従順になるしかないの」

シスルは楽しそうに小瓶《こびん》を取り出した。見覚えのある瓶の中には、赤い液体が波打っている。

「……番いの薬？」

「ええ。ライラのときよりも強力にしたのだけれど、どうかしら？　よく効いているようね」

シスルは動かないルガーを見て、満足そうに目を細めた。しかし、次の瞬間《しゅんかん》ルガーの足下《あしもと》から氷が広がり、シスルの足を搦《から》め捕《と》る。巻きつくように身体を巡《めぐ》ると、鋭利《えいり》な先端《せんたん》はピタリと頬でとまった。

「動きを封《ふう》じ込んだくらいで、支配したと思うな……！」

「あら、やるじゃない。見直したわ。今の蒼竜は力が強いというのは本当なのね。でも……」

シスルがフッと息を吹《ふ》きかけると、炎《ほのお》が巻き起こる。氷を解《と》かし、ルガーとライラを襲《おそ》った。

ルガーが叫《さけ》ぶ。短い呪文《じゅもん》のようだった。

同時に二人の前に強い風が吹く。炎を搦め捕り、屋根を突《つ》き抜《ぬ》けた。ライラは呆然《ぼうぜん》と穴の開いた屋根を見上げる。ライラが震える暇《ひま》もなく、炎は消えていったのだ。

「ライラ、大丈夫《だいじょうぶ》？」

「うん、大丈夫。ルガーが守ってくれたから」

ルガーが目を細めて笑った。呪縛《じゅばく》は解けたようで、しっかりとライラの肩《かた》を抱《だ》いている。

シスルは面白《おもしろ》くなさそうに顔を歪めた。

「私ね、少しライラと話したいのよ。次は『黙《だま》って』くれる？」

彼女が言い捨てると、ルガーの動きがピタリととまる。まるで見えない氷で全身を覆《おお》われているようだった。シスルは満足そうに笑った。

「さあ、ライラ、話をしましょう」

「シスルさん、意味がわからないよ。番《つが》いの薬と命令には関係があるの？　番いって神様が決めた運命の相手ってことでしょう？　なのに、なんで命令なんか」

　それは、知っている愛の形とは全く違っている。愛とはお互いを尊重し支え合うものだ。種族の違いだからといって納得《なっとく》できる話ではない。

　疑問を打ち消すようにシスルが大きな声で笑った。腹を抱《かか》えて笑い転げる姿に眉根《まゆね》を寄せる。おかしいことなどなにも言っていない。竜人にとって番いは神が選んだ運命の相手だ。

「神様の選んだ運命？　それを未だに信じているなんて、竜人って本っ当馬鹿《ばか》よね」

　シスルは涙をためて笑い続ける。

「番いはね、運命でも神が決めた最良の相手でもないのよ。それこそ竜人が勝手に作ったおとぎ話。だって、これは竜の力を欲《ほっ》した人間が作り上げた呪《のろ》いだもの」

「ど、ういう……意味だ！」

　絞《しぼ》り出すようなルガーの声。なにかに抗《あらが》おうとするように彼がもがく。しかし、全身を氷で固められたように動くことはできていない。

「あら、まだ声を出す力が残っているなんて意外ね。言葉に呪《じゅ》を掛《か》けた特別製だったのよ。記念に全部教えてあげる。むかーしむかし、竜人の始祖は女神《めがみ》様に恋《こい》をしました」

　物語の始まりはルガーから聞いたものと同じだった。

「なーんて。ぜーんぶ嘘《うそ》」

　まるでなにかに取り憑《つ》かれたようにシスルは大口を開けて笑う。ルガーの眉根がきつく寄せられた。逆らえない力に逆らおうともがけばもがくほど、搦め捕られているように見えた。

「女神様なんて嘘！　あなたの祖先が愛した女はただの人間。竜人には神の血なんて一滴《いってき》も流れていないの。崇高《すうこう》な竜人の一族？　ばっかみたい。人間にいいように使われていることも知らない愚《おろ》かな獣風情《けものふぜい》が粋《いき》がっちゃって」

「そん、な……ことが……」

　あるわけない。

　ルガーの口から掠《かす》れるような声が漏《も》れた。蒼竜《そうりゅう》の宮殿で見た、壁《かべ》に描《えが》かれていた人の形によく似た女性の絵。それは紛《まぎ》れもなく人間の女だと言うのか。

「安心して。彼ら――エステルの民《たみ》は、人間の中でも四精霊《せいれい》を従えることができる特別な存在だった。神には遠く及《およ》ばないけどね。竜人にはそのエステルの血が流れている。まあ、それが今のあなたを苦しめているのだけれど」

　シスルは立ち上がると、ツカツカとルガーのもとまで歩んだ。彼の顔が苦しそうに歪《ゆが》む。

「エステルの民って……？」

「太古の昔、神の意に反して新しい生物を作り出した一族のことよ。彼らは四つの精霊の力を使うことができた。『神の遣《つか》い』と呼ばれていたこともあるわね。けど、彼らは力を欲するあまり精霊の力だけではなく、竜の肉体的強さすら求めたの。彼らは精霊の力を使い、人間と竜をかけ合わせて竜人を作った。そして、生まれた竜人たちを血の呪いで縛《しば》ったのよ。ほかの一族に奪《うば》われないようにね」

「そんな……呪いなんて、ひどいよっ！　竜人は人間となにも変わらないのに……」

「ひどい？　飼っている犬に首輪をつけるのは常識でしょ？　あなたは犬に首輪が嵌《は》まっていて可哀想《かわいそう》だと思う？　現に、竜人はその首輪を『番い』だと喜んで受け入れているじゃない」

　シスルがルガーの頬を撫《な》で、息を吹きかけた。彼はどこか不快そうに眉根を寄せている。犬と同列に扱《あつか》われたことによるものか、本能に従いたくないという気持ちの表れだろうか。

「時代とともに変質した『血の呪い』は、相手に従順で歪んだ『愛』に変わった。それが番いの正体。竜人はその呪いに『神の定めた運命』なんて名前をつけて、その力を強固にしたのよ」

「みんな、血の呪いを愛だと思っていたってこと？」

　それが本当の話ならば、なんとひどい呪いだろうか。愛を知ることもなく、ただ呪いに従って生きていくだけ。

「それは違うわ。人間が胸のときめきや、抱《だ》きしめられたときの安心感を愛や恋だと名づけたのと同じように、未だ残る血の疼《うず》きを彼らは愛と呼んでいるだけ。『愛』なんて所詮《しょせん》、そんなもの。あなただって、色んな人からその感情を見聞きしていたから、この男への気持ちを『愛』だと認識《にんしき》したのでしょう？」

「でも、ルガーは私のこと好きだって言ってくれた。だから、竜人にも人間と同じように感じる心はあるはずでしょう？」

　竜人の愛というものが、呪いによるもの以外にも存在するのだと信じたい。たとえ、それが不確かなものでもよかった。『呪い』という形あるものに負けたくはなかったのだ。

「そうね。エステルの血は少しずつ薄まって『血の呪い』の効力は失われつつある。そういう感情も生まれるかもしれないわね。でも、元々竜人は番いの命令には逆らえないようにできているのよ。今回私が使った薬は呪いを最大限に引き出しているの。賭《か》けをしましょうか。『番い』の私と、この男が好きだと言ったライラ。どっちが本物か。そしたら、ライラも安心できるでしょう？」

シスルは楽しそうに椅子《いす》へと戻《もど》って行った。ルガーは未《いま》だもがき続けている。彼女の命令が解かれれば、すぐにでも襲い掛かりそうなほどだ。薬の力で『番い』に変化した彼女を、仇《かたき》のような目で睨《にら》んでいる。そこに愛はあるのだろうか。

「さあ、ルガー。あなたは私の番い。その手でライラを殺して。首をゆっくり絞《し》めて殺すのよ」

夜空に浮《う》かぶ月の如くシスルの唇《くちびる》が弧《こ》を描く。人とは思えない命令を、取り消してもらわなくては。こんなの誰《だれ》も幸せになれない。

「シス……っ」

しかし、言葉を紡《つむ》ぐ前に大きな手がライラの喉《のど》を絞めた。一瞬《いっしゅん》で視界が暗転する。それがルガーのものだと気づくのに時間はかからなかった。熱のこもった手が震《ふる》えている。彼の口から漏れる声が苦痛を示していた。

「そうよ、ルガー。いい子ね」

シスルの猫《ねこ》を撫でるような甘い声が耳に届いた。その声に呼応するように、手に力が入る。

呼吸の仕方を忘れたように、ライラの口が勝手にパクパクと動いた。

ルガーの終始震える手と吐《は》き出される息の熱さから、彼がシスルの命令に抗っていることがわかる。彼が本気を出せば一瞬でライラの首は折れているはずだ。

「ル、ガー……」

ルガーの手の力が弱まる。それでも、呼吸をするには不十分で次第《しだい》に力が抜けていく。優《やさ》しい彼は、心を痛めるだろう。

——ごめんね。一緒《いっしょ》に来なければ、こんなことにはならなかった。

言葉は喉の途中《とちゅう》でとまってしまう。苦しいと悲しいが交わって涙《なみだ》が溢《あふ》れた。最期《さいご》の顔は泣き顔になってしまいそうだ。笑顔《えがお》が好きだと言った彼の記憶《きおく》には、結局泣き顔ばかりが残るのだろう。涙が勝手に頬《ほお》を滑《すべ》る。

「ライラ……やめろ……やめてくれ……」

絞るように出された声からは未だ諦《あきら》めていないことがわかる。

シスルはつまらなそうにため息を吐《は》いた。

「ルガー、手を離《はな》しなさい」

ライラの首からルガーの手が離れる。

「ライラッ！」

ルガーの叫《さけ》び声を耳に入れながらも、ライラの足は力なく崩《くず》れた。しかし、大きな腕《うで》に抱きとめられ、床《ゆか》の固さを知ることはなかった。

ルガーが何度も名前を呼ぶ。彼に微笑《ほほえ》みかけることは難しく、ただ息を吐き出した。身体《からだ》が震えている。それ以上に、彼の身体のほうが震えていた。

大丈夫《だいじょうぶ》と伝えたい。しかし、身体は未だ空気を取り入れるために必死で、呼吸を繰《く》り返すばかり。無理に吸い込み咳《せ》き込むライラの背を彼は何度も擦《さす》った。

「まだ、終わっていないわ。さあ、ルガー。次は精霊の力を使って、ライラを少しずつ凍《こお》らせていきなさい」

シスルが命令をすると、ルガーの動きがとまった。そして、口の中で呪文《じゅもん》を唱える。

「シ、スルさん……っ！　もうやめて！」

これ以上ルガーを苦しめてほしくない。しかし、シスルは楽しそうに笑っているだけだった。

ルガーの腕の中で、足下《あしもと》から凍りつく。身体が急激に冷えていった。

「どう？　ライラ。愛する男の腕の中で死ねるのよ。幸せでしょう？」

「やめて！　こんなの駄目《だめ》っ……だ、よ」

ライラは叫んだ。氷はライラの足を搦《から》め捕《と》り、心臓を目指す。今度こそ死ぬのではないかという恐怖《きょうふ》が勝った。肩《かた》が震える。氷による寒さからなのか、恐怖のせいなのかはわからない。

どんどん意識が薄《うす》くなる。ライラの口からは冷たい息が漏れた。

ルガーは、苦しそうにうめき声を上げる。

――ルガーが諦めていないのに、先に諦めるなんてできない。

気力で腕を伸《の》ばした。ほとんど力は残っていない。意地だった。彼の気持ちに応《こた》える方法を、ライラは一つしか知らない。

「ルガー、愛してるよ」

彼の震える唇に唇を押し当てた。百度目の口づけで二人は本当の夫婦《ふうふ》になるのだ。ただの薬になんて負けはしない。しかし、思いとは裏腹《うらはら》に身体から力が抜《ぬ》けていく。腕も唇も彼から離れていった。

意識の奥で叫び声を感じる。

スッと、全身を覆《おお》っていた氷が消えていった。ルガーがライラを強く抱きしめる。彼の温《ぬく》もりに、身体が冷え切っていることがわかり、更《さら》に震えた。

「ライラ……すまない。私は……！」

ルガーのほうがライラ以上に震えていた。何度「大丈夫」と繰り返しても、ルガーは首を横に振《ふ》る。繰り返される謝罪を受け入れるしかなかった。ようやく腕を伸ばせるだけの力が戻ってくる。その手でもってライラはルガーの口に蓋《ふた》をした。

「泣かないで。私は生きているよ」

ルガーの瞳《ひとみ》から涙は流れていない。しかし、心は泣き叫んでいるように感じた。

「私を選んでくれたじゃない。それだけで十分だよ」

血に巡《めぐ》る強固な縛《しば》りよりも強い絆《きずな》があると思えた。ルガーの胸に顔を埋《うず》める。すると、彼の腕がライラを強く抱きしめた。未だ震える身体を落ちつかせようと背中を何度も擦った。

「魔女《まじょ》シスル、なぜこんなことをする!?　竜人《りゅうじん》に恨《うら》みがあるなら、私だけでいいだろう？」

ルガーが吠《ほ》える。それに呼応するように、シスルの笑い声が響《ひび》いた。もう、彼女は優しいシスルではなくなってしまったのだろうか。彼女と過ごす中で見てきた笑顔を思い出す。もう一度だけでいい。あの顔が見たい。

「確かに、父親を奪《うば》った竜人を殺したいほど憎んでいる。でもね、それと同じくらいヴォールの村も恨んでいるのよ」

「なんで……？」

「母親の故郷はヴォールの村だった。父親を失った後、私たち母娘《おやこ》は村に助けを求めたけど、受け入れてはもらえなかった。ヴォールの村に住んでいた頃《ころ》、母には許嫁《いいなずけ》がいたの。でも、ほかの男との子供ができてしまった。――それが私。彼女は男の手を取り逃《に》げたわ。そんな女を村人が受け入れると思う？」

「それは……」

村という組織がいかに閉鎖《へいさ》された空間であったかは身をもって知っている。

「残ったのは愛する男に目元がそっくりな娘《むすめ》だけ。愛する男も、助けてくれる家族もいない。母親は己《おのれ》の不幸を嘆《なげ》いた。そうして心が壊《こわ》れた彼女は娘を恨み始めたの」

「なんで？　子供は関係ないじゃない……」

「関係なくはないわ。だって、娘さえ生まれなければ村に残って許嫁と結婚《けっこん》してつまらないけど安定した生活を手に入れていたでしょう。娘さえいなければ、こんな苦しい人生にはならなかった。娘さえいなければ愛する男を毎日思い出さなかった」

「そんなの……変だよ……」

「彼女は毎日娘に呪《のろ》いの言葉を投げつけた。おまえのせい。おまえなんかいなければ。大きい娘を抱《かか》えていては新しい恋《こい》もできない。身を売りどうにか生き続けた母親は気づけば天へと昇《のぼ》っていたわ」

心が痛い。これ以上耳に入れることすら辛《つら》いと思った。

「母親は蒼《あお》い竜人を恨み、ヴォールを恨み、娘を恨んだ。恨みは闇《やみ》を生み、その全《すべ》てを受けた私は気づけば魔女になっていた」

シスルの笑い声が響いた。太陽の光が邪魔《じゃま》をして、彼女の表情はうまく読み取れない。泣いているのか笑っているのか。しかし、唇の端《はし》は上がっているように見えた。

椅子に優雅《ゆうが》に座っていた彼女は、足早にルガーとライラのもとへと歩いた。足音に苛立《いらだ》ちが表れている。

「その蒼い眼《め》も、蒼い髪《かみ》も。大っ嫌《きら》い。父親を連れて行ったあの女と同じ色」

シスルは吐き捨てるように言うと、ルガーの長い髪を強引《ごういん》に引いた。彼はその力に眉根《まゆね》を寄せる。

「シスルさんはお父さんを連れて行った竜人や、受け入れてくれなかったヴォールの村の人に復讐するためにこんなことをしているの……？」

「そうよ。あなたたちの身体には流れているでしょう？　竜人の血とヴォールの人間の血が。それだけで十分な理由じゃない」

「そんな……ひどい」

「だが、それもエステルの民《たみ》のもたらした呪いが起因なのだろう？　その竜人は血に刻まれた呪いに従っただけに過ぎない。私たちはとんだとばっちりだ」

「そうかしら？　父にはエステルの血が流れていたけれど、竜人に良識があれば、ヴォールの村が受け入れてさえいれば、運命は変わっていた。私は魔女になどならなかった。私はなにもしていない。それなのに、死ぬことも許されずこの広い鳥籠《とりかご》の中でもがき続けている」

それは、悲痛な叫びにも聞こえる。ライラはシスルに手を伸ばした。しかし、彼女の腕を摑《つか》む前にルガーによってとめられてしまった。

「でもっ！　シスルさん、本当は誰《だれ》の死も望んでいなかったんじゃないの？　証拠に、百個目の飴玉《あめだま》を舐《な》めなくても、私は薬の副作用で死ななかったよ？」

「そうね、たしかに番《つが》いの薬の副作用は次の日に訪《おとず》れる死ではないわ。ただ、番いの匂《にお》いが抜けるまで眠《ねむ》りにつくこと。それと、目覚めたら記憶が後退してしまうこと」

「やっぱり……！」

「だって、死んだら終わりでしょう？　死ぬなんてそんな楽、許さない」

シスルの言葉にライラは呆然《ぼうぜん》と立ち尽《つ》くした。シスルの歪《ゆが》んだ顔が、わずかに生まれた希望を打ち砕《くだ》く。

「ライラ、死を覚悟《かくご》したとき怖《こわ》かった？　でも、生きているほうが苦しいのよ。死にたい、もう殺してって思いながら私は生きた」

シスルの顔が不気味なほどに歪んだ。彼女は言葉通り死にたいほど、殺してほしいほど苦しんだのだろうか。しかし、それを知る術《すべ》はない。人の心は誰にもわからないのだから。

「今回は、いい暇《ひま》つぶしになったわ。毎日悩《なや》んで苦しんでいるライラは飽《あ》きなかった。ライラったら律儀《りちぎ》に最後まで口づけを続けるんだもの。焦《じ》らされちゃった。それに新しい実験結果も得られたし。……竜人は番い以外にも情が湧《わ》くのね」

シスルの口角が上がる。楽しそうに笑っているとは到底《とうてい》思えない笑《え》みだった。

「シスルさん……もうやめようよ。シスルさんのほうが苦しそうだよ」

「ねえ、ライラ。眠ることは死ぬことに似ている。そして死ぬことよりも容易《たやす》い。人は毎夜死に、毎朝生まれるの。けど、魔女になるとその簡易的な死すら訪れないのよ。何千年、何万年。私はこの世界で休むことなく生き続けている。……暇なのよ。少しくらい暇つぶしにつき合ってくれてもいいと思わない？」

シスルの口から大きなため息が漏《も》れる。

「でもね、それももうすぐ終わり。ようやく私は私から解放される」

シスルはゆっくりと息を吸い込んだ。晴れ晴れとした顔にすら感じ、恐怖を覚えた。

「魔女の末路を知っている？」

シスルの問いに首を横に振る。ルガーならば知っているかもしれないと見上げたが、彼も眉を寄せただけだった。

「もしも生きていたら記録を残しておくといいわ。きっとこの先も魔女は生まれ、壊れていく。餞別《せんべつ》に教えてあげる。魔女のほとんどはただの人間。身体は死なないし老いもない。けどね、心はどんどん壊れていくのよ。想像してみて。これから先何万年も生きることを。親しい人も愛した人も死んでいく。壊れた心は闇を生む。いつしか魔女は、ただの厄災《やくさい》となる――」

「……厄災？　厄災って嵐《あらし》とか寒波とかのことだよね？」

「ライラの考えている厄災で間違《まちが》いないと思うよ。過去にもいくつか例がある。ただ、原因は解明されていないんだ。国が丸々一つ消えたことだってある。まさか、原因が魔女だとは知らなかったけどね」

ルガーの背から見た帝国《ていこく》ユマンを思い出す。あんな広いものが丸々消えるというのか。想像もできず何度も目を瞬《まばた》かせた。

「長かった。ようやく私を拒《こば》んだ世界を壊すことができる。ライラ、お別れよ。ああ、私の暇つぶしにつき合ってくれたあなたの魂《たましい》は、きちんと神のもとに行けるようにしてあげる」

喜びに緩《ゆる》む頬《ほお》はどこか歪《いびつ》で、シスルの心は未《いま》だ「助けて」と叫《さけ》んでいるように感じた。

「シスルさん、だめだよ。今からでもなにかできるかもしれない。一緒《いっしょ》に考えよう？」

「馬鹿《ばか》ね。もう、遅《おそ》いのよ」

シスルの顔から笑顔が消えた。すると、彼女の足下《あしもと》に現れた闇が螺旋《らせん》を描《えが》き取り囲む。闇色のドレスはすっぽりと彼女を包み込んだ。最後に見たのは、深紅《しんく》の瞳から流れる涙《なみだ》だった。

「シスルさんっ！」

シスルを助けるために立ち上がった。しかし、ルガーの手に阻《はば》まれる。

「あれに近づいては駄目だ！」

「なぜ!?　助けなくちゃ！」

「駄目《だめ》だ。あれはもう闇にのまれている」

もうすでにシスルの身体《からだ》は見えなくなってしまった。それでもライラはルガーの腕《うで》の中であがく。彼はライラを離《はな》すことなく、口の中で小さく呪文《じゅもん》を唱えた。冷えた空気が部屋を包み、シスルの周りを水が取り囲む。闇ごと覆《おお》うと、足下から凍《こお》りついた。ルガーは息を吐《は》く暇もなくライラを腕に抱《だ》き走り出した。

「シスルさんっ！」

ルガーはなにも言わずに屋敷《やしき》を出る。叫び声など聞こえないようだった。

「お願い！　ルガーッ！　戻《もど》って。シスルさんがっ！」

「駄目だ。私の力じゃすぐに壊される。もうあれは君の知っているシスルじゃない」

「いやよ。だって、さっきまで話していたじゃない！　私、私、わたし……！」

溢《あふ》れる涙を止めることができなかった。ルガーの腕の中でもがき泣き叫ぶ。それでも彼は走った。彼は竜へと形を変える。器用にライラを腕に抱き、そのままキーラスたちが待つ場所へと一直線に飛んだ。

「キーラス！」

ルガーはキーラスを見つけると、すぐに人の姿へと戻った。

「陛下。これは――」

「厄災が起こる。厄災の原因は魔女だったんだ。これ以上説明するのも惜《お》しい。今すぐ山へ戻り皆《みな》を逃がせ。できるだけ遠くに、そして散らばれ！　一人でも多く生き残れるように！　皆を逃《に》がしておまえも遠くへ逃《のが》れてくれ」

キーラスが眉根を寄せる。しかし、ルガーの有無《うむ》を言わせない雰囲気《ふんいき》に、一つ頷《うなず》くと空へと飛び立った。

「キナは山を回ってほかの王に伝えなさい。『魔女が厄災となる。闇が世界を包む前に遠くへ』と。そして、そのまま遠くへ逃げるんだ」

「……はい！」

キナは緊迫《きんぱく》した顔で、大きく頷き空へと飛び立つ。

「ねえっ！　シスルさんはどうなるの!?」

「よく聞いて。シスルの心は壊れた。もう、あれは人の類《たぐ》いではないんだ。そして、もう魔女とも違う。あれは彼女であって彼女ではない」

「そんな……助け……られないの？」

「ごめん。私の力では多分、時間稼《かせ》ぎくらいしかできない。あれを救う手段を知らないんだ」

「そんな……」

「だから、ライラはアラと一緒に逃げてくれ。アラ、ライラを頼《たの》んだ。ライラは空を飛べない。できるだけ遠くに逃げるんだ。いいね？」

「わかりました。ライラ様、行きましょう！」

アラがライラの手を取り、駆《か》け出した。慌《あわ》てて付いて行く。流されるままに逃げていいのだろうか。不安が過《よぎ》る。

振《ふ》り返ると、ルガーが口角を上げて笑った。胸がざわつく。そんな笑顔は見たことがなかったからだ。気がついたときには、アラの手を振り払《はら》っていた。

「ごめんね！　アラ、やっぱり私、ルガーと一緒にいる！」

「ライラ様っ!?」

　アラの声を背に真っ直《す》ぐルガーのもとへと走った。

「なぜ？　ここは危ない。少しでも遠くに行かないと……」

「もう逃げないって決めたの」

　兄のときには、彼の言う通り背を向けて走るしかなかった。しかし、まだ自分にもやれることがあるのではないかと思ったのだ。相手は炎《ほのお》ではない。心を持ったシスルなのだ。

「それに、まだなにか方法があるかもしれない」

　ルガーが諦《あきら》めていても、未だ諦めきれずにいた。シスルの最後の涙を思い出す。彼女は何度も救いを求めていたのではないか。何千年も何万年も生きながらいつか救われる日を願っていたのではないだろうか。彼女だって人間なのだから。

　真っ直《す》ぐに屋敷を見つめる。未だシスルを飲み込んだ闇《やみ》は見えなかった。まだルガーの氷の力が勝《まさ》っているのだろう。しかし、それも時間の問題だ。すぐにあの氷を破って闇が世界を覆うのかもしれない。

「……わかった。アラはキナを手伝ってくれ」

「わかりました。陛下、ライラ様。どうかお気をつけて」

アラは一つ頭を下げると、空へと飛び立った。

「ライラ、絶対君を守る。もしも、無理だと思ったら私を置いて逃げるんだ」

「いやよ。最後まで一緒に戦う。そして、シスルさんを助けるの」

ルガーが抱《だ》きしめてくれる。彼の温《ぬく》もりを感じることができるのも最後かもしれない。彼の背に自然と腕が伸《の》びた。別れの抱擁《ほうよう》ではないと言い聞かせながらも、不安は闇のように襲《おそ》う。

闇が空に舞《ま》う。隙間《すきま》から太陽の光が差し込み、どうにか状況《じょうきょう》を理解することができた。

「絶対に離れないで」

真剣《しんけん》なルガーの横顔に、今は頷くことくらいしかできない。彼が短く呪文を唱えた。

氷が闇を覆う。しかし、すぐさますり抜《ぬ》け全《すべ》てを解《と》かしていく。氷は蒸気をあげて空に舞い上がり、何事もなかったかのように、黒い影《かげ》が漂《ただよ》い続ける。

「参ったな。どのくらい保《も》つか……」

弱音とも取れる声が、ルガーの口から漏れた。そのあいだにも闇は広がり村を支配していく。

このままではリオート山もすぐに呑《の》まれるだろう。太陽すら飲み込んでしまいそうだ。山頂からは竜人《りゅうじん》が一人、また一人と四方八方に飛び立つ。

――お願い！　みんな逃げて……！

ルガーは得体の知れない闇を囲い込むように氷を張っている。しかし、闇はそれを障壁《しょうへき》とも思っていない節があるように感じた。気休めにもなっていないのだ。

「シスルさん……」

口から不安の声が漏れた。

嘲笑《あざわら》うように闇が広がる。天に伸び、リオート山を飲み込んだ。すんでのところで、一人の竜人が飛び立つ。足を掠《かす》めとるように黒い物がにゅるりと伸びた。

息をのむ音が全身を支配する。ルガーが叫び声を上げた。同時にリオート山まで伸びた水が黒い影に絡《から》まり動きを止める。どうにか竜人は遠くへと飛んで行った。

　それでも闇はとまることを知らない。リオート山を飲み込み、全てを喰《く》らいつくそうとしているようだった。黒い雪崩《なだれ》がおきる。次は麓《ふもと》の村を飲み込む気なのだろう。

「このまま壊《こわ》して終わりなんて駄目だよ。誰《だれ》も幸せになれないなんて……」

　全てを壊してもシスルは幸せになれないように感じるのだ。それではただ厄災を広げていくだけだ。それは、彼女が求めていた結果なのだろうか。もしも、この結果を願っていたのだとしたら、最後に見せた涙はなんだったのか。

　瞳《ひとみ》から溢れた涙が頬を伝う。

　力が欲しい。彼女を闇から救い出すほどの大きな力が。

　それは、ライラが強く願った瞬間《しゅんかん》だった――。

『ライラ』

「ルガー、今なにか言った？」

「いや。なにもっ……！」

　ルガーは返事をしながらも、闇と戦っている。名前を呼ぶ余裕《よゆう》などないだろう。

しかし、確かに聞こえたのだ。人の声が。

風が吹《ふ》く。まとわりつくような生暖かい風だった。

『ライラ、こっちだって』

「……誰？」

この、どこか呆《あき》れたような声は聞き覚えがある。あたりを見回した。けれど、誰もいない。風だけが誘《いざな》うようにライラの髪《かみ》を揺《ゆ》らす。

風に従い、歩を進める。背後からルガーの声が聞こえたけれど、とまらなかった。風がフッとやんだ。そこは、かつてイアンと別れた場所だった。未《いま》だ炭と化した木が横たわる。その端《はし》で、なにかが光ったのだ。凝視《ぎょうし》してみれば、それは太陽の光をわずかに浴びて輝《かがや》いていた。

「あった！」

——石だ！

ライラは炭となった木の中に手を伸ばす。

「ライラッ！」

ルガーが叫《さけ》び声をあげる。大丈夫《だいじょうぶ》と伝える余裕はなかった。もう、これくらいしか希望はないのだ。

——お願い。届いて……！随分《ずいぶん》と奥のほうに行ってしまっていたのだ。必死に手を伸ばしても、あと少しのところで届かない。しかし、木々を除《よ》けている余裕はなかった。

――お願い……！

強く願った。その時だ。突風《とっぷう》が吹いたのは。それは、闇を散らすほど強いものだった。風に吹かれたライラは、吹き飛ばされ地面を転がる。しかし、そればかりではなく、炭となった木も転がった。奇跡《きせき》のようにライラの横をすり抜ける。

その代わり、青く輝く石が顔を出した。呆然《ぼうぜん》としている暇《ひま》はない。ライラは這《は》いずりながら、石を手に取った。

「やった……！」

「ライラッ！　突然無茶《むちゃ》をしないで。心臓がいくらあっても足りない」

ルガーが慌ててそばに駆け寄ってくる。顔面蒼白《そうはく》で、闇がリオート山を飲み込んだときよりもひどい顔だ。ライラの腕《うで》を弱々しく掴《つか》む。

「ごめんね。でも、見つけたの。これがあればなにかできるかもしれない」

ルガーの目の前に青い石を差し出した。

「確かに、あの絵と同じだ。しかし、どう使うかまでは書いていなかった」

「うん。だから、みんなに聞いてみようと思って」

「みんな？」

ルガーが首を傾《かし》げる。頷き返し、石をわずかに差し込む太陽にかざした。

「ジァ・グ・ウィッチ」

ライラが知っている唯一《ゆいいつ》の呪文《じゅもん》だ。これも精霊《せいれい》語の一つなのだろう。声に呼応するように、青い石が優《やさ》しく光を放つ。やはりその変化は微小《びしょう》で、見ていても気づかないほどだ。しかし、それが成功であることは経験上知っている。

「ライラ！」

「ライラー！」

甲高《かんだか》い声が耳に入ってきた。ライラはあたりをキョロキョロと見回す。どこかにいるはずと。

「コッチ！」

「アシ！　ライラノアシ！」

随分とおっとりとした、その場にそぐわない声だ。足下《あしもと》に視線を向けた。すると、精霊たちが数人楽しそうに跳《は》ねている。目が合うと、彼らは嬉《うれ》しそうに一際《ひときわ》高く飛び跳ねた。

「みんな、久しぶり」

「ライラダ！」

「ライラ、見エルー？」

「うん、見えているよ」

膝《ひざ》を折って、彼らの目線に近づいた。

「ずっと一緒《いっしょ》に居てくれていたんだよね。気づけなくてごめんね」

「ライラト、ズット一緒！」

「ヤクソク！」

精霊たちは楽しそうに跳《と》び上がり、風に乗ってライラの肩《かた》へと着地した。彼らも再会を喜んでくれているようだった。

「みんながこの場所を教えてくれたの？」

確かにライラを呼ぶ声が聞こえた。しかし、彼らはよくわからないようで、首を傾げている。聞き間違《まちが》いかもしれない。頭を横に振《ふ》った。今は悠長《ゆうちょう》にしてもいられない。

「あのね、みんなに聞きたいことがあるの」

「ナニー？」

精霊たちが一斉《いっせい》に首を傾げた。ルガーは隣《となり》で、「こんなに聞き分けのいい精霊を見たのは初めてだ」と笑う。しかし、彼らしか話したことがないのだから比べようもなかった。

「シスルさんを助けられないかな？」

「シ、スルサン？」

「そう、あの真っ黒い闇《やみ》に飲み込まれてしまったの。私、その中にいる人を助けたいの。なにか方法を知らないかな？」

縋《すが》るような思いで精霊に問う。突然のことに彼らも驚《おどろ》いているのか目を瞬《まばた》かせている。

「ライラ、シスル助ケタイ？」

「うん、助けたい」

「シスルヤ〜、ジャナイ？」

「……うん。ヤじゃないよ。だって、シスルさんは私にとってお姉さんだもん」

彼らは何度か目を瞬かせた後、顔を見合わせた。そして、パッと顔を綻《ほころ》ばせる。

「助ケル！」

「友ダチ助ケル。ライラ友ダチ」

「コレ使ゥ！」

彼らは元気な声とともに跳び上がった。そして、ライラが持っていた青い石にしがみつく。

「シスル、消エル！」

「消エル前ニ、唱エル！」

「別レノコトバ贈《オク》ル！」

「別れの言葉……？　どんな言葉かな？」

ルガーが使うような精霊語を示しているのだろうか。しかし、精霊と会う呪文しか知らない。

「ルガーは知っている？」

「別れ……いや、聞いたことがないな……」

ルガーは眉根《まゆね》を寄せて頭を横に振った。彼も知らないのではお手上げだ。しかし、精霊たちは元気に目の前を飛び跳ねる。

「ライラ、知ッテル！」

「ヴォールノ民《タミ》、サイゴニミンナ使ウ！」

ルガーがライラの顔を覗《のぞ》く。精霊語など記憶《きおく》にない。村で使っているのは大陸の共通語だ。

しかし、一つだけ思い出した言葉があった。ヴォールの村に伝わる伝統の言葉。伝統だというのに、誰もその言葉の由来を知らない。

「別れ……それってィーカ・ワー……」

精霊たちが跳び上がり、ライラの口元を塞《ふさ》いだ。

「わっ……！」

何人も重なれば、息をすることも難しい。口どころか鼻まで塞がれ、もがくしかなかった。ルガーが慌《あわ》てて一人一人はがして宙へと放《ほう》り投げている。精霊たちはくるくると宙を転がりながらも、器用に風に乗って手元に戻《もど》ってきた。

「石ノ力借リル」

「別レノコトバ、強イ」

「シスル神ノ御許《ミモト》連レテ行ケル」

「本当？　それでシスルさんは助かるの？」

「助カル！」

「シスル、神サマ怒《オコ》ラレルカモ？」

彼らは一斉に首を傾げた。そして、ガタガタと震《ふる》え出す。精霊は神に会ったことがあるのかもしれない。そして、怒ったところを見たことがあるのだろう。

ライラは強く頷《うなず》くと、青い石を握《にぎ》りしめた。

「待って。なにが起こるかわからないんだろう？　君に危険なことはさせられない。私がやる」

「でも、別れの言葉知らないでしょう？　大丈夫《だいじょうぶ》。どうせなにもしなかったら、あの真っ暗な中に入って終わりだから。……やれるだけやってみるよ」

　これは、自分自身にしかできないことだ。足を引っ張るだけではない。シスルを助けることができるのだ。しかし、ルガーは難しそうに眉根を寄せたままだった。

「風の精霊よ。私にできることはないか？」

「ンー？」

　精霊は相談するように顔を見合わせた。そして、何度もルガーとライラに視線を巡《めぐ》らせる。

「蒼《アオ》イノ全力、水カケル」

「弱ラセル」

「つまり、ルガーが力を使って弱らせてから、私が別れの言葉を唱えればいいのかな？」

「ソウ！」

「ライラ、テンサイ！」

「ライラ、スゴイ！」

「ライラ、好キ！」

　彼らは次々と跳ね、ライラの腕や胸にしがみついた。しかし、ルガーはあまりいい気がしないようで、へばりついた彼らを一人一人はがしては宙に放り投げている。

「おまえら、ライラは私のだ」

「蒼イノ、ウルサイ！」

「水ノオウ、ヤ〜！」

彼が不機嫌《ふきげん》そうに顔を歪《ゆが》めた。その様子が面白《おもしろ》く、笑いをこらえることができなかった。こうしているあいだにも、闇は広がっている。それでも笑っていられるのは、希望の光が見えたからと、そばに彼がいたからにほかならない。

「ルガー、お願い」

これが最後の頼《たの》みの綱《つな》だ。全《すべ》てが消える前に、シスルを助けなければならない。

闇が大きな津波《つなみ》となって二人を襲《おそ》う。太陽を隠《かく》すよりも早く、ルガーが呪文《じゅもん》を口にした。闇を貫《つらぬ》くように無数の針が天に伸《の》びた——針ではない。氷だ。黒い波に穴を開けながら昇《のぼ》っていく。そして、解けた氷は激しい雨のように降り注いだ。癒《いや》しの雨は闇を溶《と》かし薄《うす》めていく。

「ライラッ！　今だ！」

ライラは両手で青い石を握りしめ、強く願った。

——お願い。シスルさんを助けたいの！

「イーカ・ワース・ローン・ゴ・フォール」

呪文を受けて、手のひらの石の輝《かがや》きが増した。

石から生まれた光は大きく膨《ふく》らみ、闇を包み込む。

光は闇を飲み込みながらだんだんと小さくなった。拳《こぶし》程度まで小さくなったときだ。その光が大きく弾《はじ》けた。

「嘘《うそ》……」

闇は光を喰《く》らい、大きくなる。

「シスル、闇、フカイ」

「カナシイ、苦シイ」

「力足リナイ」

「ライラ、逃《ニ》ゲテ！」

風の精霊《せいれい》は小さな頭を抱《かか》える。ふるふると震えた。

「そんな……助けられないの？」

その場にへたり込む。空いっぱいに闇が広がっていく。

「まだだ。ライラ、諦《あきら》めるな。次は二人でやろう。私にも精霊の友人がいるんだ。彼らにも力を借りるんだ」

ルガーはライラを引き上げる。そして、闇が広がる空を見上げた。

「うん……！」

ライラの手にルガーの手が重なる。わずかに差し込む太陽の光に石をかざした。

「大丈夫。私がついている」

――シスルさん、今助けるからね！

「イーカ・ワース・ローン・ゴ・フォール」

二人の声が重なる。優《やさ》しい風が吹《ふ》いた。それは髪《かみ》を乱す強い風になる。ルガーの手が肩《かた》に置かれるのを感じた。

手のひらの石の輝きが増す。感じたことのない強さに固く目を閉じた。

光が満ちる。目を閉じていてもわかるほど強く、そして暖かい。それは、闇《やみ》もなにもかも包み込むような優しいものだった――。


暖かい風が頬を撫《な》でる。それは、愛したヴォールの風によく似ていた。その心地《ここち》よさに頬を緩《ゆる》める。このまま、ゆっくり眠《ねむ》っていたい。

「本当、馬《ば》鹿《か》な子」

聞き覚えのある声に、思わず瞼《まぶた》を上げた。光を受けて輝くシスルの白銀の髪の毛が目に入る。

「シ、スルさん？」

シスルはただ苦笑《くしょう》を浮《う》かべた。

「シスルさん、よかった……よかったよぉ……！」

涙《なみだ》を流しながらシスルに抱《だ》きついた。温かい。彼女はライラの知っているシスルだ。

「馬鹿ね。本当に馬鹿。お人好《ひとよ》しで、無《む》鉄砲《てっぽう》で手に負えない子」

「そんなことないよ……」

「あのね。私はあなたの村を襲ったのよ？」

「わかっているよ。でも、シスルさんを嫌《きら》いになれなかった。いつも優しいお姉さんで、私の憧《あこが》れで……」

恨《うら》みをはらしたところで、誰《だれ》も戻ってはこない。身をもって知ったのだ。復讐《ふくしゅう》にかられて生きることの愚《おろ》かさを。村の仇《かたき》を討《う》ったとしてもなにも残らない。兄も、村の人も「よくやった」と頭を撫でてはくれないのだ。シスルの不幸を願ったところで、苦しみが増すだけ。

「ねえ、シスルさん。ここはどこ……？」

思えば、知らない場所だ。ヴォールの村のように、暖かい風は吹くが景色が違《ちが》う。生《お》い茂《しげ》る柔《やわ》らかい草と、変わった形の小さな花。なにより、見上げてもリオート山もない。

「わからない。知識は溜《た》め込んだけど、死についてはわからないことだらけなの。なにせ、死んだことがないんだもの。ただ、言えるのは別れることのできる最後の場所ってこと」

「そっか。別れの言葉。ちゃんと届いたんだね」

「あなたはヴォールの民《たみ》の生き残りだもの。あれくらい当たり前よ」

「ヴォールの民って？　ヴォールの村に住んでいる人のこと？」

「ええ、正確には、かつて精霊と手を取り合ってエステルの民を討った者たちのことよ。私も知らない、創世の時代の話。あの石はあなたの手に渡《わた》っていたのね」

「ついこのあいだまで封印の石だなんて知らなかった。ずっと、精霊たちとお話しできる石だと思っていたよ。凄《すご》い物だったんだね」

「正確には、精霊とヴォールの民を繋《つな》ぐ石よ。何千年も前、むしゃくしゃしてリオート山を襲ったことがあったわ。そのときもあの石で封印《ふういん》されたのよね。きっと、これからもあなたを守ってくれる。大切にしなさい」

「うん。シスルさんを助けることができてよかった。あの石のお陰《かげ》」

「ええ、一度は封印された石に助けられるなんて思わなかった。あんなに暖かい光は初めてだったわ。お陰で世界を喰《く》らい損《そこ》ねたけど」

シスルがライラの頭を無造作に撫でた。乱暴な動きに肩を竦《すく》める。

「この言葉を言っていいのかわからないけど、ありがとう」

シスルはばつが悪そうに顔を背《そむ》ける。こういう顔をする彼女は初めて見た。新しい一面を今《いま》更《さら》見ることになるとは思ってもみなかったことだ。

「本当にありがとう。助けてくれて……」

シスルの声が震《ふる》える。深紅《しんく》の瞳《ひとみ》には涙が溜まっていた。

「ずっと、苦しかった……」

思わず彼女を抱《だ》きしめた。こうされると落ちついて好きだったから。彼女の気持ちが少しでも安らかになればいいと思った。

「おやすみ、シスルさん。久しぶりにゆっくり眠って」

「……どのくらいぶりかしらね」

シスルがゆっくりと息を吐《は》き出した。

「そうだ、最後に、これはお詫《わ》び。ううん、あなたに返さないといけないものね」

シスルは手のひらに飴玉《あめだま》ほどの大きさの球体を乗せて見せた。淡《あわ》く光る飴玉は不思議と気持ちを落ちつかせてくれる。しかし、こんなもの、貸した覚えはない。

「なにこれ？」

シスルはライラの手のひらに飴玉を転がした。わずかに熱を持つそれは、普通《ふつう》の物ではない。

「私がヴォールの村の人から奪《うば》った命よ」

「命……？」

「神に与《あた》えられた彼らが本来生きるはずだった分の命。魔女《まじょ》によって運命を変えられた人間の魂《たましい》はこうやって魔女に引き寄せられるのよ。あなたにあげる。村の人の分まで生きなさい」

「えっ⁉　意味がわからないよ！　こんなの貰《もら》っても困る！」

みんなの命を集めたら、何百年と生きなければならない。とても長い時間のように感じた。

「あのね。竜人《りゅうじん》は千年生きるのよ？　あなた、彼を何百年も一人にさせるつもり？」

シスルが呆《あき》れた顔でライラを見る。

「あ……そっか。そうだね」

当たり前のように一緒《いっしょ》にいた彼は、たった数十年しか生きない番《つが》いでもない人間を選んだのか。あの笑顔《えがお》の奥でどんな葛藤《かっとう》があったのだろう。胸が強く締《し》めつけられる。

「……シスルさん、ありがとう」

「別に、元々それは私のものじゃないわ。これを飲むのも飲まないのも、あなたの自由」

「ううん、違うよ。気づかせてくれてありがとう。私、ルガーを置いていくところだった。好きなのに、全然相手のこと考えられてない。……ひどいよね」

「そうね。これからたくさん考えて悩《なや》んで生きなさい。生きるって死ぬより大変なことよ」

シスルの言葉に頷《うなず》く。これからもっとルガーのことを知ろう。まだ知らないことはたくさんあるはずだ。

「彼の番いは、まだ世界のどこかにいるかもしれない」

ルガーの番い。その存在に何度苦しめられただろうか。しかし、今は違う。

「大丈夫《だいじょうぶ》。私たちは神様に許された夫婦《ふうふ》だから」

彼女は肩を竦めて笑った。

「もう大丈夫そうね」

「うん、だから安心して、神様のところでしっかり反省してください」

「ええ、そうね。そうする」

「おやすみ、シスルさん」

ライラの言葉を待たずして目の前が光に溶《と》けた。眩《まぶ》しさのあまり固く目を閉じる。強い風にのまれ、意識が遠のいた。

終章　春の風

ただの草原となったヴォールの村へと降り立った。リオート山を見上げる。

リオート山には優《やさ》しい風が吹《ふ》く。雪と氷で覆《おお》われていた山に初めての春が来たのだ。岩と土ばかりだった場所に草が茂った。

「番い様、とってもお綺麗《きれい》です」

「そうかな？　変じゃない？」

「ライラ様のために用意した衣装《いしょう》ですもの。とてもお似合いです」

アラとキナの前で両腕《りょううで》を広げる。細やかな刺繡《ししゅう》が施《ほどこ》された半袖《はんそで》のワンピース。その中のシャツの襟《えり》や袖まで華《はな》やかな模様が描《えが》かれていた。いわゆる、花嫁《はなよめ》衣装だ。

ライラが宮殿《きゅうでん》に来た日から、こっそり用意が進んでいたそうだ。

「あっ！　ベールを忘れていました！」

アラとキナが慌《あわ》てて空に飛び立つ。どうやら、衣装の一部を忘れてしまったようだ。二人の小さくなる背中を目で追った。

「まだあるの？」

苦笑が漏《も》れる。銀でできた頭飾《あたまかざ》りに、耳飾り。胸や腕まで飾り立てられた衣装はずっしり重い。こんなに重いのに、なぜか浮《う》いてしまいそうなほどふわふわしている。

「ライラ、待たせたね」

声をかけられ、振《ふ》り返る。目尻《めじり》を落とす優しい笑顔。彼もまた、ふだんの何倍も煌びやかな格好だった。彼は、ライラの頭の天辺《てっぺん》からつま先まで見て、満足そうに頷く。そして、ライラの頬《ほお》に優しく触《ふ》れた。

「とても綺麗だ」

「ルガーのほうが……かっこいいよ？」

たった一言が恥《は》ずかしくて、目をそらした。しかし、すぐに腰《こし》を抱《だ》かれてわずかな隙間《すきま》もなくなってしまう。

「ありがとう。自慢《じまん》して回りたい気持ちと、宮殿の中にしまっておきたい気持ちがせめぎ合っている。今日はやっぱりやめようか？」

「でも、これからお披露目《ひろめ》に行くんでしょう？」

番いとなった二人は、お披露目のために紅竜《こうりゅう》、白竜、黄竜の里を回るのだ。今日はその出発の日だった。ルガーが言うと、冗談《じょうだん》か本気かわからない。

「そんなことしたら、キーラスさんたちに怒《おこ》られちゃうよ」

「あいつのお小言は長いからな。でも、私から絶対に離《はな》れないで。ほかの男と仲良く話す姿をみたら嫉妬《しっと》で狂《くる》ってしまうかもしれない」

「もうっ。そんな冗談言わないでよ」

肩《かた》を揺《ゆ》らして笑う。ルガーはライラの言葉に肩を竦めるだけだった。

「ありがとう。出発前にヴォールの村に寄ってくれて」

「当然のことだよ。ライラの家族に挨拶《あいさつ》をしなくてはいけないからね。『ライラを幸せにします』って伝えないと」

ルガーが目尻を下げて幸せそうに笑った。その笑顔を見ただけで、胸がいっぱいになる。ライラはこの笑顔が大好きなのだ。

丘《おか》の上に建てた三つの墓は、いつもリオート山を見上げる。

今日は雲一つない。ヴォールの村は晴天だ。

ルガーの腕から抜《ぬ》け出し、丘の上に走る。

『ライラ』

「ルガー、どうしたの？」

声をかけられ、振り返った。しかし、ルガーは首を傾《かし》げる。

「今、呼ばなかった？」

「いいや。呼んでいないよ」

この場には、ライラとルガーの二人しかいない。ほかにライラを呼ぶ人はいないのだ。けれど、一つだけ心当たりがあった。

「もしかして、お兄ちゃん……？」

あたりを見回す。しかし、返事はなかった。

「もしかしたら、ずっと一人じゃなかったのかも。今まで見守っててくれたのかな？　お兄ちゃん、待たせてごめんね。この格好、見せたくて、ずっと言えなかったの」

ライラのわがままで、ずっと言えなかった言葉がある。ゆっくり息を吸い込んだ。

「ィーカ・ワース・ローン・ゴ・フォール」

死者を送るための大切な言葉だ。火事のあった日、どうしても言えなかった。でも、今なら言える。

優しい風が吹いた。ライラを包み込むような、暖かな風だ。舞《ま》い上がり、少しだけ伸《の》びた髪《かみ》をさらう。

――お兄ちゃん、私幸せだよ。

ルガーの手がライラの肩を抱く。大きな手は心配しているようで、落ちつかない。

「大丈夫だよ。だって、私にはルガーがいるもん」

笑顔《えがお》で見上げれば、ルガーはホッとしたように笑みを零《こぼ》した。

蒼《あお》い瞳《ひとみ》がいつもよりも甘く溶ける。ライラはそれに応《こた》えるように、瞼《まぶた》を落とした。

「ライラ、愛している」

「……私も」

重なった唇《くちびる》は、初めての口づけよりも、ずっとずっと甘かった。

あとがき

はじめまして、たちばな立花《りっか》と申します。

このたびは、デビュー作である本作品をお手にとっていただき、誠《まこと》にありがとうございます。本作品は、第18回角川ビーンズ小説大賞にて、奨励賞《しょうれいしょう》および読者賞をいただいた作品を改題、改稿したものです。

子供の頃《ころ》、小説家になりたいという夢がありました。この物語は、大人になってその夢を叶《かな》えようと決意してから書いた最初の作品です。思い入れがある二人が、ここまで連れてきてくれました。まだスタート地点。精進《しょうじん》していきたいと思います。

このお話は、「番《つが》いとはなんだろう?」から始まった物語です。番いといえば、運命の相手。呪《のろ》いのような雁字《がんじ》搦《がら》めの恋《こい》を描《えが》きたいなと思い、できあがったのが本作品です。運命に翻弄《ほんろう》される二人や、番いの真実。変化していく口づけにドキドキしていただけたら嬉《うれ》しいです。

風が吹《ふ》くところに精霊《せいれい》あり。今回、ライラの目には見えないながらも、たびたび風の精霊が顔を出しているので、ぜひ探してみてください。

応募時から内容も随分《ずいぶん》と変わりましたが、一番変わったのはキーラスかもしれません。初期の頃はもっとルガーのわがままを柳に風と受け流すタイプだったのですが、気づけば苦労人に……！　この物語で一番振《ふ》り回されているような？

応募作ということで、好きなものを好きなだけ詰《つ》めた作品でもあります。弱さと強さが同居しているような女の子が好きで、ライラもそんなヒロインになりました。

主役の二人以外も個性的な面々だったので、書いていて楽しかったです。お気に入りのキャラクターは見つかりましたか？　もし、好きなキャラクターができていれば光栄です。

そして、本作品に関《かか》わってくださった皆《みな》さまへの謝辞を。

素敵《すてき》なイラストで彩《いろど》ってくださった mokoppe 先生、本当にありがとうございます。ノスタルジックな雰囲気《ふんいき》がイメージにぴったりで、イラストを拝見するたびに尊さに手を合わせる日々でした。ライラもルガーも、可愛《かわい》くかっこよく、そして美しい……！

担当様には感謝の言葉だけでは足りません。右も左もわからない私と、本作品に最後まで向き合ってくださいました。今後ともご指導のほどよろしくお願いいたします。

また、本作品を出すにあたって関わっていただいた全《すべ》ての皆さま、本作品を手に取ってくださったあなたに感謝を。誠にありがとうございました。

ライラにとって世界はヴォールの村だけでした。それが帝国《ていこく》ユマンに広がり、空へと大きくなっていきます。これから先、ライラはルガーとともにたくさんの世界を見ていくのだと思います。

またお目にかかれる日を願って。

たちばな立花

「世界で一番甘い毒 竜王と花嫁、まやかしの恋」の感想をお寄せください。
おたよりのあて先
〒102-8177 東京都千代田区富士見2-13-3
株式会社KADOKAWA 角川ビーンズ文庫編集部気付
「たちばな立花」先生・「mokoppe」先生
また、編集部へのご意見ご希望は、同じ住所で「ビーンズ文庫編集部」
までお寄せください。

世界《せかい》で一番《いちばん》甘《あま》い毒《どく》 竜王《りゅうおう》と花嫁《はなよめ》、まやかしの恋《こい》

たちばな立花《りっか》

角川ビーンズ文庫 22364

令和2年10月1日 初版発行

発行者――――青柳昌行
発　行――――株式会社KADOKAWA
〒102-8177 東京都千代田区富士見2-13-3
電話 0570-002-301(ナビダイヤル)
印刷所――――株式会社暁印刷
製本所――――株式会社ビルディング・ブックセンター
装幀者――――micro fish

ISBN978-4-04-109996-4 C0193 定価はカバーに表示してあります。